WARRIORS

貓戰士

三力量

三部曲之IV

天蝕遮月

Eclipse

艾琳・杭特 (Erin Hunter) 著

鐘岸真 譯

晨星出版

特別感謝凱特・卡里

鼠鬚：灰白色公貓。

見習生（六個月大以上的貓，正在接受戰士訓練）

煤掌：灰色母虎斑貓。導師：雲尾。

蜜掌：淺棕色母虎斑貓。導師：沙暴。

罌掌：雜黃褐色的母貓。導師：刺爪。

獅掌：琥珀色眼睛的金色虎斑公貓。導師：灰毛。

冬青掌：綠眼睛的黑色母貓。導師：蕨毛。

松鴉掌：藍眼睛的灰色虎斑公貓。導師：葉池。

狐掌：毛色泛紅的公虎斑貓。導師：松鼠飛。

冰掌：白色母貓。導師：白翅。

貓后（正在懷孕或照顧幼貓的母貓）

蕨雲：綠眼睛、身上有深色斑點的淺灰色母貓。

黛西：來自馬場的乳白色長毛母貓，她和蛛足生下小玫瑰（深乳色的母貓）和小蟾蜍（黑白相間的公貓）。

蜜妮：藍色眼睛，嬌小的銀灰色虎斑寵物貓。

長老（退休的戰士和退位的貓后）

長尾：有暗黑色條紋的淺色公虎斑貓，因失明而提前退休。

鼠毛：嬌小的黑棕色母貓。

本集各族成員

雷族 *Thunderclan*

族長　**火星**：有火焰般毛色的薑黃色公貓。

副手　**棘爪**：琥珀色眼睛、暗棕色的公虎斑貓。

巫醫　**葉池**：琥珀色眼睛、白色腳掌、嬌小的褐色母虎斑貓。見習生：松鴉掌。

戰士　（公貓，以及沒有年幼子女的母貓）

松鼠飛：綠色眼睛，暗薑黃色的母貓。見習生：狐掌。

塵皮：黑棕色的公虎斑貓。

沙暴：淡薑黃色的母貓。見習生：蜜掌。

雲尾：白色的長毛公貓。見習生：煤掌。

蕨毛：金棕色的公虎斑貓。見習生：冬青掌

刺爪：金棕色的公虎斑貓。見習生：罌掌。

亮心：白色帶薑黃色斑點的母貓。

灰毛：深藍色眼睛，淺灰色帶深色斑點的公貓。見習生：獅掌。

栗尾：琥珀色眼睛，雜黃褐色的母貓。

蛛足：琥珀色眼睛，四肢修長，下腹部棕色的黑色公貓。

樺落：淺棕色公虎斑貓。

白翅：綠色眼睛，白色母貓。見習生：冰掌。

灰紋：灰色的長毛公貓。

莓鼻：奶油色公貓。

榛尾：嬌小的灰白色母貓。

風族 *Windclan*

族長　**一星**：棕色的公虎斑貓。

副手　**灰足**：灰色母貓。

巫醫　**吠臉**：短尾的棕色公貓。見習生：隼掌。

戰士　**裂耳**：公虎斑貓。

鴉羽：暗灰色公貓。見習生：石楠掌。

鶚鬚：亮棕色的公虎斑貓。

白尾：嬌小的白色母貓。見習生：風掌。

夜雲：黑色母貓。

鼬毛：有白掌的薑黃色公貓。

兔躍：棕白相間的公貓。

燼足：兩隻腳掌是黑色的灰色公貓。

見習生　**石楠掌**：棕色虎斑母貓，石楠似的藍眼睛。導師：鴉羽。

風掌：黑色公貓。導師：白尾。

隼掌：雜色的灰色公貓。導師：吠臉。

影族 *Shadowclan*

族長　黑星：白色大公貓，腳掌巨大黑亮。

副手　枯毛：暗薑黃色的母貓。

巫醫　小雲：非常嬌小的公虎斑貓。

戰士　煙足：黑色公貓。見習生：鴞掌。

藤尾：黑白褐三色母貓。

蟾蜍足：暗棕色公貓。

鴉霜：黑白色的公貓。見習生：橄欖掌。

毛球：母虎斑紋貓，全身長滿直挺挺的長毛。

蛇尾：深棕色的公貓，有著虎斑條紋的尾巴。見習生：焦掌。

見習生　鴞掌：淺棕色虎斑公貓。導師：煙足。

橄欖掌：玳瑁色母貓。導師：鴉霜。

焦掌：灰色公貓。導師：蛇尾。

貓后　褐皮：綠色眼睛，雜黃褐色母貓，是小焰、小曦、小虎的媽媽。

雪鳥：純白色母貓。

急水部落 *The Tribe of Rushing Water*

狩獵貓（負責獵捕食物的公貓和母貓）

溪兒：灰色眼睛棕色虎斑母貓，曾與暴毛待過雷族。

暴毛：琥珀色眼睛，暗灰色公貓，以前是河族貓。

族外的貓

索日：淡黃色眼睛，棕色和玳瑁色相間的長毛公貓。

河族 *Riverclan*

族長 **豹星**：帶有少見斑點的金色母虎斑貓。

副手 **霧足**：藍眼睛的暗灰色母貓。

巫醫 **蛾翅**：琥珀色眼睛、漂亮的金色母虎斑貓。見習生：柳掌。

戰士 **黑爪**：煙黑色的公貓。

鼠牙：矮小的棕色公虎斑貓。見習生：鯉掌。

蘆葦鬚：黑色公貓。

苔皮：藍眼睛的雜黃褐色母貓。見習生：卵石掌。

見習生 **柳掌**：綠眼睛的淺灰色虎斑母貓。導師：蛾翅。

鯉掌：琥珀色眼睛，暗灰色和白色相間的母貓。導師：鼠牙。

卵石掌：雜灰色公貓。導師：苔皮。

被遺棄的兩腳獸窩
月池
舊雷族小徑
雷族營地
天空橡樹
風族營地
斷半橋
兩腳獸地盤
馬兒地盤
轟雷路
雷族
河族
影族
風族
星族

綠葉
兩腳獸地盤
兩腳獸窩
空地
兩腳獸小徑
兩腳獸小徑
影族營地
半橋
小轟雷路
綠葉
兩腳獸地盤
半橋
湖
小島
小河
河族營地

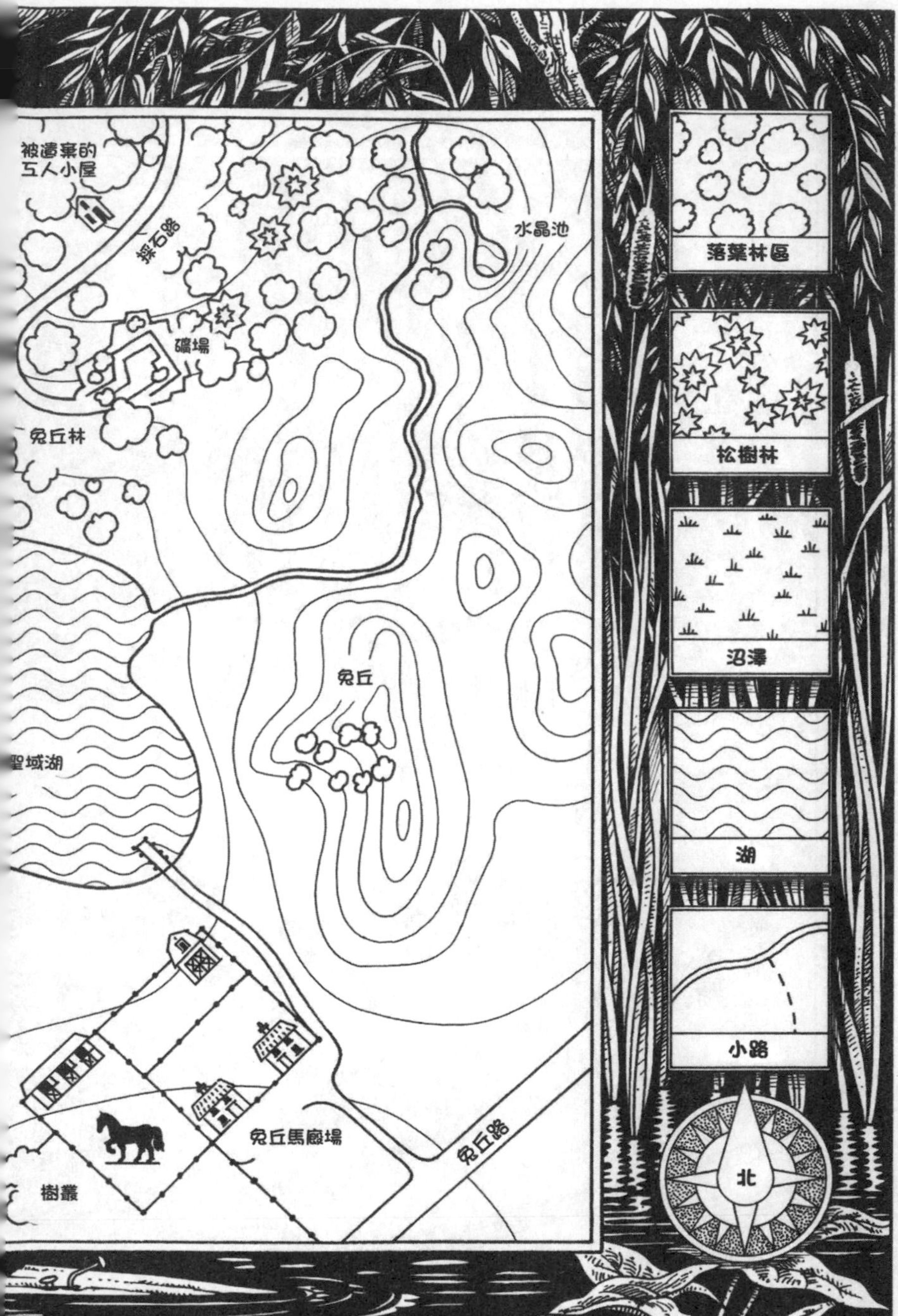
被遺棄的
五人小屋
採石路
礦場
水晶池
兔丘林
兔丘
聖域湖
兔丘馬廄場
兔丘路
樹叢
落葉林區
松樹林
沼澤
湖
小路
北

觀兔露營區
聖域農場
塞德勒森林區
小松路
小松乘船中心
小松島
艾柏河
魏特豪奇路

序章

森林在耀眼的陽光下閃爍著，樹叢下有獵物在窸窣竄動。岑樹下有一隻公貓在伸展四肢，灑落枝頭的陽光斜照在他的肚皮上。

突然一隻玳瑁貓從灌木叢衝出來，與他擦身。公貓翻滾起身叫著：「老鼠嗎？」

「就快要抓到了！」玳瑁貓回答。她跳進一片羊齒叢，消失在綠葉間，只見她尾端的白點在身後搖動著。在羊齒叢的另一邊，林地開始往下坡走，通往一塊草地。一隻暗灰色的母貓正在那裡囓著她尾巴底部的蝨子。她低聲怒吼著揪出那隻肥蟲子，然後停下來望向上坡羊齒叢的騷動。

「抓到你了！」一陣勝利的喵叫聲響起，那隻玳瑁貓叼著一隻老鼠從樹叢裡跳出來。她對著灰色的母貓眨一眨眼，「嗨！黃牙！」

「早啊，斑葉，」黃牙回答，「今天真是打獵的好日子。」

「在這裡天天都是打獵的好日子。」斑葉

的頭輕輕甩了一下，把老鼠拋給黃牙。

黃牙聞聞這新鮮野味，然後鬍鬚抽動了一下。她用腳掌摩擦寬大扁平的臉，一隻跳蚤正從她的鼻尖倉皇逃走。「我以為這裡的狩獵場沒有跳蚤！」

「牠們可能是被妳帶過來的。」斑葉瞇眼看著黃牙糾結的皮毛。「妳要到什麼時候才學得會打理自己？」她傾身向前開始舔著黃牙肩膀上最大的毛結。

「當妳不再需要這樣照顧每一隻貓的時候。」黃牙咕噥著。

有聲音從上坡傳來，「我真無法想像會有這樣的事情。」

斑葉向上望去，一隻白色公貓朝他們走來。「白風暴，藍星和你在一起嗎？」她說。

「她剛剛還在。」

「我現在也還在啊！」藍星跟在白風暴之後，從樹林裡衝出來。「如果沒有被高星耽擱的話，我早就追上你了。」

「他要做什麼？」斑葉問。

「還不是那樣，焦躁不安。」藍星看著黃牙被跳蚤咬的鼻子，撇著嘴，「真可憐，」她同情地說，「我還以為這裡不會有跳蚤。」斑葉輕聲地喵嗚著，尾巴尖端輕觸著黃牙的肩膀。

「高星？」黃牙起身，用肩膀把斑葉頂開。藍星解釋著，「他在擔心那些孩子。」

黃牙的尾巴抽動了一下，「冬青掌、獅掌和松鴉掌？」

「還會有誰呢？」藍星嘆了一口氣，「那個預言就像是他毛皮下的蝨子一樣。」

「但是他們的訓練情況不錯，」斑葉指出，「他們終究是能找出屬於自己的路的。」

「沒錯，」黃牙盯著腳掌平靜地說，「但是他們還有那麼多事情不知道。」

「他們還很年輕。」藍星警告道。

黃牙抬頭看，「那並不表示我們就必須欺騙他們。」

「如果他們什麼都知道了，妳覺得對他們會有幫助嗎？」藍星質問著。

黃牙的肩膀一陣僵硬，「生命一旦開始有欺瞞就會一直籠罩在陰影底下。」

藍星坐了下來。「他們不能知道真相，我們這樣做是有原因的——我們都同意的，黃牙。為了貓族我們必須做對的事。」

黃牙的頭側向一邊，「這是個謊言，怎麼會是對的呢？」

「一開始跟他們說謊的並不是我們。」白風暴提醒她。

「但是我們一直隱瞞事實，」黃牙爭辯著，「我還是覺得他們的生命中有太多祕密。」

「他們知道那個預言了。」斑葉說著。

黃牙踱步，「那個預言！我還真希望他們從來都不知道，從來都沒聽過。有時候我想，或許他們沒被賦予任何力量還比較好。」

斑葉用尾巴輕拂過黃牙的身體，「妳知道這點是我們無法掌控的，」她安撫她，「我們只能希望他們能善用自己的力量，為雷族著想。」

「只為雷族著想？」白風暴若有所思，「若他們力量這麼強大，不是該幫助全貓族嗎？」

黃牙瞇眼看著雷族老副族長，沒說一句話。

「有時我們應該同意我們有不同意見，」白風暴平和地說，「最重要的是這些孩子尊敬並且聽從戰士祖靈的話。」

「對，」斑葉同意。「我們要先確定他們有把我們的話當一回事。」

白風暴的耳朵被一片草搔得抽動了一下，「再怎麼聰明的貓也得聽聽老一輩的話，我們必須盡可能地引導他們。」

「說的比做的容易。」黃牙咕噥著。這時，一隻蝴蝶飛過頭頂，逆著微風顫抖前進。斑葉眼睛一閃，突然撐起後腿，前掌在頭頂拍合，蝴蝶向上翩翩離去。

「哎呀！真倒楣！」斑葉前腳落地，她發現藍星正要離開。「妳要走了嗎？」

藍星回頭看了黃牙一眼，「如果我留下來，我們會爭論不休的。」

黃牙的尾巴尖端彈了一下，「所以妳還是認為我們應該對他們保守祕密？」

「我了解妳的恐懼，」藍星喃喃自語，「但這個祕密還是只有我們知道比較安全。」

黃牙看著她離去的背影，「冥頑不靈。」她低聲怒吼著。

「藍星相信自己是對的，」白風暴告訴她，「妳從前信任過她，還記得嗎？」他向黃牙和斑葉點頭致意，然後跟著藍星走出草地。

「妳呢？」黃牙盯著斑葉，「妳也同意要保守祕密？」

「事實是力量非常強大的武器，」斑葉回答，「我們必須要很小心。」

「這等於沒回答！」黃牙氣著說。斑葉探索著黃牙焦慮的目光，「妳為什麼這麼擔心？」

黃牙脊椎的毛波動著，「我不知道，只是感覺事情不太對勁。有一股連星族也抵擋不了的黑暗勢力正在逼近。當它來臨時，我們將無法保護四族，甚至連自己也無力自保。」

第一章

冬青掌蹲伏著，肚皮貼在大岩石上。太陽逐漸沒入遠方的山頭，一陣冷風從山上吹來，弄亂了她的毛。從這裡望去，可以看見一片草原伸展向樹林，樹林的另一邊就是湖泊家園。

雖然樹林枝葉茂盛，但是綠意已逐漸褪去，空氣中多了霉味。**落葉季要來了**，她想。

她等不及要趕快回家，感覺上他們好像已經跟部落貓在一起好幾個月了。至少他們已經安全下山，從這裡開始腳掌下的地面比較柔軟，狩獵也比較容易，已經回到熟悉的領域，不再是峻石、急水和矮樹。

她回頭看，棘爪和松鼠飛正低聲和暴毛與溪兒講話，褐皮和鴉羽也在他們旁邊。**他們在道別嗎？**

冬青掌仍然很訝異暴毛和溪兒會留下來。昨晚在瀑布洞穴裡的送別會上，暴毛宣布他和溪兒會陪送族貓夥伴到山麓為止。松鴉掌還理解地點點頭，好像他早就知道他們倆不會再回到雷族。但是冬青掌只能猜想，為什麼可以住在湖邊的貓會選擇待在山上。**溪兒對山上的感覺一定就像我對家的感覺一樣，而暴毛對溪兒的愛，足以讓他伴隨她到任何地方。**

突然間，棕色身影一閃而過，一隻老鷹在草原上空盤旋。一隻受驚嚇的兔子正在狂奔，揚起一陣塵土。老鷹靈巧地收起羽翼，倏地攻擊，把兔子的身體翻倒後，用利爪將牠壓制在地。能那樣地快速飛翔！冬青掌非常羨慕老鷹。她閉上眼，想像自己在草原上飛翔，腳掌幾乎都沒有碰到地面，身體輕如空氣，動作比任何獵物都還快……

「我真希望能趕快上路。」獅掌不耐煩的聲音打斷了她的異想。他走上那塊大岩石，站在她身邊，隨著她的視線望過去，看到老鷹正在享用他捕獲的獵物。「我也希望我的肚子裡能有些東西。」他說。

「你有沒有想過，如果我們能飛會怎麼樣？」冬青掌喃喃自語。

獅掌轉頭盯著她看，好像她瘋了一樣。

「我的意思是，」她急著想解釋，「松鴉掌說我們擁有來自星族的力量。」這句話大聲講出來還是有點怪。「我們不太了解那是什麼意思，我只是在想如果——」

「飛行貓！」獅掌嘲笑著說：「什麼跟什麼？」

冬青掌尷尬得耳朵發熱，「你真沒想像力，」她忿忿地說，「我們擁有比其他貓更強大的力量，而你卻不當一回事！我們為什麼不能飛，或者是做其他我們想做的事？不要再笑我了！」

「我沒有笑妳，」獅掌用尾巴輕輕彈一下冬青掌，「我只是覺得如果我們有翅膀的話，那看起來很蠢！」

挫折感在冬青掌的胸口翻騰，她繞著弟弟怒視著說：「你根本沒有嚴肅地看待這件事情！我們應該要仔細想想，到底這個預言是什麼意思！」

獅掌眨眨眼，倒退了一步。「實際一點吧！妳知道松鴉掌有他的預知能力，那很好，但是我們必須活在現實世界裡！」

「現實世界算什麼，現在我們擁有來自星族的力量？我們什麼都能做！想想看我們可以幫族貓做多少事！」

獅掌皺著眉頭，「預言並沒有提到任何有關幫助族貓的事啊！只有提到我們三個而已。」

冬青掌看著他，「但是戰士守則說我們必須第一優先保衛族貓。」

獅掌的目光移向遠方的山巒，「如果我們比星族的力量還要強大的話，我們還要受限於戰士守則嗎？」他大聲地說出疑惑。

「你怎麼可以這樣說？」冬青掌斥責他，但是一股不祥的預感讓她的背脊顫抖著。如果這預言意味著他們不受戰士守則的約束，那她怎麼知道什麼是對的？如果在面臨自身的生死存亡和族貓的利益相衝突時，她又怎麼知道該如何抉擇呢？

松鴉掌縱身跳過來，與冬青掌擦身而過，「你們兩個可以再講大聲一點？」他嘶吼著，「我想他們有些還沒聽到你們的聲音。」他那雙藍色的眼睛燃起熊熊的怒火，即使瞎眼仍然能夠傳達他的感受。

冬青掌趕緊轉身環顧四周，還好戰士們還沉浸在他們的對話當中。「根本沒有誰在注意我們。」她要他放心。

「並不是每一隻貓的聽覺都和你一樣好。」獅掌也附和著。

「我只是要提醒你們小心一點，好嗎？」松鴉掌說，「我們必須守住這個祕密。」

「我們知道。」獅掌向他保證道。

「事實上，我並不覺得你們知道，」松鴉掌說。「如果讓其他貓知道我們與生俱來就有比星族更強大的力量，你們知道他們會有什麼反應嗎？」

獅掌看了一眼松鼠飛和棘爪，「他們絕對不會相信的。」

「我自己也幾乎無法相信。」冬青掌承認道。

「他們終究會相信！」松鴉掌的聲音冷冷的，「但是我覺得他們不會喜歡的。」

「為什麼呢？」冬青掌感到非常驚訝，她從來沒想過族貓會怎麼看待這件事。他們應該很高興吧？她是可以運用這種力量來幫助他們的！

獅掌似乎和她的看法相同，「他們難道不希望我們成為最好的戰士嗎？」

「這並不是一則成為好戰士的預言！」松鴉掌警告著，他的爪子磨蹭著岩石表面，沮喪地說，「這是一則關於擁有比星族更強大力量的預言，你不覺得他們會覺得有點可怕嗎？」

「但是我們又不會做什麼壞事，」冬青掌堅持說，「這是上天給予我們整個貓族的恩賜，不只是我們自己的。」松鴉掌認為他們該如何看待他們的力量？

「噓！」松鴉掌的噓聲打斷她的話，這時松鼠飛正朝著他們飛奔過來。

她在岩石邊緣停下腳步，「你們到底在吵什麼？」

「冬青掌和獅掌在爭吵著誰才是最好的戰士。」松鴉掌從容地說著。

冬青掌想要開口反駁，然後又壓抑了下來。她討厭說謊，但是她又不能把他們的祕密在這裡張揚出來。

「你們不應該站在這裡聊天，」松鼠飛告訴他們。「棘爪剛才叫你們去捕些獵物，他要讓暴毛和溪兒帶些獵物回部落。」

他們剛剛忙著爭吵，根本沒聽見這個指示。

「你們不應該讓我們講兩次。」松鼠飛責難著。

冬青掌低下頭說：「對不起。」

松鼠飛用尾巴指向山坡旁的樹林，「到那邊試試看，動作要快！」那片矮樹林的影子投射在山邊拉得長長的，太陽就快要下山了。

獅掌舔舔嘴唇，「那裡應該會有很多獵物。」

「絕對足夠大夥吃飽的，」松鼠飛同意。她轉向松鴉掌，「你來看一下褐皮的腳掌好嗎？她的一隻腳掌踩到尖銳的石頭擦傷了。」

下山的這一路上都是尖銳的石頭，大家的腳掌應該多少都有些擦傷。

冬青掌猜想松鼠飛是故意找事讓松鴉掌覺得自己有用，因為他不能狩獵。她緊繃著神經，知道松鴉掌是那麼的敏感。但這一次他只是點點頭跟著松鼠飛走向戰士們，甚至連母親彎身舔著他耳後的一塊髒污，也一點都不生氣。

那個姿勢讓冬青掌的心扎了一下。在松鼠飛的眼裡他們還是小貓咪。如果他們還是的話，那事情就比較容易了，小貓咪用不著去擔心擁有比戰士祖靈更強大的力量。**但是現在情況不同了，**她告訴自己。她焦慮地轉身，難道有一天連松鼠飛也會懼怕自己的孩子嗎？

「妳怎麼了？」獅掌問。

冬青掌舔著肩膀上豎起的毛髮，「沒事。」她朝著樹林點點頭說，「走吧，去打獵！」

她走到大岩石的前端，讓腳掌滑向邊緣，岩石和底下的草地有一段落差，柔軟的草地似乎能讓她舒服地著陸。她縱身一躍，突然一團毛球和腳掌把她撞飛到一旁。**誰攻擊我？**她喘著氣，翻身站起來準備防衛攻擊。

「妳幹嘛擋我的路？」

風掌！

風族見習生在她身邊甩動皮毛，「我差一點抓到那隻老鼠！」

「對不——」她才一開口要道歉，就馬上打住。為什麼這團蠢毛球走路不看路？「我想我們應該在那邊狩獵才對！」她用尾巴指向那片樹林。

「要在哪邊狩獵，我自己決定！」風掌回嗆道。他抬頭看一眼獅掌，他還在大岩石的邊緣向下望。「至少我在打獵，而不是坐在那裡跟夥伴聊天。」

「就算你的夥伴有來，也不會想要坐下來跟你聊天的！」冬青掌反駁他，但她立刻感到一陣罪惡感。就算風掌跟他父親一樣壞脾氣，而且更自以為了不起，她也開始為他感到難過。鴉羽這麼鄙視自己的孩子，讓風掌有時在族貓裡像是一隻獨行貓。

獅掌縱身跳下，走到她身邊問：「妳還好吧？」

「她好得很！」風掌哼了一聲，「如果她趕快去狩獵，不要阻擋我的去路就更好。我們愈快抓到獵物，就可以愈快回家。」

風掌一開始就很明顯不想上山，而鴉羽也表現得好像並不高興有他同行。他似乎對風掌做的每一件事都不以為然；不像棘爪，他在讚美冬青掌的時候，讓她覺得自己好像是雷族最棒的戰士。她看著這可憐的風族見習生，心中湧現著憐憫之情。「我們很快就會回到湖邊的。」她溫柔地喵嗚著。

風掌瞪著她，「我們幹嘛還要替部落抓獵物？為什麼他們不自己狩獵？」

那股憐憫之情一下子煙消雲散。冬青掌不知道是不是該提醒風掌，這些日子以來的爭戰已經讓部落貓筋疲力盡，而那群入侵者迫使他們在山中劃定界線，獵物也因此變得非常少。但是既然他毫不知情，她也不想白費唇舌，讓他自己去想明白吧。她現在想做的就是趕快回家，填飽肚子，和夥伴們在自己的窩裡睡個香甜的覺。她看了獅掌一眼，他會修理風掌嗎？但是獅掌只是滾動眼珠子看著風族見習生，「去抓隻兔子吧。」他踱步走向草地的另一邊。

風掌撇撇嘴，「雷族貓就這麼自以為了不起。」他冷笑一聲並朝下坡走去。

冬青掌緊追著她的弟弟，她跟上前時他正低聲嘀咕著。

「我真希望能讓那毛球永遠閉嘴！」

他是開玩笑的嗎？冬青掌側身看看獅掌眼裡是不是閃著他慣有的幽默，但只見他雙眼微閉皺著眉頭。她跳到他面前擋住去路，「你不是認真的，對吧？」

獅掌彈了一下尾巴，「當然不是，」他煩躁地說：「我只是累了。」

「但是你覺得什麼是『星族的力量』？」冬青掌繼續說：「是我們要誰做什麼他就得做什麼的力量嗎？」

獅掌聳聳肩迴避她的目光，「或許吧，我還沒有真正想過這個問題。」

「你應該要思考清楚！」

獅掌繞著她踱步了一會兒，然後說，「我希望我能比任何一隻貓都還要強，能打贏所有的戰役。」他停頓了一下，「那妳呢？」

「我希望我能知道別的貓不知道的事。」

「像什麼？」他閃著調皮的眼神，「知道怎麼跟兩腳獸交談？」

「別傻了！」冬青掌的爪子焦躁得發癢，「我的意思是說能了解——」她試著要找恰當的解釋，「每一件事。」終於說出口。

獅掌親暱地推推她的肩膀，「就這樣？」

冬青掌把他推開，「你知道我的意思。」

獅掌再度開口時他們已經走到樹林，「或許我們對這股力量的感受各不相同，」他大膽地說，「松鴉掌可以看透心思，不是嗎？」他直視冬青掌的眼睛，「他知道妳在想什麼，對吧？」

冬青掌點點頭。

「葉池就沒辦法，」獅掌繼續說，「沒有任何巫醫能像他一樣，松鴉掌也已經可以預測其他族所要面臨的麻煩。這就是他的力量——能看見其他貓無法看見的事。」

「所以他是我們之中最不盲目的。」冬青掌喃喃自語，她想起松鴉掌也說過同樣的話，不由得毛髮直豎。

樹林邊緣的枝葉茂盛，她停下來讓獅掌領路，「你感覺到什麼了嗎？」她問著正用鼻尖在矮樹叢間開路的獅掌。

獅掌突然轉身面向她，讓她嚇了一跳。他的眼中閃著奇特的光芒，「妳還記得在這趟旅程剛開始的時候，我們站在山脊上眺望湖面嗎？然後妳去捕捉獵物、休息，但是我並不餓。」他眨眨眼，「當我看著這片領土時，我開始覺得……嗯，有點奇怪。」

冬青掌靠向前去，「奇怪？哪裡奇怪？」

「我覺得我好像無所不能！」她的弟弟眼睛炯炯有神，「就算跑到地平線最遠的那一端也不會累，不管和什麼敵人作戰都會贏，面對任何戰役都不會怕。」

冬青掌不安地踱步、後退。獅掌突然讓她感覺不太舒服：他挺起肩膀讓自己看起來更強悍；他眺望著遠方好像可以看到最遙遠的地方，即使只有自己也可以駁倒所有敵人。她回想起獅掌幫部落打仗的情景；他蹒跚的從戰場上走出來，身上沾滿血跡——都不是他自己的血——當時仍處於備戰狀態的他，好像可以一直戰到全部的貓都倒下為止。

他眼中的烈火讓冬青掌打了個寒顫。

她怎麼會怕自己的弟弟呢？

第二章

松鴉掌用鼻子觸碰褐皮的腳底。那肉掌又熱又腫，「腫起來了，」他說，「皮膚擦傷但是沒有流血，妳應該早就知道了。」他依稀聽見冬青掌和獅掌的喵叫聲，他們開始去尋找獵物了，難道還在談論預言的事嗎？

褐皮把她的腳掌從他鼻尖底下抽回來，「我知道我沒舔到血，但是我不確定是不是有石頭刺到裡面去了。」她舔著腳掌，「從山上下來之後，我的肉掌就變得很硬，我已經搞不清楚是繭還是傷口了。」

「沒有石頭刺到裡面，」松鴉掌肯定地說。他朝著附近岩石上的潺潺流水聲點頭示意，「那溪水聽起來並不深，站到溪裡去，冰涼的水有助於消腫。」

他跟在她後頭，聽到水花濺起的聲音就知道她已跳進水裡。

她倒抽了一口氣，「好冰啊！」

「很好，」松鴉掌說，「這樣能很快消

腫。」他豎起耳朵，冬青掌和獅掌的聲音逐漸消失。他終於把長久以來埋藏在心中的祕密告訴他們。坦白的感覺就像走在一個未知的領域，字字句句都踏著不確定的腳步。獅掌接受這件事，好像困擾他已久的事終於有了答案。冬青掌的反應則令他感到挫折：她似乎只想到要怎麼運用他們的力量幫助雷族，而且一直在戰士守則的問題上鑽牛角尖。難道她不了解這預言的意義更為重大？他們被賦予的力量已經遠遠超越一般貓所設的限制。

褐皮的喵嗚聲打斷了他的思緒，「這水真的好冰。」

「這是山上流下來的水。」

「我感覺得出來，」褐皮緊急地喵著，「我的腳掌已經麻掉了！」

「好，那就出來吧。」

她鬆了一口氣爬上岸，在松鴉掌的身邊抖掉腳上的水，冰涼的水珠甩在他的毛皮上。松鴉掌打了個寒顫然後避開；山上吹來的風和冰涼的水混在一起並不好受。「妳的腳掌還痛嗎？」

「一點也不會，」褐皮回答後又停頓了一下，「事實上，我的腳都沒有感覺了。」

松鼠飛走向他們，「好點了嗎？」

「我想有吧！」褐皮喵嗚著。

松鴉掌感覺到母親的舌頭舔著他的耳朵，「你還好吧？小傢伙！」

他皺眉躲開，「我怎麼會不好呢？」

「覺得累是正常的，」松鼠飛坐下來，「這趟旅程真的很辛苦。」

「我還好。」松鴉掌很快地回話。他的母親尾巴抽動、摩擦粗糙的岩石。他等著她繼續下評論，她會說這趟旅程對他來講更辛苦，畢竟他的眼睛看不見；還會說他做得多好，能夠適應這麼不熟悉的環境等等之類鼠腦袋的話。

「自從戰爭結束後你們三個就變得很安靜。」她說。

她擔心的是我們三個！松鴉掌的怒氣消退了。他想讓母親放心，卻又不能告訴她這個占據他們心思的大祕密。「我想我們只是想回家了。」他說。

「我們全都一樣。」松鼠飛把她的下巴靠在松鴉掌的頭上，松鴉掌也靠向母親，突然感覺又回到小貓咪一樣，對她帶來的溫暖充滿感激。

「他們回來了！」

聽到褐皮的叫聲，松鼠飛起身。

松鴉掌聞到了冬青掌和獅掌的氣味。又聽到爪子扒過岩石的聲音，知道風掌也到了。狩獵隊已經回來了。

「來看看他們抓到了什麼！」褐皮很快地迎向這些見習生。

松鴉掌已經知道他們抓到什麼。他肚子咕嚕咕嚕地跟在她後頭，那令貓垂涎的松鼠、兔子和鴿子的氣味撲鼻而來，真希望那不是要送給部落的。

鴉羽和棘爪已經聚集在新鮮的獵物堆旁，暴毛和溪兒退縮著好像不好意思接受禮物。

「這隻肥兔子可以餵飽很多張嘴。」松鼠飛稱讚著。

「風掌，抓得好！」褐皮也發出稱許的呼嚕聲。

松鴉掌等著風族見習生神氣活現的樣子，但卻發現他充滿焦慮。**他正期待著父親的讚美。**

「這隻鴿子不錯！」鴉羽對獅掌說。

風掌懊惱地僵在那裡。

「看看我抓的松鼠！」冬青掌也插話，「你看過這麼肥美多汁的嗎？」

「過來看看！」褐皮對暴毛和溪兒喊著。

這兩位戰士走了過去。

「真是感激不盡。」暴毛正式地說。

「我代表部落謝謝你們。」溪兒生硬緊張地喵嗚著。

松鴉掌了解他們的不自在。接受這些獵物，就等於承認他們的弱點。現在山上有兩個貓群要共用狩獵場，獵物就變得非常稀少。然而松鴉掌可以感覺到暴毛深深地引以為傲。在他內心有一股核心力量，那是松鴉掌從未在他身上感受到的一種決心，好像他生來就屬於峭壁和深谷而不是湖邊。**他真的相信這就是他的命運。**現在部落就是暴毛的貓族。他生在雷族，成長於河族，而現在似乎終於找到真正的家。

傍晚冷冽的風吹來，松鴉掌顫抖著。

一陣嚎叫從遠處山坡傳來。

溪兒毛髮豎起，「狼！」

「我們會把獵物安全帶回家，」暴毛向她保證，「狼的身手笨拙，跟不上我們的。」

「但是在抵達山路之前還有一片曠野，」棘爪催促著，「你們該走了。」

「我們全都該回家了，」鴉羽提議，「獵物的氣味會把所有獵食者都吸引過來。」

松鴉掌警覺到微風中的陌生氣味。這是他第一次聞到狼的氣味，他想起兩腳獸農場附近的狗，但這味道多了一股狗身上沒有的原始血腥氣味。還好味道很淡，「牠們還在很遠的地方。」他喃喃自語。

「但是牠們跑得很快。」溪兒警告著，她叼起地上的兔子。

「我們會想念你們的。」松鼠飛的喵聲中帶著濃濃的離愁。

溪兒又把兔子放下，發出呼嚕聲與松鼠飛摩擦身側。「謝謝你們對我們這麼好。」

「雷族十分感激你們的忠誠和勇氣。」棘爪說。

「我們會再碰面的，不是嗎？」冬青掌滿心期待地說。

松鴉掌懷疑他會不會再回到山上來。他會再和殺無盡部落碰面嗎？

他曾經跟著尖石巫師到他的夢裡，讓部落的巫醫祖先帶領他到一個山谷，那裡的星族貓羅列環繞波光粼粼的池水。他一想起祂們對他說的話就全身發抖。**你來了啊！**祂們在等他，而且祂們早就知道那個預言。松鴉掌又再一次地感到疑惑，這個預言到底是從哪來的，殺無盡部落和他的祖靈又有什麼關聯呢？

「沒有時間再道別了！」鴉羽不耐煩地喵嗚著。

「保重了，小傢伙！」溪兒和松鴉掌摩擦臉頰後再和冬青掌說再見。

暴毛舔舔他的耳朵，「照顧你的哥哥和姊姊。」他低聲地說。

「再見了，暴毛！」松鴉掌的喉嚨一緊，「再見了，溪兒！」他記得溪兒曾經多次地安慰他、鼓勵他。她似乎非常能夠了解與眾不同的感覺。暴毛也從來沒有想要特別保護他，而是對他和其他見習生一樣，給予同樣的溫暖和嚴厲的指導。他會想念他們的。

獅掌走上前去，「再見了，暴毛！讓那些入侵者看看部族貓的厲害。」

「再見了，獅掌！」暴毛接著說，「要記住就算是我們的經歷改變了我們，我們還是要繼續走下去。」

一股溫情充滿在這對戰士和見習生之間，松鴉掌驚訝地發現他的哥哥和暴毛之間有種特殊的連結，這是他從前沒有察覺的。當他們開始走下坡時，暴毛也叼起獵物和他的伴侶走上山，松鴉掌還入神地站著不動。

「別再磨蹭了！」鴉羽用鼻子頂著松鴉掌，要引導他往一處平坦的石坡走向草地。

松鴉掌怒髮直豎，「我不需要幫助！」

「隨便你，」鴉羽嘶叫著，「落後了可別怪我。」他往前一躍，腳掌噠噠地踩地離去。

想想如果有這樣尖酸刻薄的父親是什麼感覺，真慶幸我不是風掌！

「松鴉掌，快一點！」獅掌叫著。

松鴉掌嗅著空氣，在沒有遮蔽的山坡上，很容易分辨每一隻貓的位置。棘爪在最前面帶路，風掌緊跟在後，鴉羽這時也趕上褐皮，兩貓分別走在隊伍最外兩側。松鼠飛獨自走著，冬青掌和獅掌跟在最後。

松鴉掌追上他們，腳掌下的草皮平坦又柔軟。「把他們留在那裡很奇怪。」他喘氣說。

「這是他們的選擇。」鴉羽直接指出。

「你覺得我們會再見到他們或者是部落貓嗎？」褐皮問。

「我才不想呢，」鴉羽回答，「我這輩子都不想再回到山上來了。」

「他們或許會來湖邊看我們。」冬青掌說。

一陣嚎叫聲在他們身後遠方的峭壁詭異地迴響著。

「他們得先安全的回到家才行。」獅掌低聲地說。

「他們會的，」棘爪肯定地說，「他們和其他的部落貓一樣熟悉他們的領土。」

松鴉掌走在獅掌和冬青掌身邊，聞到前方森林的霉味。不久，他腳底下的地面由草地轉變為落葉，四周的樹木擋住了吹掠他皮毛的強風。冬青掌好像已經聞到湖的氣味，匆匆趕到前面。而松鴉掌一時之間希望他仍然還在空曠的山麓，至少那裡的氣味和聲音都不會被樹林遮掩，也沒有矮樹叢會絆倒他。他覺得這片樹林對他來說，比從前更分辨不出方位了。

「小心！」獅掌的警告聲太遲了，松鴉掌的腳已經被歧出的荊棘纏住。

「真倒霉！」他掙扎著要站起來，但是愈掙扎纏得愈緊。

「站著不要動！」冬青掌跑回頭幫忙，松鴉掌站在那兒不動，嚥下他的挫折感，任憑獅掌把纏繞在他腳上的藤蔓解開，然後再讓冬青掌慢慢地引導他離開那多刺的灌木叢。

「笨荊棘！」松鴉掌抬起下巴向前走，儘量掩飾住他對這地形的不確定感。

冬青掌和獅掌安靜沉默地走在松鴉掌的兩側。冬青掌用頰鬚輕輕地碰他，引導他繞過一團蕁麻；遇到傾倒的樹幹時，獅掌則用尾巴輕彈著警告他要停下來，等著他的引導越過樹幹。

當松鴉掌爬過崩塌的樹幹時，他不由得懷疑：**這預言真的是給一隻瞎眼的貓嗎？**

第三章

獅掌夢見他站在陡峭的山頂，感覺風吹拂著他。一望無際沒有星點的黑夜，像烏鴉展翅飛向遠方的地平線。一座座起伏的山脈，像是被風吹動的湖面波浪。**這些全都是我的！**獅掌興奮地往前跳，又俐落地躍過峽谷，在另一座山峰著陸。他不疾不徐地一躍，身體像空氣般的輕盈。尾巴劃過天際，血液衝向他的耳朵，他抬起下巴嚎叫了一聲，聲音如雷般響徹空曠的山谷。**我擁有來自星族的力量！**

「獅掌！」灰毛的叫聲把獅掌驚醒，「要去狩獵巡邏了！」

獅掌睜開眼睛，陽光穿透窩頂的縫隙直直地照射進來。其他的床位都是空的，**已經日正當中了！**獅掌搖搖晃晃地爬起來，然後想起：他們昨晚半夜才回營地，灰毛應該不會因為他晚起而生氣。

他拱背伸展身體，且打了個呵欠。這一路長途跋涉，使他的腳掌還在痠痛，他小心翼翼地舔著前掌，查看擦傷的地方是不是開始癒合了。沒有血的味道，結痂都變硬了，柔軟的林地應該不成問題。

「獅掌！」灰毛又更急地叫著。獅掌跌跌撞撞地衝出來，踩著沉重的步伐走向空地。

「你終於醒了！」灰毛跟他打招呼，「我們等你等到獵物都變老了。」

「那就會比較好抓啊。」獅掌忿忿地回答著。

「我知道你累了，」灰毛讓步地說，「但是冰掌已經等不及要到森林裡去，我答應白翅要和他們一起去。」

獅掌這才注意到冰掌。這個小見習生像隻新葉季的兔子在空地上跳來跳去，對著假想的獵物撲來扭去。她的獵物是隱形的，但她光滑的白毛和那對藍色的眼睛絕對不是。或許這就是火星要白翅當她導師的原因。因為這隻白色的母貓知道雪白的身體在綠葉季裡會多麼突出，她肯定可以教她一些潛行的技巧，而冰掌很顯然的需要學習。看著冰掌笨拙地衝來衝去，獅掌壓抑下呼嚕聲，想起他初當見習生的興奮之情。

白翅穿過空地，看了她的見習生一眼，「我們現在可以走了嗎？」

獅掌注意到了她的尾巴抽動著。冰掌是白翅的第一個見習生，她會擔心該怎麼應付這團精力旺盛的毛球嗎？她會不會認為她們倆同時出現會嚇走所有獵物？

「妳想要從哪裡開始？」灰毛問。

白翅若有所思地看著冰掌，這隻白色的小貓正笨拙地奔入一堆落葉，讓樹葉四散紛飛。

「你覺得冰掌比較適合從大橡樹還是從舊轟雷路開始？」

獅掌的肚子咕嚕咕嚕地響，他看著獵物堆，最上頭有一隻肥美的老鼠。但是要先餵飽族貓，他才可以吃。這是見習生要學的第一條守則，而且是最難的一條。「橡樹那邊通常會有比較多的獵物。」他建議地說。

灰毛不管獅掌說的話，對白翅點頭示意，「妳做決定。」

獅掌感到一陣懊惱，既然對他的意見沒興趣，那又幹嘛把他叫起來?而且他們完全沒有向他問起山中旅程的事。他生氣地環顧營地，似乎沒有一隻貓對他的歸來有絲毫的興趣。

「嘿，獅掌！」冰掌對他喊著，「我這樣做對嗎？」她擺出狩獵的姿勢，匍匐前進，尾巴還不斷地甩動著。

「對啊。」獅掌心不在焉地回答。**難道就沒有貓關心我嗎？**

「冰掌，妳的尾巴要保持不動。」灰毛說。

獅掌驚訝地看著他的導師。**我以為你對見習生毫不關心。**

灰毛接觸到他注視的眼神，然後轉頭不假思索地對冰掌說，「如果妳讓葉子飛起來，獵物就會知道妳在附近。」他很顯然認為獅掌應該指出冰掌的錯誤。

獅掌的毛髮豎起，為什麼灰毛要他去指導別的見習生?那是白翅的責任。此時，他帶著一絲自責想起暴毛和灰紋，當他們溫和地指出他的錯誤時，他是多麼的感激。

他走向冰掌，「我做給妳看，妳就知道他的意思。」他蹲伏在她身邊，「儘量把妳的背像這樣壓低，壓得愈低就愈不容易被看到。」

「像這樣？」冰掌也跟著做。

「完全正確。」

冰掌眨著像晴空一樣藍的眼睛對他說，「獅掌，謝謝你！其實要去打獵，讓我很緊張。」

獅掌用尾巴尖端輕輕碰觸她的背，「妳沒問題的，」他鼓勵她，「只要學妳導師的樣子，不要想第一次就非抓到獵物不可，我也是練習了好久才學會的。」冰掌點點頭，熱切地看著他，獅掌舔了一下她的耳朵。這就是當導師的感覺嗎？他喜歡這樣子，把有關狩獵和格鬥的所有技巧教導年輕小貓，看著他們從一隻顫抖的小貓長成又強壯又敏捷的戰士。

但是如果那則預言讓他不能像一般戰士一樣，教導見習生、履行族貓義務的話怎麼辦？看著冰掌閃亮的眼睛，獅掌覺得好像要被剝奪掉整個生活方式——一個非常適合他的生活方式。

「我們可以在這裡打獵嗎？」冰掌又問一次。在前往大橡樹的路上，每經過一塊小空地，她都會問這個問題。現在這棵大樹已經矗立在他們面前，地面鋪滿了樹葉和橡果殼。陽光從枝葉間灑下來，照著空地邊緣一簇簇的羊齒叢。

白翅看了灰毛一眼，「我們要再往湖邊走嗎？」她問，「湖岸邊也許有獵物。」

灰毛也回望著她，並沒有回答。

他為什麼不幫她？獅掌試著要引起導師的注意。

白翅環顧四周，「這裡好了，」她決定了，「或許就在羊齒叢那邊？」

獅掌注意到她的尾巴又抽動了一下，如果灰毛再不幫她，那他就要插手了。「那邊的荊

覺。」

「相信妳的直

棘——」他的建議被灰毛打斷，他用尾巴拂過獅掌的嘴巴。灰毛向白翅點點頭，

「羊齒叢。」白翅引導她的見習生朝向枝葉茂盛的灌木叢。

灰毛對著獅掌耳語，「我知道你想幫忙，但白翅需要建立自己的信心。」他們看著白翅叫冰掌蹲伏，並且用她的鼻尖調整冰掌的姿勢，「她做得很好。」

羊齒叢的枝葉顫動著。冰掌蹲伏並擺動後半身，腳掌搓揉地面。白翅輕輕地把尾巴放在她的背上，直到她完全靜止不動。接著傾身向前，在她耳邊低語，然後退後。現在就看冰掌了。

獅掌看著冰掌往前衝，縱身躍入羊齒叢。

一陣尖叫聲從樹叢後頭傳來，然後很快地靜默下來，冰掌跳出來，齒間叼著一隻小田鼠。她的眼中閃著快樂的光芒。

灰毛走向前去，「做得好！」

白翅驕傲地蓬起胸前的毛，「冰掌，很棒！」

「乾淨俐落。」灰毛再補一句。

捕到這麼小的一隻田鼠就這麼興奮！大概是太小了想跑也跑不掉。獅掌的思緒又跳回山上。他很高興冰掌這麼快就抓到她的第一隻獵物，但是如果他們看到他跟山貓打仗的情形，他們會怎麼說？抓到一隻小獵物和獨自擊退一整族貓是無法相比的。

「畫眉鳥！」

聽到灰毛輕聲的警報，獅掌轉頭跟著導師的視線望去。一隻肥美的畫眉鳥在鋪滿落葉的地

上啄食。獅掌潛行到牠身後，肚皮貼地，尾巴微舉以免碰到樹葉，悄悄地朝畫眉鳥匍匐前進。正在覓食中的鳥兒並沒有意識到危險。獅掌從樹根處跳躍到三條狐狸尾巴遠的林地上。那隻畫眉鳥嚇得想要展翅飛走，但是獅掌精確的著陸，把牠張開的翅膀壓制在地，並給予致命一擊。

「真是太厲害了！」冰掌以充滿崇拜的眼神望著他。

白翅的耳朵驚訝地平貼著。

獅掌覺得鼻子癢癢的，畫眉鳥的一根羽毛正好黏在鼻尖，他把它撥掉，覺得有些不自在。

灰毛點點頭，「很好！」

「那一跳真的好遠！」白翅說。「不過也很容易有失誤。」

不，我才不會呢。獅掌忍住沒有說出這樣的想法。看到族貓的驚訝眼光，或許讓他們認為他是碰運氣的會比較好。也許松鴉掌是對的：如果讓他們知道了事情的真相，他們可能會不太高興。

走在回營地的路上，獅掌的鼻子裡充滿令貓垂涎的畫眉鳥氣味。冰掌跟在他旁邊，雖然一直想跟上他的腳步，但她的小獵物不斷絆倒她。

「真希望我的腳沒這麼短。」她嘴裡銜著田鼠含糊地抱怨著。

「會變長的。」獅掌說。

白翅和灰毛帶著自己的獵物走在前面。現在已經是綠葉季的尾聲，什麼獵物都會受歡迎的。族貓需要盡可能的填飽自己，準備度過寒冷的枯葉季。

「你剛才的動作真的很棒。」冰掌說。

獅掌悶哼了一聲謝謝，他不想不小心吞下羽毛，弄得整天都在咳嗽。

「你為什麼這麼早就撲過去呢？」冰掌追問著，「是不是你覺得太靠近的話，牠會聽到你的聲音？」

「我只是想要試試看。」獅掌心想如果要他多走幾步也一定抓得到，但為什麼要浪費時間在那裡躡手躡腳的呢？

「你是一個很棒的狩獵者，」冰掌從嘴角發出聲音，「我以為冬青掌已經夠好了，你比她更棒。你在哪裡學的？這麼強壯是不是有做額外的練習？你覺得我應該要多做點訓練嗎？」

「我相信白翅會讓妳做所有必要的訓練的。」

「我真希望她能像灰毛一樣，把我訓練得像你一樣好。」

獅掌看著導師的背影消失在前方布滿荊棘的小徑。灰毛的確把他教得很好，但並非他唯一的導師，虎星也訓練過他。而他與生俱來的力量是冰掌無法想像的，即使她一輩子日以繼夜的接受訓練也無法做到。

當到達山谷下的小徑時，獅掌感到一陣孤單的苦楚，他好像是自己單獨一族，那則預言把他和營地的熟悉臉孔拉遠了距離。

冰掌衝到他前面，跟著白翅和灰毛穿過營地的荊棘圍籬。獅掌走進空地的時候，剛好看到冰掌把田鼠放在獵物堆，然後走向其他夥伴。

煤掌、蜜掌和鼹掌正在見習生窩外頭曬太陽，冰掌朝他們走過去。

「妳第一次捕獲的獵物？」蜜掌叫著。

冰掌抬高下巴，「我第一次抓就抓到了！」

獅掌非常羨慕，他不會再有這種無憂無慮的感覺，也不會因為這麼小的成就而興奮不已。

「狐掌回來了嗎？」冰掌問，顯然是等不及要向弟弟炫耀一番。

「松鼠飛帶他到邊界巡邏，」煤掌告訴她，「應該很快就會回來的。」

當獅掌走向獵物堆放下他的獵物時，一隻貓擦身而過，轉頭一看是他的姊姊。

「抓得好。」冬青掌的聲音單調平板，好像有心事。她看著煤掌和鼹掌正拿一顆青苔球互相滾過來滾過去，蜜掌在那邊跳著想攔截住球。

「妳不想加入他們嗎？」獅掌問。

冬青掌眨一眨眼，「我不想。」

這並不像冬青掌，尤其是煤掌也在那邊玩。「哪裡不對勁嗎？」獅掌問。

「我只是沒有玩的心情。」

獅掌探索著她綠色的眼睛，難道冬青掌也有孤單的感覺？「感覺很奇怪，是不是？」他終於說出口。

冬青掌看著他，「什麼？」

「和大家不一樣。」

「我們看起來和大家沒什麼兩樣啊！」

「妳知道我的意思。」獅掌感到一陣不耐煩。他需要講話的對象，他一整天都守著他們的祕密，像緊緊抓著想逃走的獵物，冬青掌沒必要這樣吊他胃口。「知道這大祕密的事，卻誰都不能講。」

冬青掌驚慌地豎起肩上的毛，「你不會想說出來吧？」

「沒有，我——」

冬青掌打斷他的話，「不可以說出來！這預言是什麼意思連我們都不曉得。」她壓低聲音，眼光環伺空地。「我們必須先搞清楚我們的力量是什麼。」

獅掌收縮著爪子忿忿地說，「我才沒有要說出來呢！」她幹嘛這麼愛管閒事？我才沒這麼鼠腦袋呢！而且她幹嘛每件事都要追根究柢呢？這個預言就是這麼簡單：他們會比其他貓的力量更強，只要準備好在必要時使出他們的力量就好了。他轉身走向半邊石。

太陽移動到樹梢，族貓開始到獵物堆拿取食物。煤掌銜起獅掌抓到的畫眉鳥到育兒室，蜜妮、黛西和小貓咪可能都餓了。

罌掌撿起一隻老鼠放到長老窩外頭，喊著：「有鮮肉喔！」

長尾從糾纏的金銀花叢中走出來，抽動著鼻子站在長老窩入口，鼠毛也跟在後頭僵硬的走出來。

巫醫窩入口的荊棘垂簾晃動著，松鴉掌從裡面走出來，小心翼翼地咬著一個苔蘚球。他走到鼠毛和長尾旁邊，把那團苔蘚放在地上。他轉動那雙藍色的眼睛對著冰掌說：「聽說妳已經忙了一天，也該去吃些東西了。」

「我好餓喔！」冰掌也承認著，轉身走向獵物堆。

「謝謝妳的田鼠！」長尾對見習生喊著。

冰掌高興地回頭說：「不客氣！」

「妳介意一邊吃一邊讓我檢查妳身上的蝨子嗎？」松鴉掌問鼠毛。

「如果你執意要這麼做的話，」鼠毛沒好氣地說，「我實在不明白，你為什麼偏偏要挑這時候把那臭東西拿過來。」她的頭朝著苔蘚球點了一下，獅掌猜想那一定浸過老鼠膽汁。

「我想妳會比較早睡，我又不想把妳吵醒。」松鴉掌耐心地用鼻子檢查，最後在鼠毛的尾巴停下來，並撕下一塊苔蘚擦拭。

獅掌看著弟弟，他似乎再也不是那忿忿不平、不想當巫醫的年輕小貓。**而且他的力量比任何一個族貓都還要大**。獅掌爬上半邊石躺下來，肚皮靠在被太陽晒得暖暖的石頭上。**或許知道了自己的力量以後，讓他比較能夠忍受這些瑣碎又無聊的工作**。他不知道松鴉掌何時潛進火星的夢裡，偷聽到三隻小貓擁有星族力量的預言，知道了這個祕密。獅掌不知道啃噬他的挫折感，也會像松鴉掌一樣，隨著時間的流逝而緩和下來嗎？

他抬頭看到火星和沙暴從擎天架走下來。雷族族長從來沒有透露出任何跡象，他對待他的孫子跟對待其他見習生沒什麼兩樣。**他到底有什麼感覺？**獅掌突然非常希望能擁有松鴉掌的能力，可以看穿火星的心思。他是否以他們為榮？是否高興有他們的護衛，他的族貓從此可以高枕無憂？還是就如同松鴉掌所擔心的，族貓中有比他更強的貓會使他焦慮不安？

荊棘圍籬顫動著，松鼠飛和棘爪走進來，後面跟著狐掌和莓鼻。

「邊界很平靜，」棘爪向族長喊著，「但是黃昏巡邏隊要仔細搜查風族邊界。從那裡的氣味可以發現，他們一直在那一邊的樹林打獵。」

火星在擎天架下坐下來，沙暴也坐在一旁。「看來他們也漸漸喜歡吃松鼠了。」他說。

和蜜掌正分食著一隻鴿子的煤掌抬起頭來，熱切地說，「我可以加入黃昏巡邏隊嗎？」現在她的腿傷已經恢復得差不多可以去執行見習生的任務了，她什麼工作都想做，像是要把損失的時間補回來。

「好，」棘爪點頭，「我讓灰紋帶隊。」

「有誰提到灰紋嗎？」蜜妮從育兒室走出來，眨一眨惺忪的睡眼。

灰紋正在修理育兒室的牆，荊棘交織而成的牆面被風吹破一個洞。「妳還好嗎？」他細心

地看著蜜妮，她因為懷孕變胖，隨時都有可能生產。

「還好，」蜜妮從獵物堆叼起兩隻老鼠，「我只是想在外面和你一起用餐。」她把食物拿

到剛才火星和沙暴躺臥的地方。灰紋塞進了最後一根枝條，趕過來和她在一起。

一隻畫眉鳥突然被丟到半邊岩旁的地上，把獅掌嚇了一跳。冬青掌站在那邊看著他。

「我想你可能願意和我一起分享。」她喵嗚著，這是她道歉的方式嗎？獅掌懷疑姊姊根本

不知道自己有多跋扈。但是能這樣已經讓他感激不盡了。不管他覺得多孤單，冬青掌和松鴉掌

也和他一樣知道這個預言。只要他的姊姊弟弟在身邊，他就不算真正的孤單。

「謝謝。」他低沉地震動著喉嚨，坐下來吃。

樺落、白翅和蕨毛一起分享獵物；刺爪和蛛足已經吃飽了，在附近伸展筋骨。這是從山上

回來後第一次和族貓一起用餐，獅掌這才開始放鬆心情。事情並沒有什麼改變，他說服自己。

「山上的部落還好嗎？」火星問棘爪。

雷族副族長吞下口中的鮮肉，「他們要面臨辛苦的枯葉季，」他說，「但是我想他們會沒事的。」獅掌瞇起眼睛，他父親真的那麼有信心嗎？

「你想他們能夠守住你幫他們劃定的邊界嗎？」刺爪問。

松鼠飛聳聳肩，「我們已經盡所能的訓練他們了。」

「那就很好了，我知道你們能做的有多少。」灰紋插話說。

「和我們剛去的時候比起來，他們現在好多了，」棘爪說，「一時之間他們很難習慣要在原來狩獵的地方劃定界線，但我希望讓他們了解，為自己擁有的東西奮戰是很重要的。」

「我們當然也把那些入侵者教訓了一頓，讓他們不能為所欲為。」松鼠飛補充說明。

「打仗的時候有很多貓受傷嗎？」沙暴問。

「並不嚴重，」棘爪回答，「不過那是一場硬戰。」

這場仗沒有我是打不贏的。獅掌等著父親告訴大家他表現得多出色。

「所有見習生都像是真正的戰士一樣。」棘爪望著獅掌，「他們為族貓增光不少。」

獅掌沮喪得腳掌刺痛著，「他難道不提提我打仗時的情景嗎？」他低聲嘶叫著。

「噓！」冬青掌警告他，「最好他們都不知道，我們不能引起大家的注意。」

獅掌生氣地咬著畫眉鳥，**有這種力量又不能讓大家知道有什麼意思呢？**他發現自己希望再打一場仗，這樣就可以讓族貓瞧瞧他是什麼樣的戰士。**敵族的貓最好小心一點**，他暗自心想。

獅掌腳掌痠軟地爬進他的床位，這場旅程所帶來的肌肉痠痛還沒恢復。只要再好好的睡一覺，他就可以恢復往日雄風。他蜷伏在乾爽的青苔上，閉起眼睛。

「你不是要直接倒頭就睡吧？」罌掌從見習生窩的另一邊喊著。

「你難道不想聽聽沙暴在訓練的時候對我說什麼嗎？」蜜掌也催促著。

「我累了。」獅掌喃喃地說，他現在沒有心情和夥伴們聊天。

「隨你便吧。」罌掌喵嗚著。

突然有兩隻小掌子落到他背上，刺到他的肋骨。

「對不起！」狐掌趕緊後退，獅掌猛然抬起頭。

他看著那小見習生，「小心點！」

「我只是想讓冰掌看看要怎麼抓狐狸，我要用這招贏得我的戰士名。」狐掌說，「我想叫做捕狐手！」

「很好！你已經證明你捕到了一隻睡貓！」蜜掌嘲弄他。

冰掌跳過來替弟弟講話，「總有一天他會抓到一隻真正的狐狸。」

「是啊！是啊！」罌掌朝那白色的見習生丟擲了一塊青苔。

狐掌跳起來在中途攔截，丟回給罌掌。「我抓得到的，妳等著瞧！」

「但你就是『抓』不到綠咳症！」罌掌戲弄他。

「會，我會！」狐掌力爭著。

其他見習生都覺得好笑而發出呼嚕聲。

「我的意思是說只要我想的話我都抓得到，」狐掌趕快解釋著。「真希望松鼠飛不要老是對我做的事大驚小怪。」

「只要你不要再亂跑，她就不會大驚小怪，」蜜掌指出，「今天她去找你的時候，我們在那裡等了好久好久。等你被帶回來時，那隻被我追跑的松鼠早就逃到影族的領土了！」

「我在探索啊！」狐掌抗議著說。

「好，過來探索這個。」煤掌這時擠進見習生窩。獅掌聞到了蜂蜜的味道，但是他還是躺在那兒不動，其他的見習生都紛紛從他們的床位爬起來，看看煤掌帶回了什麼。

「妳在哪裡找到的？」冰掌驚訝的喘著氣。

「我們在廢棄的兩腳獸住處附近巡邏，雲尾在一個空心樹幹裡發現了蜂窩。」煤掌解釋，「他把腳掌伸進去抓了一塊蜂窩。」

「他有被叮到嗎？」狐掌問。

「只叮到一下。」

「我已經好久沒吃到蜂蜜了。」罌掌嘆口氣。

「雲尾把大部分的蜂蜜給葉池儲存起來，說這一點可以給我。」煤掌說。

「可以給我舔一下嗎？」冰掌請求著。

「可以啊，但是不可以舔太多，」煤掌說，「這是要讓大家一起分享的。」

冰掌閉眼吞下去，然後睜開眼驚訝地說，「吃起來沒什麼味道啊！」

罌掌低聲呼嚕著，「每隻貓都知道啊，鼠腦袋。」她舔著蜂窩嘆了一口氣，「我喜歡吃下去之後，喉嚨舒緩、肚子暖暖的感覺。讓我想起了母親的奶水。」

獅掌把他的鼻子埋在他的腳掌底下，試著要擋住夥伴們吃蜂蜜時所發出的呼嚕聲。他們真容易滿足。總有一天森林裡的蜂蜜都是他的。他不像他們一樣——一點小東西就能取悅他們。那份孤獨感又回來了，比以前更強烈。

一個溫暖的身體靠過來，冬青掌爬進床位，趴在他旁邊。

「不去加入蜂蜜大餐？」獅掌低語。

「讓他們享用吧。」她低聲回話。

突然間感覺沒那麼孤單了，獅掌閉上眼睛沉入夢鄉。

夢中，獅掌感受到腳下林地冰冷和針葉刺痛的感覺。薄霧籠罩著大地，在光禿筆直的樹幹間飄邈伸展到遠方，沒入黑暗之中。

「該是你回到我們這裡的時候了。」虎星低沉的吼叫聲在陰暗處響起。獅掌看著巨大的肩膀輪廓，那戰士從樹林裡走了出來。

鷹霜緊跟在後，「你需要我們盡所能的訓練你。」

獅掌毛髮豎起，「你們難道沒看到我在山上打仗的情形？」他還需要什麼更多的訓練嗎？

他已經比其他的貓表現得還要出色。他已經證明了！

「我們關心的不是過去的戰爭，」虎星說，「而是未來的。」

獅掌瞇起眼睛，這話聽起來像是個藉口。**他們可能是沒辦法看到我在山上的情景，即使是虎星能力也有限。**

「讓我看看你的頭腦是不是跟你的力氣一樣強。」虎星走到獅掌後頭，把他推向鷹霜。「試試看攻擊鷹霜的弱點。」

「但是你們不想聽聽有關山貓的事嗎？」

虎星甩著尾巴，「他們的事跟我無關。」

他沒有興趣！獅掌看著他的幽靈導師，難道虎星不認為他在這次的旅程中，跟不同貓作戰的經驗中可以學到什麼嗎？虎星真的認為自己對打仗的事無所不知嗎？但他對獅掌的事絕對無法嘹如指掌。或許現在是該讓他知道的時候了。

「你還在等什麼？」虎星怒斥著，「攻擊鷹霜！」

獅掌翻騰著一肚子怒氣，亮出爪子撲向鷹霜，用力地扒著斑紋戰士身體，他感覺到他皮破血流，鮮血濺到他的腳掌。

鷹霜暴怒地嚎叫著，他從獅掌身邊跳開，頸背部的毛豎立著。

獅掌轉向虎星，「你現在要聽我說了嗎？我有重要的事要告訴你，那是有關我的預言！也就是我之所以可以這樣戰鬥的原因。」

虎星的眼睛一亮，「什麼意思？預言？」

「有一隻老貓在火星的夢中告訴他：將有三隻貓兒，你至親的至親，星權在握。」獅掌把松鴉掌話複誦一遍。「你看不出來嗎？那一定就是我們，因為松鼠飛是火星的至親啊。」

虎星厭惡地嗤之以鼻，「火星！」

「但那是真的！」獅掌堅定地說，「如果你看到我在山上戰鬥的樣子就知道。我擊退所有的貓，我覺得我好像可以不停地戰鬥，直到打敗所有敵貓。」

「那是因為我訓練過你。」虎星怒吼著。

「不只是那樣！」獅掌爭辯著，「我擁有來自星族的力量！」

「是火星這樣告訴你的，對吧？」虎星冷笑著。

「不是，」獅掌的爪子刺進了冰冷的土裡，「是松鴉掌進入了火星的夢裡，偷聽到的。」

突然虎星閃爍著嘲弄的眼神，「我知道了，」他嘲笑著，「有一隻貓做了一個夢，說你是有史以來最厲害的生物。」

為什麼虎星不把它當一回事呢？難道他不以他為榮，能有個統治整座森林的親戚？獅掌的喉嚨升起一陣低吼，或許虎星只希望自己有這種能力。「不要笑我。」

鷹霜抽動著頰鬚，「看看這個小戰士！假裝自己是火星，這麼的偉大又勇敢！」

「要不然你要怎麼解釋山上那場戰鬥呢？」獅掌質問著，「我甚至連一點傷都沒有！」

「你打敗了一群餓得發慌、又沒受過訓的無賴貓。」鷹霜嘲笑他，「哇，真的有可能成為偉大戰士。」

獅掌眨眨眼，腳底下突然變得更冰冷。如果他們說的對呢？那些山貓根本不能算是技巧高超的戰士。不管哪一族的貓都可以擊退他們；根本不需要最強的貓來幫他們打贏這場仗。如果這預言真的只是一場夢怎麼辦？

「你現在不那麼確定了，對吧？」虎星彈一下他的尾巴，「我知道相信自己是史上最棒的戰士感覺一定很棒，但是火星真的會派這麼重要的三隻貓，冒著生命危險到山上去嗎？」

獅掌滿腹疑問，火星從來沒有提到過預言。如果他真的相信他們那麼特別，他不會讓他們冒這個險。他會讓他們安全地待在營地裡，讓他們照顧族貓。

虎星向前靠，他的氣息吹動獅掌的頰鬚，「讓自己很強的方式只有一條，」他嘶吼，「訓練。磨練你的格鬥技巧，努力練習，有一天你就有可能成為森林中最強悍的貓。」他往後退，厲聲說道，「現在，再做一次！但是這一次把你的爪子收起來。除非我下令，不然不要亮出你的爪子。」

第四章

松鴉掌把黏答答的蜂巢鋪在地面的大葉子上，雖然已經用羊蹄葉包了一層，蜂蜜還是不斷滲出來。葉池擔心蜂蜜會流到岩縫的另一端，沾到其他草藥，所以她找了一片大黃葉，讓松鴉掌把蜂巢再包一層，自己則出去採貓薄荷。

一聲尖叫讓他僵在那裡。那是小貓痛苦的叫聲，他豎起耳朵認出是小蟾蜍，轉身剛要衝出巫醫窩，黛西正好跑進來。他嗅出她一身的恐懼，感覺到她搖晃沉重的腳步經過他身邊。她一定是把小蟾蜍背進來了。

「把他放在水池邊。」他指示著。

「他追蜜蜂追到蕁麻叢裡去了。」黛西把小蟾蜍放下，喘著氣說。

「笨蜜蜂！」小蟾蜍嚎叫著。

松鴉掌鬆了口氣，原來是蕁麻刺。他這樣大呼小叫，松鴉掌還以為他被狐狸攻擊了。

「火星應該下令把那些蕁麻拔除，」黛西

抱怨著，「我就知道有一天會出事的。」

「蕁麻不會要你的命。」松鴉掌聞著小蟾蜍，那小掌子掃過他的鼻尖。這隻小貓不安地扭動著，既想要舔他刺到的地方又同時用腳掌搓揉鼻子。「坐好不要亂動！」

「但是很痛！」小蟾蜍抱怨著。

小貓稚嫩的毛皮本來對蕁麻刺就沒有任何防禦能力，松鴉掌感覺到熱氣從小蟾蜍的鼻子和耳朵冒出來，露出來的皮膚都腫起來了。

「我去拿一些羊蹄葉。」松鴉掌告訴他。

黛西焦急地繞著小貓，松鴉掌衝去拿藥時還被她的尾巴絆倒了一下。他踉蹌地爬起來走到儲藏室的入口，伸掌進岩縫裡抓了一把放在錦葵旁的羊蹄葉。他聞一下確定沒拿錯，然後把草藥嚼成糊狀。只要讓羊蹄葉的汁液滲透進小蟾蜍的毛皮，他的傷很快就會好起來。

他邊嚼邊走回那扭來扭去的小貓身邊，把藥膏吐在掌上，準備塗到小貓耳朵。

小蟾蜍本能的躲開，「不要碰我！」他腳掌一揮藥膏掉到水池裡，松鴉掌聽到撲通一聲。他挫折地再去拿羊蹄葉，「趕快讓我治療你，你就不會那麼痛。」他又撞到了黛西，她還在那裡繞著。**我的天啊！**「回去照顧小玫瑰吧！」他很快地說，「我不希望連她也跌進蕁麻堆裡，我會照顧小蟾蜍的。」他彈著尾巴，「如果他肯配合坐好的話。」

「你確定他沒事嗎？」黛西焦躁地說。

松鴉掌深吸一口氣，**保持冷靜對你或對病貓都會比較好，**葉池的話在耳邊響起。「到目前還沒有貓被蕁麻刺到死掉的。」他咬著牙說。

「要乖乖坐好，小寶貝，」黛西說著走出巫醫窩，「我確定小玫瑰沒事後就會回來看你。」

「別急！慢慢來。」松鴉掌低聲地說著。他嚼著羊蹄葉，然後匆匆回到小蟾蜍身邊，開始把藥膏舔到他耳朵上。小蟾蜍又想躲開，但松鴉掌這次用他的前掌把他壓制在地上。

「別動，」他邊舔邊說。小蟾蜍嚎叫著，松鴉掌繼續舔到他整耳都覆蓋一層汁液才停止。

「我知道會痛，」他放開小貓，「但你並沒有生命危險，待著，我再去拿一些敷你的鼻子。」

當松鴉掌轉身的時候，他感覺到小蟾蜍心中的怒火。他身上的毛摩擦過地面，小蟾蜍正要撲向松鴉掌的尾巴！

松鴉掌快速轉身，「你敢！」

小蟾蜍驚訝的叫了一聲，他和松鴉掌面對面頰鬚碰在一起。

「你怎——怎麼知道我要做什麼？」小蟾蜍尖聲說道。

松鴉掌瞇著眼睛，「我沒你想的那麼瞎。」

小蟾蜍退後，「對不起。」

「現在乖乖回去坐好，好嗎？」松鴉掌問。

「好。」小蟾蜍低聲地說。

把這隻小貓嚇到，松鴉掌覺得有點罪惡感。他又弄了一口藥膏，這次他把藥膏放在小蟾蜍面前，「敷在你的掌墊上，然後塗在你的鼻子和嘴巴上。」他下達命令。

小蟾蜍邊抽搐邊塗藥，松鴉掌感覺到他的疼痛慢慢的舒緩下來。羊蹄葉已經發揮作用。松鴉掌鬆了一口氣，拿更多藥膏把小蟾蜍身上所有的傷口都敷上藥。**等黛西回來時再給她帶點罌**

粟籽回去，讓她在小蟾蜍睡前給他吃，他才不會半夜癢得睡不著。

荊棘垂簾窸窣作響，松鴉掌嗅著空氣。葉池採貓薄荷回來了。

「黛西告訴我你被刺到了。」葉池放下她採回的東西，走向小蟾蜍。

松鴉掌聽到她嗅聞的聲音，她正在做檢查，「做得好，松鴉掌。羊蹄葉的用量剛剛好。」

松鴉掌不知道要不要跟她說小蟾蜍是多麼難纏的病貓。

「你應該要給他一點罌粟籽，」葉池建議著，「這樣他今天晚上會睡得比較好，傷口還是有好一陣子會痛痛癢癢的。」

謝謝妳的建議！他並沒有回答。他得習慣去聽從一些他並不需要的指令；不像冬青掌或獅掌，他還有很久的見習生日子要過。身為一隻巫醫，即使他被授予他正式的貓名，他還是得向導師學習，聽從她的命令。他最好還是習慣。

「松鴉掌，謝謝你！」小蟾蜍感激的喵嗚聲把他嚇了一跳。「對不起，我真是鼠腦袋。」

松鴉掌對這隻年幼小貓有了一股憐憫之情，「你剛才嚇到了，而且也受傷。」

「我現在好多了，謝謝你。」小蟾蜍開始朝外頭走去。

「你不等黛西來接你嗎？」松鴉掌喊著。

小蟾蜍停了一下，「我**想**我自己可以走回育兒室。」

沒禮貌的小毛球！松鴉掌感到非常自豪。小蟾蜍原本是那麼難應付，但是現在松鴉掌贏得了他的尊敬。松鴉掌開始清理沒用完的藥膏，「我會在睡前把罌粟籽拿到育兒室去。」他趁著葉池還沒開口就趕緊先說。

但是葉池似乎沉浸在自己的思緒裡，松鴉掌暫停他的清理工作，**她在擔心**。她的心思雖然靠他很近，卻像遠處地平線上的閃電，似乎帶著一種不安的能量。當她走到松鴉掌包一半的蜂窩時，她的腳步沉重，疲倦感好像增加了她的腳掌重量。**我不在的時候，她一定加倍的忙碌**。他刮掉地面上最後的一點藥膏，趕緊去幫忙導師。

「對不起，我沒有時間把它包完。」蜂蜜已經被葉池用樹皮繩子緊緊地包在大黃葉裡了。她把繩子固定好，「你要照顧小蟾蜍。」她的聲音聽起來很疲倦，為何他以前沒注意到？

「我來檢查草藥的存量，」他邊說邊舔掉掌中最後的一點羊蹄葉汁，「妳說過我們要在落葉季來臨之前清點，看看需不需要再補充什麼。」他在葉池要求幫忙之前，就走進去岩縫。

這個非常好用的岩縫是最近在巫醫窩的牆面發現的。那些逐漸爬滿巫醫窩岩牆的藤蔓，根部已經威脅到窩裡的水源，使得雨水無法順利流到水池。葉池在清理藤蔓時發現了這個岩縫。窄窄的岩縫只夠一隻小貓擠過去，裡面卻很寬闊，足以當作一個窩。在裡頭迴旋有餘的松鴉掌，開始嗅聞一堆堆存放的草藥、莓子和樹根。

「把草藥傳出來給我，」葉池喊著，「我們來看看我們還有什麼。」

松鴉掌把草藥推出岩縫，葉池將草藥整齊的排列在地上。他用敏銳的鼻子把各種氣味在心中排序好：聚合草、錦葵、百里香、貓薄荷、用樹皮包著的罌粟籽、還有更多數不清的草藥。

「錦葵所剩不多，」葉池說，「而且我還需要更多的貓薄荷。」葉片在葉池的腳掌下窸窣作響。「我今天已經盡可能的帶回來一些了，我們應該趁著樹葉還茂盛的時候去採回來晒乾，以備禿葉季使用。」

把葉子晒乾是保存草藥不會腐壞的最佳方法。

松鴉掌摸著腳掌底下的百里香，聞起來已經不新鮮了，「這放多久了？」

葉池彎下身聞一聞，「一定是從去年綠葉季放到現在，」她檢查著，「已經失去大部分的藥效了，我們要再採新的回來。」

「我們有沒有死莓？」松鴉掌在上次到月池時，聽小雲提過這種攸關生死的莓子，它只能用來幫助苟延殘喘的貓。影族的領土上就長著一株，小雲說大家可以共用。但是葉池拒絕了，松鴉掌感覺到現在的她有一絲不安。

「我不用死莓，」她喃喃自語，開始挑揀一堆款冬。「影族的巫醫保有死莓，他們教見習生使用死莓。」她的聲音薄弱，好像心頭有個陰影籠罩著。「但是我是絕對不會教你的。」

為什麼？松鴉掌對這種能夠掌握生死的力量非常好奇。

葉池顯然不想和這件事有任何瓜葛，「我們必須盡所能地幫助族貓，但是只有星族才能決定死亡的時刻。」她把一堆草藥推向松鴉掌，味道聞起來是聚合草，「仔細的挑一挑，把不新鮮的或是沒味道的丟掉。」

松鴉掌開始翻攪、仔細聞每片葉子，並且丟棄沒用的葉子。葉池在他旁邊，把那堆款冬分成一捆一捆的。

「你回來之後我都沒有機會問你，」葉池開始問，「這次的旅程還好嗎？」

「還好啦。」松鴉掌想起在陡峭的山路途中跳過一個裂口，忍不住顫抖著。他當時不知道自己會在前方何處著陸，也不知道身後的深淵有多深。

「你覺得急水部落怎麼樣？」葉池在大遷徙的時候遇過他們。

「他們很怪異。」松鴉掌試著把焦點集中在他覺得最奇怪的地方。「高山那麼的險峻，我以為那裡的貓很厲害，但是他們竟然對擊退入侵者毫無任何概念。」**他們好像是一個在躲避什麼的貓族**。看到他們縮在瀑布後的洞穴，一直緊張地轉頭看是不是有危險，松鴉掌覺得很同情。即使是他們的祖靈也是緊張兮兮的，「我遇過殺無盡部落。」他終於說出來。

葉池繼續工作著，但她掌中的款冬好像因為她不安的搓揉而愈來愈香。「祂們是什麼樣子？」她問。

「祂們有點像星族。」**祂們知道我要來也知道有關於預言的事**。「但是祂們並不幫忙部落擊退入侵者。」

「有時候甚至連我們的祖靈也無力幫助我們。」葉池嘆了一口氣。

「但是祂們像是迷路了。」松鴉掌對這樣的想法一直揮之不去，他覺得部落並不是原來就住在山上；他們是住在一個遠離寒風峻嶺的地方，而且早就知道有關他們三隻貓的預言。

葉池停下手邊的工作，他感覺到她好奇地看著他。

「我很訝異尖石巫師既是他們的族長又是巫醫。」松鴉掌趕緊在她問起更多殺無盡部落的事之前這樣說。

「那對一隻貓來說真是責任重大，」葉池也有同感。她又開始捆著款冬葉。「知道太多的事有時會很孤單。」

松鴉掌的心頭一震。**她說的是那預言嗎？難道她也知道？不可能的！如果她也知道的話**

一定會說些什麼的。他的心跳漸趨緩和，因為他知道葉池對這樣的祕密絕對不會等閒視之。不過，他還是在她的思緒中尋找線索，和往常一樣，她的內心有迷霧阻擋。松鴉掌只感覺到憂慮像雲霧般襲捲著她，她或許不知道預言的事，但一定有心事困擾著她。

為什麼她常常不快樂？他想讓她開心一點，「要不要我幫妳拿點鮮肉？」他說。

「不用。」葉池輕輕甩動自己，想拋開愁緒。「不過你可以開始把聚合草放回儲藏室。」

當松鴉掌咬著一捆聚合草穿過岩縫到儲藏室時，有個聲音從入口傳來，「葉池？」

松鴉掌認出是雲尾。

「妳在啊！」這名戰士發現葉池在窩裡，鬆了一口氣。

松鴉掌一邊把聚合草滾到岩縫的後方放好，一邊聽葉池和雲尾交談。

「你受傷了嗎？」葉池問。

「沒有。」雲尾在洞穴裡來回踱步，「我擔心煤掌。」

松鴉掌豎起耳朵，目前只有他跟葉池知道煤掌的前世是雷族的巫醫煤皮。煤掌自己並不知道，但是有時候她腦子閃過的片斷知識，以及她對舊森林親身經歷般的描述，只有殘留的記憶才能解釋。難道雲尾也開始懷疑他的見習生有什麼不尋常的地方了嗎？

「她還好嗎？」葉池的呼吸聲和松鴉掌一樣加快。松鴉掌靠到岩縫口。

「妳覺得她可以參加戰士評鑑嗎？」雲尾急促地說著。「蜜掌和罌掌都要參加，但是除非煤掌的腿傷已經完全好了，否則我不想讓她參加。」

葉池猶豫了一下。

為什麼她不回答？松鴉掌緊張地搜索她的思緒，這一次他決定要撥開迷霧。他屏住呼吸，發現葉池心裡有一段鮮明記憶，強烈而無所遁形。

岩牆圍住白雪覆蓋的峽谷。松鴉掌立刻認出那是他在煤掌夢境中去過的老營。白雪覆蓋住洞穴和灌木叢，但是營地中央有一塊空地，一隻灰色、骨瘦如柴的母貓在那裡蹣跚跛行，她垂著尾巴，白霜凝結在頰鬚上。雪花隨著陣陣的冷風拂掠過空地。松鴉掌冷得全身顫抖，他被卡在葉池的回憶裡動彈不得。

葉池一步步的走向那灰色的母貓，雪花一片片灑在她的毛皮上。她看起來很年輕，帶著一張稚氣的圓臉，她蓬起渾身毛髮來禦寒，「煤皮，我去拿些鮮肉來給妳吃，」她請求著，「巡邏隊剛才抓了一隻黑鳥回來。」

煤皮呆滯的眼神中閃著一線希望，「黑鳥？」她低語，「很久沒看到這樣的獵物了。」

「我拿一些給妳。」葉池堅持地說。

煤皮的表情突然轉變，她的眼神冷若冰霜，「別浪費在我身上！」她怒斥著，「長老和母貓一定要先吃，然後是戰士和見習生。如果他們想要有更多的食物，一定需要更多力氣。」

「但是妳也需要力氣啊，」葉池爭論著，「妳在照顧有白咳症的貓，如果變成了綠咳症怎麼辦？他們會更需要妳啊！」

煤皮低下頭，語氣變得溫和，「我的腳這個樣子是沒辦法走遠的，尤其在這種天氣，更是痛得厲害。我只需要一點食物就可以撐得下去。」她的語氣中帶著惆悵和渴望，松鴉掌可以聽得出她心裡沒講出來的話：**如果我的腳沒事，我也可以出去為族貓覓食……**

「她沒事的。」葉池響亮的喵嗚聲把他拉回現實，他的導師熱心的向雲尾保證，「她一定可以成為一名戰士的。」

「我注意到她的腳在做某些格鬥招式時有點僵硬。」雲尾的語氣有些不確定，「我擔心她腳痛沒跟我說。」

「那就可能不痛吧。」葉池喵嗚著。

「或許她下次訓練的時候妳可以過來看一下？」雲尾開口要求，「再確定一下？」

「不需要。」葉池嚴峻的一口回絕，「她將會成為一名很棒的戰士，你應該以她為榮。」

「我是以她為榮，」雲尾語氣肯定地說，「但是我並不想催促她，如果她需要多點時間恢復，我可以耐心的等待。」

「我確定你並沒有催促她。」葉池堅持著。

松鴉掌感覺到雲尾的疑慮消散了。

「聽妳這樣說我就放心了。」雲尾說。

「我很高興我幫得上忙。」

「妳要過來一起吃點東西嗎？」雲尾問。「狩獵巡邏隊剛剛回來。」

松鴉掌等他們走出去後跳出岩縫。他仍然可以感受到煤皮的憂傷，好像自己內心也受傷一般。葉池怎麼有辦法這樣等閒視之？她一定也有感覺；那是她的記憶！然而他和雲尾談論的時候竟然是那麼的開朗——不自然的開朗——好像要掩飾內心的疑慮。他撿起一捆款冬，走向儲藏室。但願葉池對煤掌腿傷的看法是對的。

第五章

葉池正在和雲尾分食一隻老鼠時，松鴉掌也從巫醫窩出來，走向獵物堆。

時間還沒有到中午，狩獵巡邏隊就把獵物堆得滿滿的。他從底部拉出了一隻鼩鼱，煤皮在雪地挨餓的情景又浮現在他腦海。葉池用餐時是不是也想起了她的導師？

「松鴉掌！」灰紋從空地的另一邊朝他飛奔過來。「趕快吃完！我們要去打獵。」

「我嗎？」松鴉掌的心頓時飛揚起來。

「是栗尾、鼠鬚和我要去打獵，」灰紋更正說。他一定了解松鴉掌很失望，接著用尾巴輕輕地拂過松鴉掌，「你有更重要的工作，葉池要你和我們一起出去採藥草。」

太好了，松鴉掌突然之間覺得不餓了，他把鼩鼱再塞回獵物堆底下，「我回來的時候再吃。」

「我們要去湖邊。」灰紋繼續說。

「湖邊？」松鴉掌覺得興致勃勃。有刻痕的枯木就在岸邊，那是他和古代貓聯繫的憑藉。如果他能了解所有爪痕的意義，或許可以知道更多的祕密。「我想可以外出伸展一下筋骨，總是不錯的。」

「這就對了！」灰紋轉身朝荊棘隧道走，松鴉掌聽到栗尾和鼠鬚不耐煩的來回踱步，他趕緊跟在灰紋後面，和巡邏隊朝森林裡走去。

最近剛當上戰士的鼠鬚興奮得不得了，「我希望我能抓到好東西！也許是松鼠。」

灰紋發出低語，「小心，有松鼠！」

樹林裡散發著令人昏昏欲睡的熱氣，松鴉掌的毛皮摩擦過矮樹叢時，枝條沉悶地搖動發出一絲香氣，空中有蜜蜂嗡嗡作響的聲音。鼠鬚的腳掌在鋪滿落葉的地上噠噠作響，他一馬當先向前衝，灰紋緊跟在後。

「我真希望永遠都是綠葉季。」栗尾走在松鴉掌身邊，讓自己的身體倚著松鴉掌。

「是啊。」他抽身離開她身邊，這一帶的森林他很熟悉，並不需要引導。他使勁地踏著布滿落葉的林地，然後開始沿著熟悉的路徑奔跑。

「等等我！」栗尾驚訝地叫著。

他們在山坡頂趕上灰紋和鼠鬚，從這裡開始樹林轉為草原，坡度也開始下降，一直延伸到湖邊。鼠鬚喘著氣。

「他差一點就抓到松鼠了，」灰紋驕傲地說，「但是牠跑到那棵樹上了。」

這時他們頭頂的樹葉窸窣作響。

「要是那隻笨黑鳥沒有大叫示警就好了。」鼠鬚發著牢騷。

「你下次會有機會的。」灰紋鼓勵著他。

栗尾的腳掌搓揉著地面，「我等不及我的孩子們也成為戰士，能和他們一起出來狩獵。」她引以為榮說，「蜜掌、罌掌和煤掌現在隨時都有可能接受測試。」

松鴉掌緊繃著全身，煤掌的腿現在真的夠健壯了嗎？

「戰士窩有他們的加入會很棒的，」鼠鬚說，「這樣就可以不讓那些老戰士占走所有的好床位，奪走所有最柔軟的青苔。」

灰紋笑著說，「我們老戰士的老骨頭確實是需要柔軟的青苔。」

「我不是說你們兩個！」鼠鬚不好意思說。

「我相信刺爪和塵皮聽了會很高興。」栗尾故意捉弄他。

「妳不會告訴他們吧？」鼠鬚驚聲尖叫著。

「當然不會！」栗尾一邊衝下坡，一邊回頭喊著。「我們又不老，而且一旦蜜妮的小貓咪出生，灰紋更會感覺到前所未有的年輕。」

松鴉掌緊跟在她後面，享受微風吹拂著毛髮，他聞到湖的氣味了。直到湖邊，灰紋停下來，「這裡可以採藥草嗎？」

松鴉掌點點頭，「我可以在水邊採錦葵。」

「鼠鬚留下來幫你。」栗尾幫她的夥伴自告奮勇地說。

「但是我的——」

「你的松鼠可以等。」灰紋說。

動著。

「我想也是。」鼠鬚甩動著尾巴，「況且，如果我們到水裡可能會抓到魚喔！」**不太有可能吧，除非你也有個河族導師。**松鴉掌走向鵝卵石沿岸，腳掌踩著石頭愉快的移動著。

鼠鬚跟在後面，「湖面像月桂葉一樣平滑。」

松鴉掌已經猜到了，他聽到了水波懶洋洋地輕拍岸邊。

「錦葵看起來像什麼樣子？」鼠鬚問。

松鴉掌聳聳肩，「從來沒看過。」

鼠鬚驚慌地說，「對不起！」

「算了，沒關係！」那只是不小心直話直說。「錦葵摸起來軟軟毛毛，葉子大大的。」松鴉掌嗅一嗅空氣，他記得從前在這裡採過錦葵。果然，有一股甜味撲鼻而來。松鴉掌把尾巴一彈朝水邊指，「看到那棵植物了嗎？那就是錦葵。」

「真的？」鼠鬚的聲音聽起來很訝異。

松鴉掌沒有回答，他的腳掌開始激動的顫抖著。那根枯木一定就在岸邊，「你去採些葉子好嗎？」松鴉掌問，「岸上那邊還有樣東西，我要去看一下。」

「好。」鼠鬚匆匆走向水邊，「需要採多少？」

「儘量採，你能採多少就多少！」松鴉掌轉身朝岸上走。他走到一排樹木旁，交錯盤結的樹根延伸到鵝卵石沿岸，他環繞著粗糙的樹幹聞來聞去，終於嗅到那根枯木的氣味。它還卡在原來的地方，就在山梨樹根下，安安穩穩的沒被湖水沖走。

他把枯木拖出來，腳掌放到那平滑的木頭表面，總算鬆了一口氣。他的腳掌在木頭表面移動著感覺上頭的刻痕。他現在比之前更了解刻痕的意義：上頭記錄了無數的成功與失敗——包括落葉和他的族貓。然而還有更多事等待發掘；這根枯木只意味著那些進入過隧道的貓的生命。他對其他事也充滿好奇，是什麼貓族用隧道來當做戰士資格測試？還有山上的部落，他們之間有關聯嗎？還是所有的貓族、部落，不管有多麼的不同，其實都有關聯？

鼠鬚帶著一股錦葵的味道，涉水過來。松鴉掌慌張地把枯木塞回樹根後面。那戰士踩著鵝卵石岸，發出咖啦咖啦的聲響。

「你在做什麼？」鼠鬚滿口錦葵葉，含糊地喵嗚著。

「只是在看一樣東西。」

鼠鬚把葉子吐到岸上，「一根木頭？」

「那不重要，」松鴉掌說謊，「那是巫醫的東西，你不懂的。」他已經做好準備，要迎接更多問題。

但鼠鬚只是開始把錦葵葉扒成一堆，「不管你說什麼，我已經不是見習生了，」他說，「我是戰士——我負責狩獵和戰鬥。這些奇怪的藥草就由你負責。」他把葉子啣了起來，喵嗚聲又含糊起來。「幸好我不用像你一樣要記住那麼多東西。」

你連一半都不曉得……

灰紋的聲音從岸上傳來，「鼠鬚，你抓到魚了嗎？」

「沒有，但是我抓到了錦葵！」

鼠鬚回答的時候，葉子噴到了松鴉掌。松鴉掌壓抑住一股受挫想嘶叫的聲音，撿起那些葉子，跟著鼠鬚走上岸。灰紋和栗尾都在那裡等了，從氣味判斷，他們抓到老鼠，松鴉掌的肚子咕嚕咕嚕地叫了起來，真希望他剛才吃飽才出來。

「我們把東西帶回營地吧，」栗尾說，「我聽到有貓肚子餓了。」她轉身衝向山坡上的草原，往森林走去。

當他們到達山脊時，松鴉掌突然停了下來。

「什麼事？」灰紋問。

「有組巡邏隊正朝著這邊過來。」空氣中充滿著他們的氣味。不久松鴉掌就聽到刺爪和罌掌穿過矮樹叢的聲音，亮心和樺落緊跟在後，他們很激動的樣子。

他們從灌木叢中竄出來，跳上山脊。

「風族越過邊界了！」亮心衝口說出。

灰紋放下嘴裡的老鼠，「他們現在在雷族境內嗎？」

「沒有，」刺爪怒吼，「可是氣味還在，看來他們對火星的警告充耳不聞，一直在我們的境內打獵。」

「你們在邊界重新標上記號了嗎？」灰紋問。

「我們立刻就標上了。」樺落激動的在同伴之間走來走去。

「那好，」灰紋的爪子深深扒進土裡，「這事得立刻向火星報告。」

整個營地跟森林一樣，籠罩在綠葉季濃濃的睡意中，當巡邏隊衝進空地時，幾乎沒有任何一隻貓被吵醒。

「亮心？」雲尾睡意正濃的聲音從戰士窩外面傳來，「妳要去哪裡？」

「我很快就回來。」亮心一邊回答，一邊跟著刺爪爬上擎天架。

鼠鬚把他那一嘴錦葵葉放在松鴉掌旁邊，「這些你可以處理嗎？」他問，「我想去告訴莓鼻和榛尾發生什麼事了。」

這是鼠鬚當上戰士後第一次遇到的危機事件，松鴉掌不想掃他的興，「沒問題。」

鼠鬚匆匆離去，松鴉掌把自己口中的葉子也放下來堆在一起，準備拿回巫醫窩。

「我來幫你忙好嗎？」冬青掌向他走過來。

「好啊，拜託。」松鴉掌已經受夠了錦葵的味道。

「什麼事這麼大驚小怪？」冬青掌也給自己扒了一堆葉子。

「風族又越過邊境了。」

冬青掌的毛豎起，「我就知道上次……」

松鴉掌聳聳肩。很顯然的，上回拯救風族小貓的行動，並不足以平息鄰族日益增長的敵意。他準備好要發表一段慷慨激昂的言論，說明真正的戰士應該是要非常尊重邊界的，但卻驚訝地發現冬青掌另有心事。

「煤掌剛剛告訴我她明天要接受評鑑。」她說。

松鴉掌愣住了，**這麼快？**「煤掌有抱怨過她腳痛嗎？」松鴉掌很快地說。

「什麼？」冬青掌傾身靠近地說，「為什麼？怎麼回事？她好了不是嗎？」

松鴉掌點點頭，「葉池說她好了。」

「那就沒有什麼好擔心的。」冬青掌嘆了一口氣，「我真希望可以在一旁觀看。」

「煤掌的評鑑？」松鴉掌的心裡有個主意。

「當然可以啊！」

松鴉掌很快地想到，他可以在她接受評鑑時看看她是不是真的沒事了。「我們為什麼不這樣做呢？」

「看她接受評鑑？」冬青掌倒抽了一口氣。「但這應該是不可以的。」

「戰士守則中有規定嗎？」

「你們兩個在講什麼？」獅掌從冬青掌後面走過來。

「我們明天想觀看煤掌的評鑑。」冬青掌解釋。

「可以嗎？」獅掌也詢問著。

「我想不行，」松鴉掌說，「但是我們可以不宣布我們要做這件事。」

「那我們就做吧！」獅掌決定。

「如果被抓到了，」冬青掌說，「我們可以說，我們只是想在自己接受測試前，看看有沒有什麼要注意的地方。沒有戰士會反對的。」

樹林中的鳥叫聲把松鴉掌吵醒，已經破曉了。他伸展四肢爬下床，顫抖著，清晨帶來的寒意提醒他落葉季就要來臨。他很快地洗洗腳掌和臉，測試很早就要開始了，他和獅掌冬青掌約好要在營地外頭碰面。

「你要去哪裡？」他向外頭走的時候，葉池的聲音把他嚇了一跳。

「我把一些葉子留在外頭沒帶回來。」他說謊。

「你自己有辦法找回來嗎？」

「我昨天才去過，」他很快地說，「知道在哪邊，我可不是鼠腦袋。」他想葉池可能會擔心再多問的話，會惹得他不高興。

他走出巫醫窩，穿過荊棘隧道。

亮心在入口站崗，「這麼早就要出去。」

「我要幫葉池帶些藥草回來。」

「需要護送你嗎？」

「不用，」松鴉掌很快地說，「謝謝。」

「黎明巡邏隊已經出去了，」亮心告訴他。「還有一場評鑑也快要開始了。所以如果你需要幫忙的話，有很多夥伴就在附近。」

「我不需要的。」他向她保證。

他蹅步離開，還好這附近一帶的森林他很熟，他可不想讓亮心看到他跌得鼻青臉腫的。

他沿著小徑往前走，直到確定亮心看不到他為止，然後竄進灌木叢裡。獅掌說要在橡樹旁邊長著蘑菇的地方碰面，應該很好找；這個時節，蘑菇的味道很濃郁。他小心翼翼的在矮樹叢間行進，循著味道一直到腳掌底下感覺踩到了長著蘑菇的泥炭土。

還沒有獅掌和冬青掌的蹤跡。然後一陣沙堆的惡臭撲鼻而來，他背後的灌木叢窸窣作響。

「對不起，我們遲到了。」冬青掌喘著氣。

「我們想不出離開營地的好藉口，」獅掌說，「所以就從沙堆旁的隧道偷溜出來。」

松鴉掌皺著鼻子，「我聞得出來。」那股味道比長在他們四周的蘑菇還強烈。

「而且我的毛還沾到好多荊棘刺。」冬青掌抱怨著。

「在土裡滾一滾吧，」松鴉掌建議，「可以滾掉味道，也可以去掉荊棘刺。」

「好主意！」

冬青掌揚起了一陣塵土，灑到松鴉掌臉上，他趕緊往後閃咕噥了一聲，「謝了！」

「這是你的點子。」她回他一句，然後站起身。她用力地聞著自己的毛，「有用耶！」

「不用這麼驚訝。」松鴉掌喵嗚著。

「我也試試。」獅掌也學著冬青掌。

「現在你們倆聞起來像一對香菇。」松鴉掌抱怨著。

「這是很好的偽裝。」冬青掌說。

「可憐的煤掌一定以為她被什麼傘蕈植物跟蹤了。」獅掌說。

松鴉掌豎起耳朵，「噓！」他聽到遠處的矮樹叢有窸窸窣窣的聲音。清晨的微風傳來沙暴、雲尾和刺爪的氣味。「保持安靜，跟我來。」

他開始像跟蹤獵物一般的向前爬行，但是一條樹根害他跌了一跤。

「我來帶路，」獅掌低聲地說，「告訴我往哪條路走。」

「直直走，」松鴉掌咕噥著，讓獅掌潛行到他前面，「刺爪和其他貓就在正前方。」

他們在矮樹叢間爬行了幾條尾巴遠的距離，冬青掌拉拉松鴉掌的尾巴，「我聽到他們的聲音了。」她低聲嘶叫著。

松鴉掌聽到刺爪低沉的聲音，「我希望妳已經準備好了。」他告訴罌掌。

「這裡有荊棘叢，」獅掌警告，「靠過來，把身體壓低。」

松鴉掌蹲低身體爬向哥哥，感覺到身上有荊棘劃過。

雲尾的聲音現在很清晰，「我知道你們都會盡力而為，但是要記住，你們並不是在彼此較勁，而是挑戰自我。」

「你們也不可互相幫忙，」沙暴警告著，「這次的測試是考驗你們個別的狩獵技巧。」

「我們會看著你們，但不會讓你們看見我們。」刺爪說。

獅掌停住，松鴉掌擠在他身邊，感覺到荊棘壓著他的背。冬青掌也擠過來，「真不刺激！」

「噓！」獅掌低聲嘶叫著。

從聲音聽來，戰士和見習生們只離他們一條狐狸尾巴之遠。松鴉掌只能信任獅掌選了個藏身的好地點，希望蘑菇味能夠掩蓋住他們。這時空氣中瀰漫三名見習生蓄勢待發的興奮情緒。

「煤掌幾乎快坐不住了。」冬青掌說。

「可憐的蜜掌看起來嚇呆了，」獅掌低聲說。「但是罌掌冷靜得像是一隻母狐狸。」

「沒有事情難得了罌掌。」冬青掌說。

空氣中瀰漫著希望與決心，像草原的氣息一樣。

「祝你們好運。」刺掌說。

三名戰士潛入森林消失得無影無蹤，留下三個見習生在那裡。

「我要在哪邊打獵？」蜜掌緊張地喵嗚著。

「相信妳的直覺，」罌掌建議。「我要往這邊走。」

松鴉掌聽到腳步聲朝著他們藏身的荊棘叢走來。他不敢後退，怕樹叢會顫動，只能把身體壓低到地面。獅掌和冬青掌也全身緊繃，在罌掌的身體擦過灌木叢的樹葉時屏住呼吸。

別讓她看到我們！冬青掌的爪子嵌進鬆軟的土裡。

噓！松鴉掌僵直了身體，接著鬆一口氣，因為見習生罌掌的腳步聲是往上坡的方向去。

「她要去湖邊。」冬青掌猜。

「蜜掌走的是另一條路。」獅掌說。

「那煤掌呢？」松鴉掌問。

「她正在聞空氣裡的氣味，」冬青掌的氣息讓松鴉掌的耳朵癢癢的，「她一定是聞到什麼味道了，正要出發。」

「來，」獅掌小聲說，「我們跟蹤她。」說完開始從樹叢底下鑽出來。

松鴉掌跟在後頭，一出樹叢，松鴉掌就認出他們所在之處，他們正沿著山坡底部走。他緊跟在獅掌的尾巴後面，冬青掌的身體挨著他身側，他覺得要跟上快步疾飛的煤掌並不難。

「她看來很有自信，」冬青掌說，「她的尾巴翹得高高的。」

突然獅掌沒預警地停下來，「她掉頭跑回來了！」獅掌小聲的警告。

松鴉掌在撞上哥哥之前緊急煞車，冬青掌咬住他的尾巴向後拉，獅掌從旁邊推，三個即時滾進旁邊的一排羊齒叢，這時煤掌的腳步聲從旁飛馳而過。

「好險！」獅掌喘著說。

遠方傳來一聲尖銳的叫聲劃破天空，松鴉掌接著聽到翅膀拍擊的聲音。

「真是倒楣！」林子裡傳來生氣的叫聲。

「聽起來好像蜜掌的第一隻獵物飛了。」獅掌猜。

「別管蜜掌了，」冬青掌說，「煤掌要跑掉了！」她從羊齒叢裡出來開始追趕，獅掌在後面推著松鴉掌，他們又再次在森林中追蹤煤掌。

松鴉掌認出了那氣味，「松鼠！」

煤掌加快腳步。

「她正在追。」獅掌說。

「我看得出來！」冬青掌低聲說，「她一定是在追松鼠，她蹲得比蛇還低。」

「松鼠看到她了嗎？」松鴉掌問。

「牠在逃跑，不過還在地上，我想牠知道有東西在追牠，只是還沒爬上樹。」獅掌回答。

「牠正設法逃走，」冬青掌向松鴉掌低聲地說，「煤掌得加緊腳步才行。」

「牠沿著一棵倒下來的樹，朝著橡樹的方向跑。」獅掌說。「煤掌現在就得出擊，否則會來不及了。」

「她出手了！」冬青掌發出勝利的叫聲，「跳得真——」她的聲音突然打住。

「怎麼了？」松鴉掌感到一陣驚恐。樹叢間傳來刮擦聲，接著悶悶的砰了一聲。

「她起跳的時間沒抓準！」獅掌倒抽了一口氣。

「她撞倒在傾圮的樹幹上了！」冬青掌叫著。

空中漫著一股濃濃的痛楚。

「她受傷了！」冬青掌尖叫。松鴉掌已經衝向煤掌，他祈禱著不會有東西絆倒他。

冬青掌趕緊追過去跳上樹幹，待在她無助的朋友身邊，她正痛苦的呻吟著。松鴉掌踩著腐朽的樹皮碎片，用爪子爬上樹幹，氣喘吁吁地蹲在煤掌身邊。

雲尾從灌木叢中竄出來，「她受傷了嗎？」

煤掌受傷的腿傳來一波波的疼痛，松鴉掌把臉頰靠在上頭。受傷的腿已經腫起來，又刺痛又顫抖。「是她受過傷的那條腿！」他說。

煤掌的呼吸急促，「我跳的時候，它就卡住了。」她沙啞地說。

雲尾爬上樹幹，把冬青掌擠到旁邊，「我就知道她還沒準備好！」

「我們必須把她送回營地，」松鴉掌說。「冬青掌，妳先走，去通知葉池。」

冬青掌猶豫著，她不想離開她的朋友。

「走啊！」松鴉掌下指令。

冬青掌倉卒離開，消失在森林間，留下樹叢窸窣的聲音。

「沒事的，煤掌，」雲尾安撫著她，「我們會帶妳回家的。」他對著還站在林地上的獅掌喊，「我咬住她的頸背部跳下去，我需要你幫忙，不要讓她的腳撞到任何東西，或是碰到地面。你辦得到嗎？」

「可以的。」

雲尾小心翼翼地叼起煤掌脖子背後鬆弛的毛皮，煤掌呻吟著。

獅掌的前掌向上伸展，後腿穩穩地支撐著林地。松鴉掌跳下來到他身邊，身體微微摩擦到盪在半空中的煤掌。雲尾小心地從樹幹上滑下來，碰到地面之後把煤掌放到地上。

松鴉掌把她的臉頰靠在她顫抖的身上，她的心跳穩定有力，「妳可以用三隻腳走嗎？」

「我想應該可以吧。」她呻吟著。

「我們會幫妳的。」獅掌承諾著。

煤掌用三隻腳拖著自己的身體，毛皮摩擦過鋪滿落葉的地面。松鴉掌在前方清除路面的障礙物，讓獅掌和雲尾靠著煤掌的身體兩側，就這樣跛腳踏著地面，慢慢地蹣跚前行。

每走一步，松鴉掌就覺得好像有根刺扎他一下。「你們不能背她嗎？」他毛髮沮喪地豎立，「葉池會再幫她檢查一次。」萬一她昏倒怎麼辦？

「穩住，別急。」雲尾不讓他催趕著他們，「那樣背的話，我們會使腳傷更嚴重。」

他們終於走到荊棘圍籬，緩慢地通過荊棘隧道。

冬青掌在裡面等他們，毛髮憂慮地豎立著，「你們讓她自己走路？」

「不完全是。」煤掌咕噥抱怨著。

「嚴重嗎？」灰紋從空地的一邊叫著。

黛西在育兒室的門口，「腿又斷了嗎？」

「我們還不知道。」松鴉掌焦慮地繞著他的病貓，獅掌和雲尾繼續幫她一拐一拐地穿過空地。他們到達巫醫窩時，冬青掌幫忙把荊棘垂簾撥開一邊。

他們一進去，葉池就告訴煤掌，「躺在這裡。」從味道聞起來，她已經在一個安靜的角落準備好鋪有新鮮青苔的床鋪。

煤掌的身體一碰到青苔床墊，她就痛苦的呻吟著。

「請你們到外面去吧！」葉池要冬青掌和獅掌出去。

冬青掌不願意，「但是我想留下來陪煤掌。」

「妳晚一點可以來看她。」葉池堅持著，這兩個見習生只好匆匆地走出去。「發生什麼事了？」葉池語氣嚴峻地轉向雲尾。

雲尾開始解釋，「她要跳過一棵傾倒的樹幹——」

煤掌插嘴說，「我的這隻笨腿就是不行！害我這次沒通過評鑑！」

「沒關係。」雲尾試著要安慰她，但更使她升起一股怒氣。

「當然有關係！」她憤怒地說，「我不要蜜掌和罌掌都搬到戰士窩，而我卻沒有。我想要和他們一起當上戰士一起守夜，我不想自己一個！」

「我知道妳很難過，」葉池安撫著她，「我來看看是不是能讓妳舒服一點。」雖然她的聲音很鎮定，但是松鴉掌可以感覺到她內心的痛楚。她開始檢查煤掌的腿，「沒有斷，沒有上次嚴重。」

「但是我感覺更糟了。」煤掌抱怨著。

「妳只是肌肉拉傷了，」葉池安慰她，「好好休息就會痊癒的。」

「但是為什麼它使不上力呢？」

葉池沒有回答，而是對雲尾說，「把她留給我，」她輕聲地說，「我處理完之後會讓你知道她的狀況。」

雲尾要走出去的時候，松鴉掌讓路給他過。松鴉掌不知道自己可以幫上什麼忙，但是葉池似乎全神貫注在煤掌的傷勢，他只好保持安靜地蹲在門口，準備可以隨時幫忙。

「為什麼它使不上力？」煤掌又更急切地重複她的問題。「上次沒有治療好嗎？這隻腿會一直這麼弱嗎？如果我當不上戰士怎麼辦？」

松鴉掌感覺到葉池的恐慌像一陣熱風吹襲到他身上。

「妳會好起來的，」葉池安撫著她，「我準備了一些藥膏。」她走到巫醫窩後頭，松鴉掌聞到她拿過來的藥膏有蕁麻和聚合草的味道，她開始把它塗在煤掌的腿上。「把這罌粟籽吃下去，」葉池說，「會讓妳休息得安穩些。」

松鴉掌聽到煤掌的呼吸聲漸趨平緩深沉，葉池還是坐在她身邊不動，直到煤掌終於睡著了她才起身。當她看到松鴉掌的時候嚇了一跳，「你還在這裡？」

松鴉掌坐起來，蹲了那麼久，覺得有點僵硬。「我們有病貓的時候，我是不會離開的。」

「我以為你和他們一起出去了。」葉池心不在焉地說著。

「妳不應該告訴雲尾說煤掌已經好了，可以參加測試。」

「這件事輪不到你來評論。」葉池的聲音顫抖著。

「她受訓的時候妳連看都沒看，就說她已經完全好了。」

「你不了解！」

「我了解。」松鴉掌小聲地回答。他朝著巫醫窩入口點頭示意，要葉池到外面去。她跟著他到一處荊棘叢，在那裡不會被別的貓聽到他們講話的內容。

松鴉掌深深地吸了一口氣，「我知道妳想要煤掌早日成為戰士，妳不要她承受和煤皮一樣的痛苦命運。」

「這樣有錯嗎？」葉池問，「無法成為戰士這件事，傷透了煤皮的心。」

還有更糟的命運呢！「妳太執著於過去了，」松鴉掌警告她，「妳想要每件事都如妳所願的進行。」

「我只是想做對的事情。」

「不管妳有多想，事情沒有辦法永遠是對的。」

「我知道。」他的導師心裡湧起一陣憂傷，超乎松鴉掌預期的深刻強烈，「但是我會一直這樣做的。」

第六章

冬青掌看著天色漸亮。現在去探視煤掌會不會太早？

荊棘叢一陣抖動，黎明巡邏隊回來了。灰紋和塵皮走進營地，白翅和冰掌跟在後面。白翅叫她的見習生安靜，「妳從今天一出門就吵個不停，」白翅責備，「現在回到家了，大夥兒都還在睡覺。」

「可是我只是在問灰紋可不可以帶我一起去見火星。」這是冰掌第一次參加黎明巡邏，精力旺盛根本安定不下來。

「這個消息非同小可，」灰紋用尾巴輕輕拂過冰掌的耳朵，「我不知道火星喜不喜歡聽我報告的時候，妳在旁邊跳來跳去。」

冬青掌豎起耳朵，「什麼消息？」

「妳很快就會知道。」灰紋回答，他跟在塵皮後面上了擎天架。

冬青掌覺得很失望地轉頭看著巫醫窩，接著走向洞穴撥開入口的荊棘垂簾，眨眨眼適應幽暗的光線。葉池正在一個岩石的裂縫前面磨藥。

冬青掌走進洞穴，「藥是給煤掌吃的嗎？」

葉池點點頭，看都沒看她一眼地說，「是的。」

「我是來看她的，」冬青掌解釋，「她已經醒了嗎？」

從暗處傳來沙啞的喵嗚聲，「我醒來已經好久了。」煤掌的聲音聽來很痛苦，冬青掌馬上跑到她旁邊。這隻灰色的見習生笨拙地躺在青苔上，伸出她那隻受傷的腿，眼神呆滯。

葉池走過來把口裡的草藥放在床邊。

冬青掌焦急地盯著巫醫，「她還好吧？」

「就是腳的肌肉拉傷了。」

「這樣的話那她應該要開始鍛練，」冬青掌愉快地說，「才可以強化腳部的肌肉。」

「妳說的倒容易。」煤掌抱怨。

「別這樣！試著伸展伸展嘛。」冬青掌鼓勵她。

顫抖著，煤掌勉強試著移動腿，「我沒辦法！」

冬青掌心裡一緊，煤掌的語氣從來沒有這麼悲慘過。

「這條腿本來就是會緊緊的。」葉池告訴她。

冬青掌瞇起雙眼，因為巫醫的語氣尖銳。是不是煤掌這樣大驚小怪讓她很氣餒？

「再試著伸展看看。」葉池說。

「就是說嘛。」冬青掌鼓勵煤掌，「愈早開始走動愈早康復。」

煤掌的臉揪成一團，撐著要站起來。

「多使點力在腳上。」葉池說。

煤掌小心翼翼地把腳踩在地上，「唉喲！」她跌坐回床上，「太痛了，而且我好累。」

「把藥吃了，」葉池把藥推到她面前。「我去拿點膏藥幫妳消腫。」巫醫皺著眉，不知道是擔心還是煩躁？

葉池走到洞穴另一邊。冬青掌試著轉移朋友的注意力，「冰掌今天第一次出去巡邏。」

「真的哦？」煤掌興趣缺缺。

冬青掌努力想找個新話題，心想要不要把棘爪昨晚告訴她的事跟煤掌講？**反正她遲早會知道。**「火星今天要幫罌掌和蜜掌取戰士名。」

煤掌撇過頭，閉上眼睛。

「很快就輪到妳了。」冬青掌鼓勵她。

「我想要睡覺。」煤掌喃喃地說，連眼睛都沒睜開。

「那好吧。」冬青掌難過地往洞口走去，回頭說，「別忘了吃藥。」

煤掌有氣沒力的哼一聲，冬青掌走出荊棘垂簾，松鴉掌正朝巫醫窩走來。

冬青掌打招呼，「你這麼早起。」

「我去檢查蜜妮的身體狀況，」他停在冬青掌身旁，「妳剛剛是不是去看煤掌？」

「對，」嘆了一口氣，「看來她這次比之前斷腿的時候還嚴重。」

「消腫後就會好多了。」

「她還可以走路吧?」冬青掌的耳朵抽動著。她猛然發現,其實她很害怕聽到答案。

松鴉掌眨眨眼說,「當然會,她不過是扭傷了腳,這次會好得比較快。」

他說的是真的嗎?冬青掌端詳著松鴉掌的臉,「可是煤掌連動都不想動,上一次是叫她不要動都不行。」

「她大概是很煩吧,」松鴉掌說,「本來快要輪到她晉升戰士,現在有得等了。」

「可是葉池看起來很擔心。」

「葉池!」松鴉掌很生氣的哼了一聲,從她身旁經過走入巫醫穴。

冬青掌很訝異地看著松鴉掌離去。他是不是和他的導師吵架?**究竟是為了什麼原因呢?**

「冬青掌!」狐掌興奮的叫聲嚇得她猛然轉身,迎面衝過來的狐掌撞到她,害她差一點站不穩,「火星就要幫鷽掌和蜜掌取戰士名了!」

冬青掌抬頭望著擎天架,火星正俯視著空地,「所有可以自己狩獵的貓都到這裡集合!」火星下令道。刺爪和沙暴以及蜜掌和鷽掌已經在擎天架下等著。這兩隻年輕的貓雙眼炯炯有神,毛皮光滑,顯然是仔細梳理過。

冬青掌興奮得跑到空地邊緣找獅掌。她只比蜜掌和鷽掌小一個月,下次就輪到她了。

「你能想像當上戰士是什麼感覺嗎?」她低聲問獅掌。

獅掌趾高氣昂地說,「到時候大家就會把你當一回事了。」

蜜妮頂著大肚子從育兒室走出來,全族都聚集在空地邊緣,貓聲鼎沸,等著觀看戰士的命名儀式。鼠毛步伐僵硬的從長老窩走出來,長尾陪在她旁邊,分不清到底是誰在帶路。

「照這種速度下去，很快就沒有見習生可以拿青苔幫我們鋪床了。」鼠毛抱怨著。

冰掌從旁邊跑過，很熱切地看著鼠毛，「我會一直幫妳更換最柔軟的青苔的，鼠毛，」冰掌保證，「即使是我當上了戰士。」

鼠毛咕噥地說，「少來這套！」她慈愛的把這隻年輕的見習生趕開。

冬青掌推一下獅掌，「冰掌肯定是瘋了。」

獅掌的頰鬚抖了一下，覺得很有趣。

雲尾和亮心已經在擎天架的石蔭下坐定，棘爪和沙暴跟他們點頭示意，這兩位導師稍稍向後退，身體緊挨著岩壁，很明顯地想讓出一點空間，好讓新戰士的父母——栗尾和蕨毛，好好高興一番。

栗尾用力舔罌掌的耳朵，「我要妳看起來風風光光的。」罌掌卻急忙退得讓母親舔不到。

蕨毛開口了，「她看起來已經很體面了，」接著目光一轉盯著蜜掌，「兩個都很體面。」

栗尾低頭看著自己的前掌，眼神充滿悲傷，「鼷掌應該在這裡的。」她的獨子還沒出見習生窩就因為綠咳症病死了。

「還有煤掌呢？」雲尾看著巫醫窩的入口。

巫醫窩入口的荊棘動了一下，雲尾的頰鬚也跟著抖了一下，走出來的是葉池，雲尾的頰鬚又垂了下來。冬青掌在猜雲尾可能是希望煤掌也能出來觀禮。

栗尾彈一下尾巴，趕到葉池身邊，「煤掌還好吧？」

「她沒事，」葉池她放心，「否則我不會留她自己在裡面。」可是冬青掌注意到，葉池眼裡的憂慮和她故作輕鬆的語氣並不相稱。

讓冬青掌驚訝的是，栗尾竟然用鼻子輕觸著葉池的身體低聲地說，「這一定讓妳想起了煤皮所發生的意外。」

葉池睜大了眼睛，好像從沒把這兩件事聯想在一起似的。她眨眨眼，「這就是為什麼我絕不會讓同樣的事再發生在煤掌身上的原因。」

「希望葉池這次是對的。」雲尾低聲向亮心說。

亮心用鼻子碰一下雲尾的臉，「煤掌會成為戰士的，時間會快到你來不及留意。」

冰掌還是安靜不下來，「我等不及了，什麼時候會輪到我！」她在圍成一圈的貓群外面繞著弟弟跑，「我要叫冰風暴，你覺得我們可以自己選嗎？」

「名字是火星選的，」狐掌說，「不過我希望他幫我取名為獵狐者。」

「這名字很爛。」冰掌說。

「才沒有呢！」

「很爛！」

蕨雲走向她的孩子，「又在吵架嗎？」她舔一下冰掌的頭，把一撮像草豎起的毛舔平。

「狐掌先開始的。」冰掌告狀道。

「我不管是誰先開始的，」蕨雲說，「現在安靜聽火星講話。」

冰掌一抬頭，驚訝地發現火星正嚴肅地盯著她。她趕緊繞著空地外圍，和狐掌一前一後，跑到冬青掌旁邊坐下。冬青掌忍住不出聲，冰掌收起尾巴放在腳前坐定。

火星走到擎天架邊緣，「我，火星，雷族族長，懇請戰士祖靈庇佑這兩位見習生。」火星說話的同時，冬青掌感覺到冰掌興奮得渾身顫抖。「她們受過嚴格的訓練，完全恪遵祢們訂下的崇高守則，因此我鄭重推薦，將她們晉升為戰士。」說完，火星跳下來走到空地中央。蜜掌看來很緊張，沙暴跟她點點頭以示鼓勵；刺爪把罌掌推出去，這兩位見習生走到空地中央。

「罌掌和蜜掌，妳們願意遵守戰士守則、保衛部族，即便是犧牲性命，也在所不惜嗎？」

「我願意。」蜜掌深吸一口氣。

「我願意！」罌掌大聲回答，聲音幾乎要蓋過蜜掌。

冬青掌嫉妒得手腳發癢，接著克制自己，**再等也等不了多久了。**

「那麼，我現在以星族賦予我的權利，賦予妳們新的戰士名。」火星用尾巴示意罌掌向前，她走向火星，下巴抬得高高的。

火星把鼻頭置於罌掌的頭說，「罌掌，從此刻起，妳更名為罌粟霜。」火星說完則向後退，「星族以妳的勇氣與積極為榮。」

火星看著蜜掌，輪到她了，「蜜掌，妳的新名字叫做蜜蕨，星族以妳的聰明和仁慈為榮。」說完火星用鼻頭碰一下她的額頭。

「罌粟霜！蜜蕨！」全族都揚聲歡迎這兩位新戰士。

冬青掌也大聲歡呼，以她們為榮。不過她的聲音在看到蜜蕨害羞地望著莓鼻的那一刻，停了下來。好像蜜蕨最在意的就只有莓鼻的認同。

她在獅掌的耳畔輕聲說，「我希望蜜掌……蜜蕨，不要再對那臭屁的傢伙神魂顛倒！」

獅掌不屑地說，「現在他們在同一個戰士窩，情況只會更糟。」

冬青掌看了弟弟一眼，很訝異獅掌的語氣如此輕蔑。畢竟，他才剛經歷過相同的痛苦。**他是不是還會想起石楠掌？**如果蜜蕨喜歡的是獅掌就好了，要是他們兩個在一起，獅掌的心思就會放在雷族。她痛苦地回想起獅掌對石楠掌的癡迷，差一點就害她失去弟弟。但他真的忘得了石楠掌嗎？獅掌沒有再提過她，這倒是一件好事；不過，當初他們在隧道裡私會時，獅掌也是隻字未提。

「貓不應該整天膩在一起，」獅掌說，打斷了冬青掌的思緒，「這樣會分心，沒辦法成為最優秀的戰士。」

冬青掌很欣慰聽到獅掌終於弄懂了該向誰效忠，儘管她知道要揮別石楠掌是一件痛苦的事，可是這樣做是對的。

等大家的歡呼聲變小的時候，火星大聲說，「很遺憾今天沒有辦法幫煤掌取戰士名，等她腳傷好了，我知道全族都會很高興，並且歡迎她加入戰士的行列。」

「煤掌！」蜜蕨和罌粟霜這次先帶頭歡呼，冬青掌則是充滿期待的看著巫醫穴的入口。煤掌不曉得有沒有在偷看？可是沒有任何跡象。冬青掌嘆口氣，希望煤掌不會連聽都沒聽到。

「棘爪！」貓群散去各自回崗位的時候，火星叫住他的副族長，「你把沙暴、蕨毛和冬青掌找來。」

冬青掌趕緊跑到擎天架，灰紋已經在那裡等了，沙暴和蕨毛則是和棘爪一起走過來。

「怎麼了？」棘爪問。

冬青掌向前探，頰鬚抖動得很緊張。她想起灰紋的警告，**此事非同小可**。

火星聽起來很嚴肅，「黎明巡邏隊又在我們境內聞到風族的味道。」

灰紋點頭，「這次我們還找到證據，他們不只越境還在我們這邊擊殺獵物。」

棘爪低吼一聲，「證據？」

「我們境內的一棵樹下有松鼠的毛跟血跡。」

沙暴氣得毛髮豎起，「真是大膽，不是才警告過他們？」

「還不確定他們為什麼要這麼做，」火星說，「採取行動之前我們要先查清楚。」

「理由很明顯！」棘爪很生氣，「他們就是貪婪。」

「這我們不能確定。」火星還是很冷靜。

「我們應該派巡邏隊常駐在邊界，」沙暴說，「下次他們再侵入，我們就迎面痛擊。」

火星看了他的伴侶一眼，瞇起眼睛道，「我知道妳很生氣，沙暴，但這不是最好的處理方式，我想盡可能避免流血衝突。」

沙暴頸部的毛豎起，「他們在偷我們的食物！」

「我們不會讓他們白拿，」火星堅定地說，「可是在弄清楚情況之前不能急著開打。」

沙暴瞪著火星說，「你已經不敢戰鬥了嗎？」

「非不得已，該戰才戰！」火星穩穩地看著沙暴，「如果理智能解決問題，不需要發生無謂的流血。」

「以前就和他們講過道理，」棘爪說，「你處理的態度好像還當他們是盟友。」

火星搖頭，「我知道他們早就不是盟友了，」火星露出緬懷過去的表情，「現在四族都彼此為敵。」

冬青掌盯著族長看，**他是不是想起大遷徙的事情?**還是火星想起幫助急水部落的事？如果邊界不清不楚，那獵物還能公平分配嗎？一定要有個規範，要不然就只有好戰者才能生存！這就是為什麼星族要大家遵守戰士守則的原因，**戰士守則跟食物和水一樣是不可或缺的！**

「所以你打算怎麼做？」棘爪問。

「我要你去找一星談，」火星表示，「帶沙暴、蕨毛和冬青掌一起去，問清楚他為什麼要這麼做?跟他講我們會加強邊境巡邏，如果抓到盜獵者，必定嚴懲絕不寬待。」

「好，」棘爪同意道，「我們立刻出發。」他轉身朝金雀花叢走去，蕨毛和沙暴跟著。

我一定要跟獅掌講這件事!冬青掌環顧四周，看見獅掌的尾巴在長老窩外搖來搖去，肯定是在打掃床位。她朝獅掌跑去。

獅掌扭背把墊子向後甩，青苔細屑灑了一身，他抱怨著，「鼠毛說的沒錯，」一塊鋪床的草飛過冬青掌的耳朵，「見習生人手不夠，事情都做不完，小玫瑰和小蟾蜍又還太小，不知道要等那一天才會成為見習生。」

「喂，我要去風族。」冬青掌說。

獅掌轉身，頭從洞口探出來，「為什麼?」

「我們要去警告一星，叫風族不可以侵入我們領地。」

獅掌伸一下爪子，「希望我也可以去！」

棘爪不耐煩的聲音從荊棘隧道傳來，「冬青掌！」

「回來再仔細跟你講。」冬青掌一溜煙跑開，跟著巡邏隊走出營地。天空灰濛濛一片，沒有陽光穿透枝葉，使得森林陰沉沉的。空氣中有落葉和樹皮腐爛的味道，腳下的土地軟軟爛爛的。落葉季就快到了。棘爪和沙暴在前頭趕路，冬青掌停下來清一清卡在腳趾間軟爛的樹皮。

蕨毛停在她旁邊，「妳不要浪費時間了，我們等一下還要穿越沼澤地。」

「可是黏黏的很討厭。」冬青掌抱怨。

「要清等回家再清吧，」蕨毛尾巴指向棘爪和沙暴，他們已經越過頂端到了山丘的那一頭，「快一點，我不想落後在這裡。」

冬青掌跟在導師後面狂奔，終於在森林邊境趕上。走出林子時冷風襲來，把冬青掌的毛吹得平貼在身上，風裡有雨的氣味，她瞇起眼睛，望著山坡往下延伸到邊境，山坡上長滿石楠叢，這裡是林地和沼澤地的交界處。

「我們為什麼不到森林的邊界呢？」冬青掌問。

「這裡看得比較清楚，」棘爪說，「一眼就看得到風族的巡邏隊從他們境內走過來，我們從這裡喊他們，不會踩到他們的領土。」

棘爪帶頭走向邊境，冬青掌張嘴搜尋風族的氣味，腳下踩的草變粗了，她努力想分辨邊界的位置，可是卻聞到一股更刺鼻的味道，冬青掌撇著嘴，「什麼味道這麼臭？」

「是羊。」蕨毛衝過前方石楠叢。

沒錯，冬青掌穿過石楠叢，看到山坡上綿綿的一團一團，「怎麼這麼多？」綿羊占滿了沼澤地像是雲團布滿灰綠色的天空。

「牠們在這裡一定有什麼原因吧。」蕨毛猜測。

棘爪停下來說，「邊界在這裡。」

冬青掌聞一下石楠叢，果然有風族的味道，不過不是剛留的。

沙暴豎起耳朵說，「有狗！」

冬青掌用力聞，風大得她幾乎張不開眼，遠方的山坡緩緩升向灰色的地平線，她看到一隻黑白狗的身影在石楠叢裡跑來跑去，旁邊站著一隻兩腳獸，揮舞著雙手吹著口哨，聲音尖銳像是鷩弓之鳥發出的警告。

是狗在獵捕兩腳獸嗎？

她再仔細看。不是，好像是兩腳獸叫狗去捕羊，牠的手一指，狗就跑過草地把羊趕成一堆，你推我擠還不時害怕得咩咩叫。如果運氣好，這些羊剛好可以分散狗的注意力，他們就可以趁機跑到風族的營地。

棘爪上下打量坡地，「沒有風族的蹤跡，從留下的氣味來看，風族也有好一陣子沒到過這裡了。」

「那是因為他們忙著在我們的林子裡打獵。」沙暴吼著說。

「我們要回去跟火星報告嗎？」蕨毛說。

棘爪伸一下爪子，「沒見到一星不回去。」他跨過風族邊境揮著尾巴指示大家跟上。

冬青掌的心跳加速，跟著蕨毛穿過石楠叢進入風族邊界。棘爪帶頭走在前面，她抬起下巴豎起耳朵，留意是不是有危險。

穿過泥濘地，爬上另一座山坡的時候，冬青掌的神經愈來愈緊繃。不太對勁，她聞一聞空氣皺起鼻子，羊騷味刺鼻。鳥跟兔子呢，怎麼都不見了？她再用力聞，沒有風族的蹤影，沒看到鳥，兔子也不見了？好像只剩下羊跟狗，其他的動物都放棄這塊土地了。

棘爪突然停下來，頸毛豎起。冬青掌提高警覺抬頭看，前方有一塊大石頭像巨大的爪子從草坡上伸出來，山坡上頭有一隻貓的輪廓。是風族貓！

「停在這裡不要動！」

冬青掌認出是兔躍，一隻年輕的棕白色公貓。

他蹲伏著身體瞪著雷族的貓，「你們雷族境內的獵物不夠嗎？」

「他竟敢指控我們？」沙暴咬牙切齒。

「說話小心，」棘爪低聲說，「我們在他們的領土裡。」

另外兩隻貓現身在兔躍旁邊，是風族的副族長灰足和鴞鬚。風吹平了他們的毛髮，可是無疑的，他們看起來很餓，眼睛露出兇光。

灰足還未開口，棘爪便走向前，「我們來找一星談事情。」

「我們不是來鬧事的。」沙暴要灰足放心。

「請你們離開。」灰足命令道。

棘爪堅定的站著，「沒見到一星我們不走。」

鴉鬚瞇起眼睛，「雷族不應該認為風族的領土可以愛來就來說走就走！」這隻淡棕色的公貓齜牙咧嘴，露出一口黃牙，「你們找黑星的次數可沒這麼頻繁吧！」

「回家去吧，」灰足咆嘯著，「一星沒欠你們人情，」她伸出白色的爪子深深挖進土裡。

棘爪又向前一步，「我們答應火星要找一星說話，只是想談談！」

兔躍從大石縱身一躍，在棘爪面前停住。「別想再走近一步！」

冬青掌亮出爪子，準備捍衛夥伴。

「我們要見一星。」棘爪語氣平和的重複一次，又向前走了一步。

兔躍衝向他伸爪攻擊。

棘爪連爪子都沒出鞘，伸掌一揮，這隻年輕的戰士就被撂倒，壓制在地上，棘爪抬頭看灰足，咬著牙說，「我們不是來鬧事的。」

灰足跳下來，氣餒地看著被壓在地上的兔躍，哀求說，「請你放開他。」

灰足聲音裡的絕望讓冬青掌嚇了一跳。

棘爪向後退一步，兔躍踉踉蹌蹌地站起來，他對雷族副族長很生氣的從齒縫嘶叫了一聲。

灰足的眼裡充滿恐懼，在兩隻戰士貓中間徘徊，「拜託你們回去，」灰足請求地說，「一星沒什麼話跟你們說。」

棘爪遲疑了一下接著點頭，轉身擺尾示意同伴回家，冬青掌見狀趕緊跟上雷族巡邏隊折回邊境。

冬青掌很生氣地豎起毛髮，「這沒道理，」她向蕨毛抱怨，「偷獵的又不是我們，不過是讓一星親自跟我們解釋清楚。」

蕨毛沒反應，倒是自言自語地說，「他們是不是看起來都很瘦的樣子？」

「風族貓本來就瘦瘦的。」不過冬青掌仔細一想也覺得蕨毛說得對：剛剛那三隻風族戰士的確是比往常更瘦了。

棘爪回頭看蕨毛，「他們會不會是碰上什麼麻煩了？」

「大概是，不然怎麼會急著叫我們回家。」沙暴說。

「可能不想讓我們知道他們現在有多脆弱。」棘爪猜道。

這時冬青掌想起剛剛為什麼聞不到鳥和兔子的味道，「可是他們的獵物都跑到那裡去了？」沒有其他族的貓動作快到可以在風族的領土內偷獵兔子。

蕨毛側過頭去看山坡上咩咩叫的羊和吠叫的狗，「或許是牠們把鳥和兔子嚇跑的。」

冬青掌心裡一緊，「就算如此，風族也不能來偷我們的獵物。」如果風族的領土食物不夠，那各族邊境會發生什麼事？

他們一回到雷族營地，棘爪和沙暴馬上向火星報告他們的所見所聞。

冬青掌看到獅掌在空地邊緣，尾巴下垂，嘴裡咬一塊乾青苔，全身都是屑屑。

「你不會還在整理長老窩吧？」冬青掌問。

獅掌把乾青苔吐到地上，「長老窩我早就整理完了，現在整理的是育兒室。」

「我來幫你。」冬青掌提議。

「我還以為妳忙著去巡邏邊境，不可能有時間。」

冬青掌用尾巴碰一下弟弟的耳朵，「不要鬧脾氣，我份內的打掃工作已經做完了。」

「我想也是。」獅掌生氣地說。

「我們把舊青苔拿出營地，再帶一些新的回來。」冬青掌咬起一大口青苔走出荊棘洞口，並把舊青苔丟到了離入口不遠的一處矮叢。

獅掌也把嘴裡的舊青苔放在一旁，「這些青苔讓我想吐！」

「就快做完了，」冬青掌安慰道。「看！那棵樹的根部有青苔。」

他們把軟綠的青苔從粗粗的樹皮挖下來。

「你都不問我發生了什麼事嗎？」冬青掌問。

獅掌嘆一口氣說，「抱歉，妳走以後我的心情就壞到不行，就像一隻愛嫉妒的小貓咪，我好不到哪裡。」

「那你現在問嘛。」冬青掌催促著。

「好吧，發生什麼事了？」獅掌剝下一長條青苔咬在嘴裡晃來晃去。

「我們根本還離風族營地很遠，灰足就叫我們回來。」

獅掌放下口中的青苔，「叫你們回來？」

「我們連解釋的機會都沒有，」冬青掌說給獅掌聽，「他們還污衊我們是去盜獵的。」

「是他們偷我們的獵物吧！」獅掌很生氣。

「我知道！」冬青掌把從樹根挖下來的青苔堆成一堆，「不過我們大概知道原因。」

「誰在乎是什麼原因？」

冬青掌沒理會獅掌繼續說下去，「他們的獵物不見了。」

「這不是藉口。」

「不過至少我們知道出了什麼事。」**我們可以在事情變得不可收拾之前解決問題。**

「我希望火星派巡邏隊去修理他們。」

冬青掌很想同意獅掌的看法，但是她努力克制。她一定要理性。是該阻止風族盜獵，但不能讓他們積弱不振。四族一定要勢均力敵。「火星不認為我們該攻擊他們，」冬青掌說，「他打算加強巡邏。」

獅掌尾巴一甩，「這招上次用過了，我們這次要一勞永逸，讓他們知道不能在我們的土地打獵。」獅掌目露兇光，冬青掌不由得把眼光移開。

「妳不想嗎？」

「你這麼愛戰鬥？」冬青掌倒抽一口氣，不知道獅掌是不是還記得爭執是因為邊界問題？

「我希望風族能安於自己的土地，」冬青掌回答，「邊界就是邊界。」**如果邊界消失，那四族如何共處？接下來消失的是不是戰士守則？**冬青掌的腳掌因恐懼而感到刺刺的。

獅掌轉身，爪子深深刺進一塊樹根上的青苔，青苔上露出斑駁的爪子印。

這一塊青苔只能給新生的小貓用了！冬青掌盯著獅掌看，很訝異他怎麼這麼不小心，其實冬青掌心裡清楚獅掌滿腦子都是戰爭，不是小貓咪。這就是權力對他的意義嗎？為了雞毛蒜皮的事情大動干戈？

冬青掌發抖，若真如此，有誰能阻止他呢？

第七章

獅掌撥掉黏在身上的一根小芒刺，他因為搬運青苔而全身發癢，這件瑣事讓他肌肉痠痛。他嘆一口氣看著夕陽從樹梢下沉，黃昏巡邏隊沒有等他，已經出發了。

今天真無聊！氣餒的獅掌朝見習生窩走去，能做的大概只有睡覺了，雖然他很渴望在森林中奔跑，感受風吹在身上的暢快。

他躲在一棵低垂的紫杉木下面，狐掌和冰掌像麻雀一樣嘰嘰喳喳聊著天。

「白翅教我翻滾。」冰掌吹噓。

「我打架的時候可以後腳撐起來，」狐掌槓回去，「你要見識一下嗎？」

獅掌這時候才發覺到原來他們是在跟他講話。獅掌疲倦的點點頭，狐掌用後腳站立，可是不穩，跌跌撞撞地繞著獅掌一圈然後仆倒在青苔上。

「我下午的時候比現在還厲害！」狐掌撐著站起來，自己覺得不好意思。

「那當然。」獅掌說著。他很嫉妒狐掌可以這麼興奮，從山上回來以後，生活就全是一些無聊的瑣事。出去為族裡獵食、打掃洞穴都是些很棒的事，可是他什麼時候才有機會施展掌下的威力？他實在已經等得四肢發癢了！

他縮在床位上。

「你看！」狐掌叫著，「我這次做對了。」

獅掌連頭都懶得抬。

「表演你新學的狩獵蹲伏姿勢。」冰掌起鬨。

床上的青苔窸窣作響，狐掌撲到獅掌身上，尾巴還像蛇一樣搖來搖去，嚇了獅掌一大跳。

他生氣地用後腿一蹬把狐掌踢下床。

「你怎麼可以這樣！」冰掌為弟弟說話。

「回去自己的床上，我要睡覺！」獅掌大吼。

「你變得很無趣！」狐掌忿恨地說。

紫杉木窸窣作響，原來是冬青掌走進來了。

「獅掌一直欺負狐掌！」冰掌要冬青掌主持公道。

「我自己會處理。」狐掌要冰掌不要多事。

「獅掌大概是累了，」冬青掌打圓場說道，「明天早上他就會想跟你玩了。」

她也蜷伏在獅掌身旁，獅掌感覺到她輕柔地舔著他的毛，他很感激地任由姊姊幫他把身上的屑屑清乾淨，冬青掌規律的動作讓他感到很放鬆。

「快樂點，」冬青掌打氣，「蕨毛剛剛跟我說了，明天早上我們兩個都會去參加巡邏。」

獅掌豎起耳朵。

「火星要加派巡邏隊去風族邊境察看，防止入侵。」她解釋。

終於！一想到可以正面迎戰盜獵者，獅掌暗自狂喜。

「現在趕快睡覺，」冬青掌建議，「我們黎明前要趕到邊境。」

獅掌閉起眼睛感到如釋重負，終於可以用有意義的方式報效雷族。

「獅掌！」虎星低沉的聲音喚醒他。獅掌眨眨眼發現自己躺在一處空地上，四周是茂密的松林。

原來是在夢中。

他環顧四周的森林，發現他的暗夜導師從樹林裡走出來。鷹霜已經坐在鋪滿松針的林間空地，琥珀色的眼睛在微光中發亮。

「希望你有所準備，」虎星警告道，「我今天要教你如何在格鬥中把對手扳倒，不管他體型有多魁梧。」虎星搖了搖一節節斑紋的尾巴，要鷹霜到前面來。

獅掌伸出爪子問，「我該怎麼做？」

「你現在體重還太輕，沒辦法壓倒所有的對手，」虎星說，「這急不得，在此之前你要善用既有的體型爭取優勢，動作要快，從對手肚子下方鑽過，狠狠抓他們前掌後跟，他們會閃開，預期你會從後面鑽出來，可是你出其不意又從前頭鑽出去，讓他們失去平衡站不穩。」

「可是我要如何在他們抓到我之前，突然改變方向呢？」獅掌問。

「我講過了，要訣就是快，」虎星繞著鷹霜說，「你跟鷹霜對招。」

虎星退到一旁，獅掌放低重心蹲下來，凝視鷹霜胸前白色的毛，繃緊肌肉蓄勢待發，向前衝。他滑進長腿戰士的肚子底下，伸出收起爪子的前掌，朝鷹霜的前腳一揮，像虎星教過的一樣。果然鷹霜轉身向後，準備在獅掌從另一頭冒出來的時候重重地壓住他。可是獅掌急轉向後，像一隻倒退出洞穴的兔子，用爪子抓住鷹霜的身體，還留意不要刮傷他的皮膚，然後猛力一拽，鷹霜失去平衡跌坐在地上。

「優秀。」虎星讚美道。

鷹霜站起來抖落身上的松針。

獅掌抬起下巴驕傲地看著虎星，「表現不賴吧？」

這時獅掌的側面突然遭到腳掌重擊，被壓制在地上。他驚訝的喘氣，用力掙扎，可是鷹霜把他壓得動彈不得，厚實的腳掌用力地踩在他身上。

「只要敵人還活著你就不算贏。」虎星說。

鷹霜湊近他嘲弄地說，「那個預言你又有了什麼新發現了嗎？」

「我已經不再想這件事了。」獅掌說謊。

鷹霜給了他一個同情的眼色，「星族還沒讓你當上森林之王嗎？」

他感到身體一陣劇痛，鷹霜的爪子用力刺進他的肉裡才放手。

獅掌一躍而起，感到鮮血從毛皮湧出，他滿腔憤怒。為什麼他們不認真看待這個預言呢？這預言有可能就是他最強的武器。一種不確定感，讓他的背脊打一陣寒顫。**莫非他們是對的，這一切只不過是火星的一場夢罷了。**

「該醒了！」

獅掌覺得他身側被鷹霜抓傷的地方，有鼻子推了他一下，他痛得往後縮，吃力地站起來。

冬青掌坐在他旁邊，「巡邏隊就要出發了。」

黎明前的曙光在洞內微微可見，外頭有小雨打在葉子上。

冬青掌舔舔自己的鼻子，「是血嗎？」她又舔了一次，焦急地看著獅掌的身體，就是剛剛用鼻尖搖他起床的地方。

獅掌自己也嚇一大跳，張口去舔鷹霜弄傷他的地方，他搞不懂夢與現實的分別。

「你床上有刺。」冬青掌推測，她把獅掌推到一邊，開始在青苔上面找刺。

洞外的空地開始有腳步走動的聲音傳來。

「回來再找吧，」獅掌說，「巡邏隊就要出發了。」

冬青掌抬頭看，眼睛在微光中閃閃發亮，「那就走吧！」

獅掌帶頭走出洞口。

灰毛和蕨毛已經在空地等著，他們的毛被雨淋得貼在身上。

「你們醒了，」灰毛抖掉頰鬚的雨水，「我們出發吧！」

「等等，」火星從擎天架跳下來警告，「千萬記住，你們是去找盜獵的證據，不是去打架，如果發現入侵者，先回來跟我報告。」火星眼中露出一絲憂慮，「這不是單純的邊境衝突，如果真要打仗，我們要有勝算，」火星看著每隻貓，「懂嗎？」

獅掌和同伴都點頭。

「那好。」火星轉身爬上擎天架。

蕨毛從獅掌和冬青掌中間穿過去，「你們兩個準備好了嗎？」

灰毛帶頭衝出荊棘隧道，獅掌在泥地上奔馳緊跟在後。荊棘隧道裡淋不到雨，可是一進入森林就滴滴答答的。冬青掌和蕨毛跟在他後頭，踩著溼滑的落葉奔跑；獅掌亮出爪子，奔跑時同時挖起了泥土，精力充沛蓄勢待發。

灰毛帶頭穿過樹林，身影在林木間顯得很小。獅掌邁開大步趕上他，**真要用力的話，我一躍就到邊界了。**力量在獅掌的血脈中奔騰。**如果跟風族遭遇，我可以把他們一個個打敗。**他身上的傷口沒那麼痛了，好像已經開始癒合。雨水洗去傷口上的血。**下次鷹霜最好小心一點。**

灰毛轉彎了，他走的是大家走慣的路，可是獅掌知道有一條捷徑，他衝進一片矮叢，從另一端冒出來，把灰毛嚇了一跳。現在獅掌領先在前了，他跑回原路邁開大步。

「回來！」灰毛命令，「領隊是我。」

獅掌慢下腳步讓灰毛超越，這隻戰士藍色的眼中閃著憤怒。獅掌雖然落後了，可是滿足的感覺讓他身體暖呼呼的。他會讓灰毛領隊，但這是暫時的，總有一天巡邏隊都要由他帶頭。

前方邊界的河流在林葉之間閃爍，灰毛加快腳步，跳過一叢羊角芹來到河邊，獅掌在他後面停住，雨水從身上滴下來。

「你剛剛到底是怎麼回事？」灰毛質問。「你可能會衝進敵人的伏兵！我們不知道在前方等著我們的是什麼？」

冬青掌和蕨毛趕上來。

「我剛剛不過是走捷徑。」獅掌為自己辯護。

「以後乖乖的在後頭跟著！」

「發生什麼事？」蕨毛問。

「我沒有不會處理的事。」灰毛生氣說道。

冬青掌對弟弟使了一個警告的眼色。

獅掌聳聳肩。**我沒洩露我們的祕密。**

蕨毛聞一聞空氣，「雨水把所有氣味都沖掉了。」

「可能還有其他的蛛絲馬跡，」灰毛猜，「我們分頭去找。」

「好，」蕨毛點頭，「不過不要走太遠，保持在彼此之間聽得到的距離以策安全，因為你不知道會冒出來什麼東西。」

當大夥散去，在枝葉間努力的嗅著時，獅掌往長滿草叢的下游河岸望去，會不會有風族貓在那裡躲雨？如果有的話，氣味就應該還在。

獅掌走近一叢醋栗樹，樹下的地沒那麼溼，他聞一下樹幹，沒味道，他推開前方的草叢，眼前沿著河岸長滿一整片茂密的矮叢，雨水在葉子上閃閃發亮。他瞇眼看著矮樹叢，身體平貼著地鑽進去，肚皮全沾滿了泥，帶刺得葉子刮傷他的背。

「你在幹嘛？」冬青掌小聲問，「在躲雨嗎？」

「別吵！」獅掌聞到一絲風族的味道，他仔細搜尋樹根旁帶刺的葉子。

「找到了！」獅掌說，他全身髒兮兮地倒退出來，「看！」獅掌拖出來一隻吃剩的黑鳥。

「那是什麼？」灰毛急忙跑過來看，蕨毛也跟在他後頭。他撇嘴看著鳥的屍體，帶血的骨頭和毛黏在一起，還是溫的；有風族的味道和剛死的獵物混在一起。結論是：一隻風族的戰士在冬青樹叢底下發現這隻鳥，就地殺死並吃掉。

「差一點就被我們逮到。」蕨毛大叫。

冬青掌沮喪地看著這隻鳥。

獅掌推一下她說，「驚訝的發現，對吧？」

「他們違反了戰士守則！」冬青掌驚訝地吸了一口氣。「剛抓到的獵物應該先帶回去給長老們和懷孕的母貓，而不是自己先餵飽自己。」

獅掌輕蔑地說，「小偷都當了，還管什麼戰士守則。」

「他們大概是餓得受不了了。」蕨毛說。

灰毛把死鳥推向蕨毛，「帶回去給火星看，我帶冬青掌和獅掌再去上游查一查。」

「還需要查嗎？」蕨毛搖一搖尾巴。他們身後的河岸長滿了矮叢，絕大部分是荊棘，「風族不善於在荊棘叢裡行動。」

的感覺還在。

獅掌還沒打算這麼早回家，「他們搞不好會在冬青樹下活動。」剛剛鑽進去被樹枝刮到背

灰毛點頭，「是應該去查一查。」

「不要去太久。」蕨毛叼起鳥的殘骸隱身走入林中。

獅掌沿著河岸往上看，在雨中瞇起眼睛，雖然放眼看去都是荊棘叢，但他已經準備好要翻遍每一寸土地，風族戰士就可能藏身那裡。獅掌朝一叢長滿刺的荊棘走去，打算往裡頭鑽。

「等等！」冬青掌拉住他的尾巴，「入口那麼小，你硬要擠進去，身體會被撕爛，我體形型比較小，我過得去。」

「我不會受傷的，」獅掌向她保證，「不過是荊棘。」獅掌本想說，**別忘了我在山上戰爭的表現**，不過他及時收口，想起灰毛就在他們後面。

「別逞強，獅掌，」灰毛說，「讓她去。」

獅掌有些氣餒，讓路給冬青掌過去，看著她小心翼翼地鑽進荊棘叢裡。

「我們往這裡走。」灰毛帶著他繞過荊棘叢，走向岸邊的山毛櫸，開始聞溼溼的樹根。

「我去河邊看一看。」獅掌走下溼滑的河岸，河水啪啦啪啦地沖溼他的腳，他沿著水邊行走，每一撮草都聞一聞，還把葉子都翻過來看是不是有藏東西。

聞著聞著，一大叢蕨葉擋住他的路，獅掌張嘴搜索空氣中的味道，他伸掌去翻動滴著水的蕨葉，有喵聲從上方傳來。

「荊棘叢什麼都沒有！」冬青掌的眼睛在偷瞄河岸上方。她睜大眼睛，雖然淋著雨，毛還

是膨膨的。

「妳確定嗎?」獅掌瞇起眼睛，冬青掌看來非常興奮，不像是什麼都沒發現的樣子。

「只看到荊棘，」冬青掌堅稱，「灰毛說我們該回營了。」

獅掌還是不信，從河邊爬到岸上。

灰毛在上面等他們，「風族顯然都已經回家了，」灰色的戰士說，「我們在浪費時間。」

「就是說嘛，」冬青掌急著附和，「我們走吧。」

獅掌轉頭看姊姊，**到底在搞什麼?**

灰紋已經穿過林子開始走回家了，冬青掌趕緊追上去。**她發現什麼了，可是為什麼要隱瞞呢?**獅掌跟在同伴後面，想不出個所以然。

「等等!」獅掌向灰毛喊著，他就距離他幾步之遙。

灰毛轉身停下來。

冬青掌轉過身，毛皮豎立著，「怎麼了嗎?」

「我聽到邊境有聲音，」獅掌騙他們，「我得回去查清楚。」

灰毛側著頭，「你聽到什麼了?」

「我不確定，」獅掌說，「也許沒事，不過我想去確定一下比較好。」

「那我跟你去。」冬青掌提議，尾巴尖端抖動著。

「沒事的，我自己去就行。」獅掌保證。

冬青掌一臉狐疑。

獅掌故意不看她，「搞不好我會和你們同時到家。」

「那就去吧，」灰毛說，「如果看到可疑的東西立刻回來報告，不要逞強，這不是件小事。」

「好。」獅掌保證，說完轉身跑回荊棘叢，冬青掌已經把入口撐大了，獅掌很輕易就擠進去了。他在裡頭沿著姊姊剛才爬過的路線，曲曲折折，身體還是被荊棘刺到。所幸，裡頭的地是乾的。

突然，一陣刺鼻的味道，**狐狸！**這就是冬青掌擔心的嗎？她幹嘛不跟灰毛講？獅掌小心翼翼地向前挺進，想起小時候他和冬青掌、松鴉掌偷溜出營，最後被狐狸追的事。

狐騷味雖然愈來愈重，不過不像是剛剛留下來的。仔細判斷，狐狸有一段時間沒來這裡了。突然荊棘變得稀疏，前方有一個地洞，是狐狸窩的入口。**原來冬青掌找到的是狐狸窩！**從味道判斷，這個狐狸窩廢棄不用已經有好一陣子了。

向前爬，獅掌看著洞裡的一片漆黑，冬青掌的味道和狐狸的味道混在一起，**她進來過！姊姊未免也太勇敢了**，獅掌也爬進洞裡，心跳加快。洞很窄，冰冷的泥土緊貼著他的肩膀，幾乎是垂直抖降，獅掌抖動頰鬚在黑暗中摸索，腳下的泥又溼又黏，這個通道應該會馬上便變開闊，他猜再幾步路就會到狐狸窩了。通道向前延伸，獅掌心想他是不是在浪費時間，可是冬青掌一定是被什麼東西嚇到了，他一定要找出來。他向前走，一片死寂讓他心生恐懼，什麼東西會住在地底這麼深的地方？

突然間，一陣風吹在他鼻子上，前面有一個開闊的地方，通道轉了個彎，腳下的爛泥變成光滑的石頭，新鮮的冷空氣傾洩而下吹得他的頰鬚抖動，通道豁然開朗，獅掌因訝異而顫抖，原來這不只是個狐狸窩。有光微微透進來，四面的牆都是石頭，就連洞頂都是崎嶇的石頭，空氣中有石頭和河水的味道，是森林裡沒聞過的，可是熟悉的讓他心痛，**再走下去一定會通到暗河！**記憶如排山倒海撲來，他回想起石楠掌和洪水，背脊的毛豎立站起，原來冬青掌找到了另一個入口！

她為什麼不說？獅掌用爪子狠狠劃過石頭。他知道為什麼？原因明顯，就像在昏暗的光線下，看到冰掌的白色身影！

冬青掌怕我會繼續和石楠掌私會！他氣得渾身發熱，**我是一隻忠誠的雷族戰士！她為什麼信不過我！**

第八章

「我的小貓咪！」

松鴉掌覺得渾身不悅，難道黛西只會擔心她的小貓咪？其他的貓餓死了也不干她的事？從這裡就看得出來她不是雷族的貓。火星已經很明確地告訴大家風族在盜獵，這件事讓族裡上上下下忐忑不安。蕨毛咬回來的那隻死鳥就躺在空地的中央。

黛西膨膨的尾巴甩來甩去，忙著打理小蟾蜍和小玫瑰。

「不要弄我！」小蟾蜍灰色的小爪子不斷抓地，拚命想逃開母親的掌握。

「我們一定要好好教訓他們，不准他們再越界。」刺爪咆嘯著。

塵皮尾巴往地上一揚，大聲說道，「我希望在戰場上跟一星單挑，他已經偷太多次了，這隻沒良心的小偷。」

鼠毛在長老窩外徘徊，悵然若失地說，「自從高星卸任族長，風族的改變太多了。」

火星站在擎天架上，蕨毛站在他身邊，因為剛才一路從森林趕回來還喘著氣。「我們會加派巡邏隊，」他要族貓放心，「黎明前就要巡邏，才能看好我們的獵物。」

他的聲音很堅定，但松鴉掌感受得到，隨著火星的脈動傳來一波波的恐懼，像遙遠的雷聲般迴盪在營地的四周。

風族！松鴉掌的毛豎立著。或許他們只是為了貓族的溫飽奮力一搏，可是偷竊是懦弱的行為。一星是戰士們的族長，他怎麼能讓族貓淪為小偷？

他走回巫醫窩，發現葉池不在，覺得如釋重負，她一定是去採藥草了。松鴉掌一點也不訝異葉池沒找他一起去，自從上次的爭執之後，他們就儘量避免講話。為什麼葉池非要煤掌成為戰士不可？根本就是鑽牛角尖，而且煤掌還住在這裡靜養，每次看到她，就想起他們的爭執。

「能給我一點水嗎？」

煤掌住進來後都還沒下過床，甚至是火星跟大家宣布風族盜獵時，煤掌也無動於衷。

「自己走去水池喝。」松鴉掌惱怒地說。

一時之間靜默無語，接著聽到煤掌哀求，「拜託啦！」

她怎麼可以這樣？差一步就可以晉升戰士了！松鴉掌走近她，近得他們的頰鬚幾乎要碰在一起，「妳的腿會好起來的，」松鴉掌不客氣地說，「但妳要使用它才會好起來！」

「可是如果好不了呢？」煤掌有點自怨自艾。

煤掌講話時，松鴉掌的思緒湧現一陣狂亂的旋渦，裡頭充斥著各種畫面與噪音，他的心就像狂浪中的一片孤葉在胸口翻騰著。他站在一片草地上，轟雷路就像湖面一樣寬闊地展現在他面前，震耳的轟隆聲響起，他害怕得蹲伏在地，這時一隻銀色的怪獸擦身而過，一股強烈氣流直灌到他身上，吹塌了他的毛。另一隻怪獸從反方向呼嘯而來，接二連三，松鴉掌的眼睛被這些怪獸的臭氣薰得睜不開。

突然，有一隻怪獸偏離方向，朝松鴉掌直衝過來，松鴉掌想逃，可是腳下的草地卻滑溜溜的踩不牢，接著一陣電擊般的疼痛穿透他的腿，世界整個陷入漆黑。

他掙扎地撐開眼簾，一片亮光比陽光還刺眼，四周長滿了羊齒蕨，躺臥的地方鬆鬆軟軟洋溢著草香。他躺在林間的綠蔭空地上，頭頂扶疏的樹葉之上透露著晴朗的藍天。他斜眼一瞧，藍星和黃牙在一個狹窄的通道入口前低聲交談，還不時輪流以焦慮的眼神偷瞄松鴉掌。只要他想動，他的腿就暗暗作痛，根本使不上力，像是殘廢了。

「你情況很好，」火星湊進近他，火星臉上的毛膨膨軟軟的，樣子比現在還要年輕許多，綠色的眼睛帶著悲傷，「不，你永遠沒辦法成為戰士，」他突然呢喃低語，「對不起。」

這就是煤皮的記憶！松鴉掌努力忍住胸口這一股痛徹心肺的苦楚，絕望與恐慌像爪子劃過肚皮。**一切都完了，都完了！**

「松鴉掌！」煤掌憂心的叫聲把松鴉掌拉回現實。

「我還以為妳什麼都記不得……」松鴉掌喘著氣，努力要回到現實。

「記得什麼？」煤掌聽得一頭霧水。

「煤皮……」松鴉掌吞吞吐吐，停住，感覺煤掌的頰鬚碰到他的腳掌。

「煤皮是葉池前一任的巫醫，對不對？」煤掌追問。

「發生什麼事？」葉池衝進動洞裡，「你們在胡說些什麼？」

松鴉掌轉身，感應到導師身上如風暴一般狂飆而來的恐懼和憤怒。「她知道煤皮的事。」

煤掌床上的乾青苔窸窣作響，「知道什麼？」

松鴉掌根本聽不到煤掌說話，只感覺葉池熾熱的鼻息呼在他臉上。

「她不知道，」葉池嘶吼著，「永遠不能讓她知道，懂嗎？」

松鴉掌貼平耳朵，向後退，結巴地說，「可是……可是……她明明記得！」

葉池從他身邊擦撞肩膀而過。「煤掌，不用擔心，」葉池安慰，「松鴉掌只是在想，煤皮會不會用什麼不同的辦法來醫治妳的腿。」

騙子！難道她就這樣鐵了心，要一直保密下去？

葉池的尾巴安慰似地拂過煤掌的身體。

「我知道妳醫不好我的腿，」煤掌的聲音小到像是輕吹一口氣，「我永遠也沒辦法成為戰士了，對吧？」

「妳要多休息，妳的耳朵摸起來熱熱的。」葉池邊回岩邊故意裝成很忙，開始整理煤掌的床位，弄得乾青苔窸窣作響。「松鴉掌？」葉池轉頭喊道，「麻煩你去給煤掌拿點水來。」

松鴉掌用力地跺步走到水池旁邊，叼起疊在水邊的一塊青苔，吸滿水。**寵成這樣，煤掌當然永遠好不了！葉池沒一件事是對的！**他把吸滿水的青苔放在煤掌床邊，逕自走出洞外。

那些怪獸的影像、彷彿還隱隱作痛的腿，和葉池帶給他挫折感交織在一起。松鴉掌站在一叢荊棘旁邊用力深呼吸，希望新鮮的空氣能釐清他的思緒。

「松鴉掌？」葉池突然出聲，嚇了松鴉掌一大跳。

「我還以為妳在照顧病人，忙得不可開交呢？」松鴉掌語帶諷刺地說。

「抱歉剛剛對你有點兇，」葉池道歉，「可是煤掌永遠都不可以知道這個祕密。」

「為什麼不行？」松鴉掌反問。

「因為這對她不公平，」葉池重重地坐下，「她不能被自己的前世影響，你不懂嗎？」

「被她前世影響的是妳，」松鴉掌反駁，「妳對待罌粟霜和蜜蕨的方式，和對待煤掌一樣嗎？每次妳一靠近煤掌，腦子裡想的就全都是煤皮。」

就在松鴉掌講話的當下，他窺見葉池心裡湧現的畫面：一隻獾侵入育兒室，煤皮守在栗尾的小貓咪前面，結果被咬死，「妳現在就正在想！」松鴉掌指責，「煤皮的死不是妳的錯。」

「是我的錯！」葉池極度悲傷，「要不是我跑出去……」

這時葉池的思緒罩上了一層霧，讓松鴉掌看不透。「你不能一直想要告訴她！」葉池生氣地說，「這不公平！」

「我克制不住，」松鴉掌說，「我身不由己。」

「沒有什麼事對你來說是『身不由己』的。」葉池說。

「妳這樣說是什麼意思？」松鴉掌感覺葉池努力想擊退憤怒。

「沒什麼意思，」她回答，霎時間葉池突然被疲累吞噬，「星族讓煤皮轉生，為的是讓她一償宿願當上戰士，我要確保這個計畫能夠實現。」

「那妳為什麼讓她像瘸子一樣整天躺在床上？」

「我不想看她受苦。」

「妳放棄她了，」松鴉掌責備，「她嚇到不敢動，而妳也嚇到不敢讓她動！」

「這不是事實。」葉池生氣地說。

「是嗎？」松鴉掌尾巴一掃，「那妳為何不進去跟她說，下次要喝水就自己走去喝？」

「因為我不知道這樣做對她是好還是不好。」

松鴉掌難以置信，為什麼導師對他的判斷沒有自信？「妳看過她的腿！就只是肌肉拉傷！」

「可是上次我就診斷錯誤，」葉池說，「我說她可以參加戰士的評估測驗，可是我錯了，」葉池的聲音小到幾乎聽不見，「我辜負她，辜負了星族。」

松鴉掌滿腔挫折，「妳都這麼輕言放棄嗎？」他大聲吼著，「我還以為這件事對妳非常重要，沒想到竟然不過如此！」

沒等葉池答話松鴉掌就轉身離開空地，覺得離葉池愈遠愈好，他走出荊棘隧道。樺落在看守大門，「喂，松鴉掌，需要陪你嗎？」

「不用。」松鴉掌逕自朝樹林走去。

循著風裡的氣味和方向，松鴉掌朝湖邊走去。空氣溼冷，還帶著下過雨後的冰涼。他穿過樹林，沿著熟悉的路徑，下坡走向湖岸。風吹皺水面，波濤聲聽起來出奇的近。松鴉掌下了湖岸踩上水邊的小碎石，向前走。

啪嗒一聲！

松鴉掌踩到水，不深，可是嚇得他顫抖縮腳。他小時候曾跌進湖裡的經驗，讓他此後都怕水。他跌跌撞撞爬上河岸，一定是下雨後湖水上漲了。

我的枯木！他開始緊張地沿湖岸的草地邊繞著湖走，直到一排樹的旁邊，他在樹根之間仔細的聞，想找出枯木的藏身之處。突然他聞出那棵花楸樹的味道，他爬上樹根走到水邊，湖水拍打河岸，他把後腳用力嵌進樹皮固定自己，前掌伸進水裡去撈棍子。

不見了！他在樹根的縫隙間不斷撥來撥去，恐懼自喉嚨升起，他愈探愈出去，最後索性把一隻前掌踩進泥濘的湖底，另一隻前掌懸盪在水面上，讓湖水輕輕拍打著；他盡可能伸長身體找尋那根光滑的枯木，波浪打到嘴裡害他嗆到。

跑去哪裡？是湖水把棍子捲走了嗎？他再也看不到那根棍子了！

這時候有個漂在水上的東西碰到他的嘴巴，他用力聞，水嗆到鼻子，但他立刻認出是那根棍子；他揮舞著前掌想把棍子拉近，可是每次用爪子一勾，棍子卻被愈推愈遠。怎麼這麼光滑？沒有粗躁的樹皮可以抓牢？他內心充滿害怕和挫折。

「你到底在幹嘛？」松鴉掌的尾巴被咬住，拖到湖岸離水最遠的地方。

是火星。

「我剛剛是在……」松鴉掌試著用最貼切的字眼來表達，要怎麼跟火星解釋他非拿到那根枯木？可是它有可能在他解釋時，就漂到遙不可及的地方了；「我一定要拿到那根棍子。」他祈禱著他的語氣夠急切可以取代千言萬語。火星趨身向前察看，他內心閃過一絲希望。

「什麼？是那根在湖邊漂浮的光滑枯木嗎？」

「對！」松鴉掌幾乎要哭出來了。

「它不會沉的，」火星告訴他，「木頭不會沉下去的，就算沉了，有什麼關係嗎？」

松鴉掌深深吸一口氣，「有關係，」松鴉掌說，「非常有關係……對我來說。」他努力保持鎮定，因為火星好奇的眼神盯得他混身發熱。

「好吧，」火星終於答應，感覺好像是考慮了好幾個月，「我幫你拿。」

雷族族長爬上樹根身體前傾，開始撈。松鴉掌聽到撥水聲音，還有火星咬住東西用力拖上來的喘息聲。

他拿到了！

火星把枯木拖過泥濘的湖岸，最後放在乾地上。

「謝謝！」松鴉掌嘆了口氣，伸掌去摸那根溼木棍。

「你要我幫你把木頭帶回營地嗎？」火星喘著問。

「不！」松鴉掌不假思索，斷然拒絕。這是他的祕密，葉池可能會問東問西，其他貓會左盯右瞧，還可能會動手摸他專屬的東西，而他自己卻看不見。想到這些就讓他脊背發麻。

「好，現在這根木頭安全了，」火星說完湊近一看，「上頭有一些特別的刻痕，是你劃上去的嗎？」

「不是。」松鴉掌據實回答，全身灼熱，只願火星不要繼續追問下去。

「好，」火星說，「我們回去吧。」

謝謝祢們，星族！松鴉掌把枯木插在纏繞的樹根之間。他估計湖水是不可能上漲到這裡，就算會，它再也漂不走了。松鴉掌轉身跟著族長走上綠油油的斜坡，走回森林。

進入林子以後，松鴉掌試著感應火星，他想知道雷族族長對他的預知能力，是什麼樣的看法；可是跟葉池心存防衛的時候一樣，火星的思緒也烏雲籠罩，根本無法感應。

「煤掌情況如何？」火星擔憂地說。松鴉掌記得他看過的景像：是火星親口告訴煤皮她永遠沒有辦法成為戰士。他對族長感到極度同情，煤掌最近的腿傷勾起了火星的舊日傷痛。

「她會好，是吧？」火星追問。

松鴉掌小心地回答，「她覺得很痛，看不太出來到底傷得有多重。」如果火星去問葉池，松鴉掌不想他給的答案和葉池給的不一樣。

「一定是名字帶來的厄運。」火星低聲說，像是在自言自語。松鴉掌忍住不跟火星講，煤掌和煤皮不只是名字相似，她們根本是同一個靈魂。

兩人不發一語地走進空地，回到營地。葉池急著跑上來問松鴉掌，「你還好吧？」

「他很好，」火星告訴她，「我在林子裡遇到他，然後我們就一起走回家。」

松鴉掌很感謝火星沒有提枯木的事。

「跟我去拿一些老鼠膽汁，」葉池命令松鴉掌，「黛西身上有蝨子。」

松鴉掌走進巫醫窩時，葉池沉默地並肩走在他旁邊，是不是跟他吵架後氣還沒消？他試著感應葉池心裡的想法，不過自己的思緒卻攪擾著，不由自主地想起漂在水上的枯木。

火星告訴他木頭不會沉。原先松鴉掌以為水是狡詐的東西，會把所有接觸到的東西都吸進冰冷的湖底，就像他小時候溺水那次，不過枯木沒被吸下去，而是在水面上漂浮。

除了河族貓會游泳，松鴉掌也聽過有一次火星和灰紋游過大水去拯救一窩小貓咪，還有上次隧道被水灌進去，他們不也都想辦法上了岸嗎？

他記起那天在水裡死命揮動手腳，無所依靠，水衝擊他的身體直到他無力反擊，接著他像木頭一樣漂起，他記得手腳打水的感覺，水像風一樣，他覺得自己像是風裡飄著的種子毛絮。

他停下來。

「怎麼了？」在一旁的葉池跟著停住。

「沒事。」松鴉掌回答，可是他其實心裡想著一件事。

這時一聲尖叫害他嚇一跳，罌粟霜在育兒室外面哀嚎。

「她眼睛被荊棘扎到！」蜜蕨大聲喊道，「育兒室的外牆有一枝荊棘突出來！」

「我不是已經把荊棘全折進去了？」灰紋從空地跑過來。

「別急！」葉池從松鴉掌身旁急奔過去，「荊棘不大，應該只是刮傷。」

松鴉掌衝進巫醫窩。罌粟霜應該沒事。他有更重要的事要做。

他衝進荊棘簾子，煤掌正要翻身，鋪床的乾草傳出窸窸窣窣的聲音。

「怎麼了？」煤掌驚惶地問。

「妳要游泳。」松鴉掌興奮地說。

「游泳？」煤掌嚇得張大了嘴，「可是我不會游！」

「妳試看看就會了，」松鴉掌衝到煤掌床邊，「河族貓不是一天到晚都在游？」

「可是他們是河族貓啊。」

「妳還不懂？」松鴉掌快步走向她，差點站不穩，「妳可以在水裡運動妳的腳，這樣腿不吃力，還會變強壯。」

「變強壯？」煤掌不確定地跟著說了一次。

「像是用腳走路，不過輕鬆許多。」松鴉掌繼續說。

「要去那裡游？」

「當然是到湖裡！」

「那我怎麼去？」

「妳腿受傷之後，不是還撐著走回營？」松鴉掌跟她說理，「此後妳就一直躺著。」

「那要怎麼游？」

「我會教妳。」松鴉掌一想到水會弄溼他的腳，自己就先渾身不自在，但他努力不去想。

「你？」煤掌發出一聲噗嗤的笑聲，這是腿傷之後她第一次笑。

松鴉掌覺得一定可以說服她，「我會盡全力。」他保證。

「葉池會認為我們比兔子還瘋狂。」

「那麼就別告訴她，這是我們倆的祕密，想想她如果看見妳用四隻腳走路會有多訝異。」

煤掌沒多說什麼，可是松鴉掌感覺得到她心裡有朵希望的小花正在綻放。

「好。」她終於同意。

「咱們明天就開始，」松鴉掌覺得非常高興，「妳一定很快就會好起來。」

煤掌用尾巴碰松鴉掌的耳朵，「如果我沒先淹死的話。」

第九章

松鴉掌睜開眼睛，聽到葉池在床位上伸展四肢。**現在一定天亮了。**巫醫坐起身子打了個呵欠。松鴉掌等著她出去上廁所，這是她每天要做的第一件事。

床鋪上的青苔搔得他鼻子發癢，他打了個噴嚏，然後嗅嗅空中的氣息。乾爽又溫暖，一定是個好天氣，這種天氣很適合帶煤掌到湖邊。他走下床，努力地想要擺脫心中的疑慮。即使教煤掌游泳不能醫治好她的腿，至少可以證明給葉池看，他並沒有放棄他的病患。

「松鴉掌？」煤掌叫著他，「葉池出去了。」她聲音聽起來很緊張，「但是她可能很快就回來，或許游泳這件事改天再說吧！」

「只要我們動作快，她回來的時候我們早就走了。」他也很緊張，但他不想就此而放棄，「我們一定要試試。」

煤掌無奈地嘆了一口氣，掙扎著站起來時床鋪窸窣作響，「噢！」

「妳的腿只是比較僵硬。」松鴉掌鼓勵她。

「我可以吃點罌粟籽嗎？那樣比較不會痛！」煤掌乞求著。

「不行，」松鴉掌的語氣堅定，「那樣妳會想睡，現在妳需要全神貫注地學游泳。」

她猶豫了一下，然後語氣堅定的回答，「好。」

松鴉掌輕聲地走到她身邊，肩膀讓她靠著走。她很重，他努力協助她走出巫醫窩。

一走出荊棘遮掩的巫醫窩門口，松鴉掌就嗅著空氣、豎起耳朵檢查著空地中的任何動靜。松鼠飛充滿睡意的從荊棘隧道口踱步進來，她一定是站了一夜。「不要動。」松鴉掌警告煤掌。他們倆一動也不敢動地等著松鼠飛走進戰士窩。

在松鼠飛叫醒下一個站崗的戰士之前，營地入口會有一個空檔沒有守衛。黎明巡邏隊就要回營地了，而葉池也很快就會從沙堆回來。

「走吧。」他推著煤掌向前，蹣跚地穿過空地。只要煤掌的腳步踉蹌、痛苦呻吟時，松鴉掌的神經就繃得緊緊的。他不斷地為她打氣，祈禱她有足夠的勇氣支撐著，希望她的聲音不會被聽到。當他們走到荊棘圍籬的時候，枝葉突然沙沙作響。

松鴉掌聞著空中的氣味，「是葉池。」她正從圍籬另一端的沙堆隧道走回來。

他很快地把煤掌推向荊棘叢，用尾巴遮住她的嘴巴，掩住她的喘息聲。葉池拖著腳步穿過空地，走進了巫醫窩。在荊棘垂簾又掩住巫醫窩入口的那一刻，松鴉掌立刻導引煤掌走進荊棘隧道，推著她向前。「妳做得很好。」他鼓勵她。

「我別無選擇。」她咕噥發著牢騷。

當他們離開營地時，她已經氣喘吁吁。松鴉掌一直到他們進入樹林時，才鬆了一口氣，到這裡他們才算完全脫離營地守衛和巡邏隊的視線範圍。

「休息一會兒。」他說。

煤掌坐下來，喘口氣，「你要去那兒？」

「找一條最佳的路線。」他小心仔細地往前搜尋，檢查地上有沒有會滑腳的葉子，有沒有掉下來的樹枝擋住去路。煤掌已經很痛苦了，他希望儘量讓這段旅程不要太辛苦。

他回來的時候，發現她已經趴在地上，但是呼吸已經舒緩多了。松鴉掌聞聞她的腿，用鼻子碰碰她的毛，還好並沒有發熱，腫起來的地方也沒有惡化。

「妳的腿狀況還不錯。」他說。

「感覺上並不像你說的那樣。」煤掌呻吟著。

「想像一下，我們正要去拯救一隻溺水的小貓咪。」松鴉掌建議。

煤掌抬起頭。

「妳不會因為那隻腳痛，而不去救他吧！」

她用力地撐著站起來，「絕對不會！」

這才像原來的煤掌！「那就走吧！」松鴉掌再一次靠在她身邊，盡可能承受著她的重量。

她抽動著頰鬚，搔得他的臉頰發癢，「瞎貓帶路！」

「我敢說妳絕對想不到竟然有這種事。」松鴉掌很高興聽到她會開玩笑了。

穿過樹林來到一片平滑的草原，他們就這樣一邊滑行一邊跛著走到湖邊。

「你確定不是讓我變得更嚴重？」煤掌從咬緊牙關的齒縫間發出聲音，他們已滑倒三次。

「這一切都是值得的，相信我。」松鴉掌暗自希望自己說的是真的。游泳真的有用嗎？**星族啊，希望我是對的！**

一陣涼風吹動著他們的毛髮，在他的幫助下煤掌已經到了湖岸邊，腳下的卵石喀喀作響。

「今天的湖面很美，」煤掌吸口氣，「微風吹動著湖面，看起來好像柔軟的灰色毛皮。」

松鴉掌小心地往前走，做好隨時有可能涉水的準備。但是跟昨天相比，水位已經下降，一想起幾乎要失去那根枯木，他就一陣心痛。突然浪花無預警地打到他的腳掌，他趕緊向後跳。

「水冷嗎？」煤掌焦慮地說著。

「還好。」松鴉掌背脊上的毛波動著。他得和她一起涉水，否則他怎麼說服她，告訴她沒什麼好擔心的呢？他緊張地抵擋著湖水的拉力，再往前走一個尾巴的距離，而且儘量表現出不討厭水浸溼他的樣子。「過來吧！」

煤掌一跛一跛走過來時，濺起陣陣的水花。「現在要怎麼做？」她停在他身邊問著。

「繼續往前走，走到腳掌踩不到地上的石頭為止。」

煤掌全身的毛豎起，「你說得好像很容易。」

「是很容易。」松鴉掌想起他們被沖出隧道時，掙扎著游上岸的情景。抗拒著水把他往下拉的恐懼感，他奮力地保持漂浮在水面上。「到時候妳就知道該怎麼做。」他跟煤掌保證，畢竟，他自己也辦到了，不是嗎？

煤掌靠著他，恐懼由心底升起，「我辦不到。」

松鴉掌試著去想像她眼前的一大片湖水，但出現在他心裡的卻是一片茂密的林地。顫動的綠色羊齒叢圍繞著一隻灰色的母貓，煤皮坐在舊營地的巫醫窩裡。她頭頂的夜空，綴著星光點點。「無論如何我都要成為一名戰士。」她抬頭看著星空喃喃自語。

松鴉掌眨眨眼甩開那個情境，「妳想要成為一名戰士嗎？」他問煤掌。

煤掌毫不猶豫的回答，「當然想。」

松鴉掌什麼話都不用再多說了，煤掌往湖的更深處走去。湖水拍打到她的腹部時，她倒抽了一口氣，「你告訴我水不冷的！」她尖叫著。

「妳會習慣的！」

「水一直拉扯我的毛！」煤掌叫著。

「妳可以好幾天不用洗澡！」松鴉掌開著玩笑。他希望她沒有聽出他發抖的聲音。

「水已經淹過我的背了。」

「繼續往前走，但腳步要放慢。」

「我全身的毛都浸溼了，感覺像石頭一樣重！」

松鴉掌聽到一陣水花的聲音，他不會害她溺死吧？

「我踩不到底了！救命啊！」

他穿過波浪向前衝，水浸到他的胸前。「煤掌！」他感到血液衝上耳朵，「回來！」

他聽到煤掌不斷拍打水面的聲音，水花噴到他的鼻子。「我該怎麼做？」她拚命呼嚕地喊著，一定是浪打到她的嘴裡了。

「不斷地攪動著妳的腳！」松鴉掌喊著，「想像妳在跑，用尾巴保持平衡。」只要能把妳的鼻子保持在水面上就可以。

水花四濺的聲音突然停止。

「煤掌！」

沒有回應，只有波浪輕拍岸邊的聲音，難道她沉到湖底了嗎？

「煤掌！妳還好嗎？」他拚命地喊著。

「我在游泳！」煤掌的回答讓他大大鬆了一口氣。

「真的嗎？」

「什麼意思，還問我真的嗎？」她說著，突然一陣浪打過來，嗆得她直咳嗽。

「腳不要停，繼續動！」松鴉掌催促著。

「我是一直在動啊！」煤掌斷斷續續地說著，「有用耶，真的有用！我浮在水上了！」她又咳嗽了。

「專心游泳！」松鴉掌命令著。聽到她有節奏地沿著岸邊游動，他也在淺灘涉水跟著她。

突然間岸上傳來的一個叫聲，讓他愣住了，「煤掌！妳在做什麼？」是葉池的叫聲。

「我在游泳！」煤掌游回岸邊，走上淺灘，站在松鴉掌身邊，「松鴉掌教我的！」

松鴉掌的耳朵貼得平平的，等著挨葉池一陣罵。但是她的眼光柔和溫暖，她並不生氣，反而顯得很有興趣。

「繼續。」她催促著。

「我想水會支撐住她，」他說，「所以能鍛練她的腿，又不會讓腿部承受太大壓力。」

「現在妳的腿感覺怎麼樣？」葉池問煤掌。

「痠痛，」她說，「但不像在地上走路的時候那麼痛。」她開始涉水走回湖邊，「我可以再多游一會兒嗎？」

她還沒等她回答就衝進水裡了。

葉池踩著卵石走到松鴉掌身邊，「做得好。」她低聲地說。

他低下頭來，「煤皮當不成戰士，但是煤掌可以。」

葉池的尾巴輕輕地拂過他潮溼的身體，「希望如此。」她的聲音突然變得生氣勃勃，「煤掌，妳該起來了，妳還得留些力氣走回營地。」她轉向松鴉掌，「把她慢慢帶回來，然後去休息一下。今天是半月，我們晚上要去月池。」

松鴉掌往上爬，利爪劃過平滑的大岩石。**再過幾條尾巴之遠，就要到達山谷了**。他的腳掌痠痛，沉重得像石頭，腦子累得嗡嗡作響。他已經依照葉池的吩咐，小心地把煤掌送回營地。他想起當時族貓們圍著他們，看到煤掌全身溼答答的驚訝樣。

「妳全身都溼了！」栗尾說著。

冬青掌繞著她的朋友，擔心地說，「妳掉進湖裡去了嗎？」

「我剛剛去游泳！」煤掌驕傲地告訴大家。雖然她還是一跛一跛的，但已經可以自己走，不需要幫忙了。

「游泳！」冬青掌很驚訝的樣子。

「從今天開始，她要天天游泳來鍛練她的腿。」松鴉掌解釋完後，引導他的病患從嘈雜的空地回到窩裡休息。

「松鴉掌，謝謝你。」煤掌由衷的感謝，「能夠成為一名戰士對我來說非常重要。」

松鴉掌點點頭，「我知道。」

「快點！」葉池的聲音把他拉回現實。

他爬上山谷的邊緣，一陣冷空氣迎面而來。他跟著葉池沿著熟悉的小徑往下走到月池。和往常一樣，腳底下那被無數的祖靈踩過而形成凹坑的平滑石頭，感覺是這麼的溫暖舒適。

吠臉這一路上幾乎都沒說話，葉池也好不到哪裡去。她和風族巫醫之間的緊張情緒，好像正醞釀著一場即將爆發的暴風雨。吠臉沒有帶隼掌來，他的說詞是風族見習生的腳掌被荊棘刺傷了。但是松鴉掌可以感覺到吠臉的防衛性很強，好像把自己包裹在荊棘裡。他猜風族的巫醫是想保護他的見習生，避免讓葉池盤問他有關盜獵的問題。

蛾翅、柳掌和小雲似乎也感受到這緊張氣氛。

「下次我們來的時候就是落葉季了。」蛾翅說著。

柳掌打了個寒顫，「我會想念溫暖的夜晚的。」

「今年的綠葉季真不錯，」小雲說，「但半橋老是擠滿兩腳獸，牠們為何總是那麼吵？」

「還好落葉季一到，牠們就不會再來了。」蛾翅說。

「這是寒冷的季節裡唯一值得安慰的事。」小雲附和著。

「小雲，你選見習生了嗎？」柳掌好像很希望有個新夥伴加入這趟旅程。

「我心裡有個人選。」小雲咕噥著。

松鴉掌等著葉池下評論，她也希望能有個以當巫醫為職志的見習生嗎？她知道松鴉掌本來希望能成為戰士的。**或許應該說是能看得見的戰士？**想到這裡，他的內心一陣痛楚。但是葉池什麼話也沒說，只是走過他身邊，用尾巴尖端輕輕掃過他的耳朵。松鴉掌羞愧得發熱，有時他並不是唯一能夠看穿其他貓心思的貓。

大夥兒在月池邊呈扇形散開，松鴉掌跟在葉池的腳步後面走到最遠處。他坐在她身邊，急著想要趕快把鼻子碰到水邊。他想要跟星族談談有關預言的事。他想問問祂們知不知道殺無盡部落的事，祂們是怎麼知道有關預言的事，星族能解釋嗎？

松鴉掌抬起鼻尖，另外有一隻貓也充滿期待——蛾翅。

河族的巫醫清清喉嚨，「在我們與星族分享夢境之前，我想為柳掌正式命名。」

「已經要命名了？」柳掌興奮得不得了，「哦！天啊！蛾翅，我該怎麼謝謝妳呢？」

「這是妳自己努力得來的，」蛾翅輕聲回答，「實至名歸。」

「都是因為妳幫我，」柳掌說，「妳是很棒的導師。」

「希望我還能繼續對妳有幫助。」

松鴉掌知道只要河族的巫醫蛾翅還活著，柳掌就還會是她的見習生，但是她新的名字將給予她在族裡前所未有的尊榮和地位。松鴉掌抽動了一下尾巴，葉池還有多久才會幫他命名呢？

他心裡閃過一個念頭：蛾翅又不相信星族，她怎麼可以執行這個命名儀式呢？

葉池靠過來，頰鬚碰了他的臉頰，「即使她拒絕聽星族的話，星族仍會聆聽她的聲音。」

松鴉掌張嘴，倒抽一口氣，「妳怎麼——」

「松鴉掌，我知道的比你想像的還要多。」葉池低聲咕噥著。

松鴉掌轉身離開，他的導師竟然也可以看穿他的心思，他不喜歡這種感覺。

蛾翅開始舉行儀式，「我，蛾翅，河族的巫醫，召喚我的戰士祖靈看顧這位見習生。她經歷嚴格的訓練，已經了解身為巫醫的任務，在祢們的看顧下，她將長期為她的族貓所用。」

是他的想像？還是星光照在他身上。讓他全身暖暖的？松鴉掌閉上眼睛探索柳掌的心思，是她內心洋溢的喜樂也感染到他身上。

「柳掌，妳願意悍衛巫醫職責，不管貓族間的對立，一視同仁保護所有的貓，即使犧牲生命也在所不惜嗎？」

「我願意。」柳掌的內心有星族盤旋著。

「那麼，我現在以星族賦予我的權力，賜給妳真正的巫醫名。柳掌，從現在起妳就叫做柳光。星族以妳的忠誠和慈悲為榮，希望妳的優點永遠為妳的族貓所用。」

松鴉掌聽到柳光舔著蛾翅的毛。

「柳光！柳光！」葉池、吠臉和小雲都對著銀毛星族揚聲吶喊。

「柳光！」松鴉掌被這股興奮的情緒感染，也加入他們一起吶喊。

松鴉掌聽到月池波動的聲音，是柳光腳掌碰到水邊。

「謝謝你們——大家，」她說，「從前我所做的每一件事都是按照星族的旨意，希望星族繼續引導我今後一生的道路。」

「願這一切蒙星族悅納。」吠臉喃喃低語。

「柳光，恭喜妳。」葉池熱情的道賀。

「做得好，」小雲咕噥著，然後躺在月池邊，「我相信星族這時候一定非常希望和妳說說話。」說完，他的鼻子就接觸著水面，慢慢地靜止不動。

接著一陣毛皮摩擦岩石的聲音，大家也都跟著他躺下來，到夢境裡尋求星族的旨意。當松鴉掌的肚皮貼在冰涼的岩石上的時候，葉池在他耳邊低語。

「今晚不要到柳光的夢境裡去，」她警告著，「讓她獨自與星族相遇。」

我才不會去呢！他感到一陣志得意滿，終究，她還是不會讀心術。松鴉掌今晚並不想去任何一隻貓的夢境裡，他想要自己與星族碰面，問問有關預言的事。

他的鼻子一接觸冷冽的池水，心裡立刻出現一片盎然的綠意，他已經進入星族的狩獵區，空氣中完全沒有一絲落葉季的跡象，只有茂密的樹林和充滿生機的矮樹叢。

貓群在其中穿梭活動著，有的聊天、有的捕捉獵物、有些只是在陽光下作日光浴。遠處的羊齒叢有橘色毛皮忽隱忽現，一隻虎斑貓正幫一隻玳瑁貓梳理毛皮，一隻黑白貓在茂密的草叢追蹤獵物。松鴉掌誰也不認得，**都是別族的祖靈**。松鴉掌非常沮喪，他想和認識的貓講講話。

突然出現一線希望，有個熟悉的身影在他前方的草叢迂迴前行。然而，他發現是小雲時，不由得嘆了一口氣。他不應該在小雲的夢裡的，他正要掉頭離開時，發現一隻灰白色有斑點的瘦小公貓正走向影族的巫醫。**祂一定是祖靈！**

小雲點頭致意，「鼻涕蟲。」

這隻公貓眨眼回應，祂的鼻頭溼溼的還不斷抽著鼻涕。

他們沒有互碰鼻頭打招呼，我一點都不覺得奇怪。松鴉掌溜到一棵樹後面聽他們說話，他知道鼻涕蟲從前曾經是影族的巫醫。**連自己的感冒都治不好，這算是哪門子的巫醫？**

「一切都還好嗎？」鼻涕蟲問。

小雲猶豫了一下，松鴉掌可以感覺到他正盤算著要如何回答。

「獵物還夠嗎？」鼻涕蟲追問著。他瞇著眼睛看著他面前坐立不安的小雲，不斷的在腳掌間轉移重心。

「獵物都還有。」小雲回答。

「兩腳獸有來攪擾你們嗎？」

小雲搖搖頭。

「褐皮的孩子呢？他們都健康吧？」鼻涕蟲坐下來擦擦鼻子，小雲的眼睛一直盯著自己的腳掌。「怎麼了？」祂繼續追問著。

「是黑星！」小雲帶著罪惡感地說出族長的名字，然後回頭張望。他把聲音壓低到幾乎是耳語的程度，松鴉掌必須豎起耳朵才能聽得到。「他是那麼的……」小雲試著要找出恰當的字眼，「遙遠。」

「遙遠？」鼻涕蟲說，「你的意思是說他要離開貓族？」

「不！」小雲的語氣帶著一絲不耐煩，「遙遠的意思是，分心。他讓枯毛組織所有的巡邏隊，然後自己開始說些有的沒有的事情。」小雲彈一下他的尾巴。

「哪種事情？」

「他說他懷疑星族是不是真的要帶領我們到湖區！」小雲脫口而出。

鼻涕蟲的眼光一沉，「那麼你真的是該擔心。」

「是嗎？」

「黑星已經失去信心了。」鼻涕蟲說。

小雲的耳朵抽動著，「怎麼會呢？他一直都相信的啊！」

「他怎麼會認為已經不重要了，」鼻涕蟲用腳掌擦擦鼻子，「你一定要幫他找回信心。」

「但是要怎麼做？」小雲的聲音有些驚慌，「我能做什麼呢？」

「幫他找回信心。」鼻涕蟲又重複剛剛說過的話。這隻老公貓逐漸消失，和周遭的森林一樣慢慢變透明。

「幫我！」小雲乞求著，但是森林已經消失了。

松鴉掌睜開眼睛，發現自己在月池邊的一片黑暗當中，他沮喪地站起來。**如果黑星變成鼠腦袋，那跟我有什麼關係呢？**影族如果真的被一個老笨蛋領導的話，或許更好呢？

葉池也在他旁邊發出聲響，「你夢到什麼了嗎？」她低聲地問。

「沒有，」松鴉掌回答著，覺得悵然若失，「沒什麼重要的。」

第十章

一隻狐狸在森林深處嚎叫著，叫聲在營地內迴響著，潛入冬青掌的夢境。冬青掌在床鋪上不安的躁動，「不在隧道裡。」她喃喃自語。

「什麼？」獅掌轉身問她，但她並沒有回答，又再度進入夢鄉。

有一條隧道在她面前延伸，消失在幽暗之中，她尾巴後面的黑暗之河，飛沫四濺地湍流著。隧道的那一頭傳來沉重的腳步聲，伴隨著爪子劃過岩石地面的聲音，朝她走過來。她戰競地毛髮豎立，幽暗中出現一個身影和一雙發亮的眼睛。狐狸！她往後退，感覺後腿就快要被河水給拉走了。那身影不斷逼近，那雙眼睛眨也不眨的一直前進到微光之中。

是獅掌。

有隻腳掌碰了一下她的肩膀，她嚇得跳了起來。

「冬青掌？」蕨毛站在她的床邊，窩內一

片陰暗，只有微弱的月光從紫杉枝條間穿透過來。「妳還好吧？」

她嚇得全身發抖，「只是做了個夢。」她鬆了口氣，像是被涼風吹拂一樣冷靜下來。

「妳就不能做安靜一點的夢嗎？」獅掌在她身邊發著牢騷，「我半夜在外面巡邏的時候，妳還在呼呼大睡。」他轉過身去，把鼻子嘴巴塞在他的腳掌下趴著。

「輪到妳了，冬青掌。」蕨毛輕聲地喵嗚著。

狐掌和冰掌都在他們的床上熟睡著。

「天已經亮了嗎？」冬青掌問，揉揉眼睛想要趕走睡意。

「還要一陣子才天亮，」蕨毛在她耳邊低聲地說。「我們現在要做的是黎明前的巡邏。」

這些額外的加強巡邏已經使得整族筋疲力盡，戰士和見習生都很累，但是火星的這一招似乎很管用，已經有好一陣子沒有入侵者來盜獵。冬青掌伸伸懶腰，跟著導師走出窩穴。她那剛睡醒的腳感覺麻麻的，即使早晨的涼風也趕不走她的睡意。

明亮的月光照著營地，刺爪坐在空地上，用腳掌抓住尾巴梳洗尾端。

栗尾繞著他踱步，「坐著不動的話實在太冷了。」她抱怨著。

「在綠葉季離開前還會有幾個夜晚是溫暖的。」蕨毛說著，走向栗尾，和她摩擦鼻尖。

「冬青掌醒了嗎？」刺爪問。

冬青掌從幽暗處走出來，「快醒了。」

「很好，」這金棕色的虎斑貓站起身來，「我們可以出發了。」

一陣細小的尖叫聲從育兒室傳來，「狐狸走了嗎？」小玫瑰焦慮地喵嗚著，「我聽到牠的叫聲，好像在很近的地方！」

「親愛的，那是從森林很遠的地方傳來的。」黛西安撫著說，「現在回去睡覺吧。」

冬青掌跟在蕨毛後面，和巡邏隊排成一排走向森林。樹蔭底下十分陰暗，他們走向風族邊界的上坡路上，冬青掌還被樹根絆倒。

蕨毛轉頭看她一眼，「妳的腳還在睡覺嗎？」

「很快就會清醒過來的。」她保證。

他們靠近邊界小溪時放慢速度。領著巡邏隊的栗尾，用尾巴示意大夥兒停住腳。她抬起鼻子嗅著空氣中的氣味，「這裡沒有風族最近剛留下的氣味。」

刺爪爬向岸邊，鑽到灌木叢底下察看，冬青掌聽到窸窣作響。然後他冒出來，身上沾著葉片，「這裡沒有任何跡象。」

他們安靜地沿著邊境小溪走，穿過樹林。

蕨毛穿過一簇羊齒叢，從另一邊鑽出來搖搖頭說，「這裡也沒有。」

刺爪在一棵橡樹的樹根留下氣味做記號。

「我們沿著小溪走出樹林，」栗尾決定，「然後我們可以沿著邊界的沼澤地重新做記號。」她領著大家走出樹林，走到月光照射的地方。這片山坡閃著詭異的白光，沼澤地和林地的寂靜讓冬青掌的毛皮直豎。

「好安靜。」她低聲地說。

「快要破曉了，」蕨毛說，「小鳥就要醒了。」

一陣微風吹動石楠樹叢，發出沙沙聲。

「刺爪、蕨毛，你們重新做記號，」栗尾下令，「冬青掌和我四處查看有沒有風族的氣味。」她向冬青掌點頭示意，「跟我來。」

冬青掌跟著這玳瑁貓往下坡走，她睡意濃濃的腳掌笨拙地在粗獷的草原上滑行。栗尾用尾巴招著她繼續向前，冬青掌在石楠樹叢中迂迴前進，此時栗尾又開始往上坡走。她在一株株的灌木叢間搜尋氣味，隨著坡度降到山谷，再往小山丘爬升。邊界線就在這裡，雷族最近才標記過的記號還清楚的聞得到，而風族的氣味卻模模糊糊的，好像這一帶對他們來說已經不重要了。他們一定是忙著在森林裡狩獵。

冬青掌凝望遠處山坡，隆起的山丘襯著天際，像隻巨貓的脊椎，延伸到地平線的另一端，天空因為黎明即將到來而呈現奶黃色。就在太陽開始驅走黑夜的瞬間，奶黃色變為黃色，山頂染成一片粉紅。

天色漸亮時，冬青掌發現山頂上有個身影的輪廓。她瞇起眼睛想要看清楚，但是看不出牠的大小。不過當晨光照在山頂上時，她認出那是一種貓科動物，臉上也有像貓一般的口鼻，有著長長平平的背，還有彎曲的尾巴，尾端還有一撮蓬蓬的毛。牠豪氣萬千的昂首站立，豎起寬大的耳朵察看著下方湖區。

冬青掌全身僵硬，「是獅子！」

「獅子？」栗尾衝到她身邊，「在哪裡？」

冬青掌用鼻子指向山頂上那一動也不動的身影。

栗尾搖搖頭，「那只是一隻貓。」她再努力地想看清楚，「但是看起來不像風族的貓，他更強壯而且毛更長。」

冬青掌眨眨眼，發現栗尾說的沒錯。但是一時之間他看起來真的很像獅子，她小時候在育兒室就聽過有關獅子的故事——巨大又剽悍，像東升的太陽一般，所向無敵。

「我們重新標記過了！」蕨毛在樹林邊緣叫著，「應該回去和黎明巡邏隊交班了。」

栗尾轉身跑回去和他會合。冬青掌把視線從那隻陌生的貓身上拉回來，他還站在地平線的那一端。他在看他們嗎？

「冬青掌以為她看到了獅子，」栗尾在回營的路上跟蕨毛和刺爪說，「在沼澤地那邊。」

「獅子？」蕨毛的眼睛閃爍著玩笑的眼神，「妳確定妳沒在作夢？」

「沒有，我才沒有呢！」冬青掌辯解著，「看起來真的很像獅子。」

「看起來真的很奇怪，」栗尾也贊同，「可以確定的是，那絕對不是風族的貓。」

「只要不越過我們的邊界就好。」刺爪咆哮著。

冬青掌走進營地的時候，煤掌正從巫醫窩走出來，一拐一拐地繞過空地朝荊棘隧道走。

冬青掌走到她身邊，「妳要去哪裡？」

「去游泳。」

「妳自己去？」冬青掌驚訝地說。

「松鴉掌忙著整理藥草，葉池說如果我慢慢走的話應該是沒問題的。」

冬青掌注意到煤掌說話時已經不會痛苦的喘氣了。「覺得比較好一點了嗎？」

「好多了。」煤掌停下來伸展。她受傷的腿因為伸展而顫抖著，但她並不因此而退縮。

「我可以跟妳一起去嗎？」冬青掌問。

「妳不累嗎？」

「已經不會了。」在沼澤地看到的「獅子」景象把給她驚醒了。

煤掌發出愉悅的呼嚕聲，「有個伴很好啊，」她看著冬青掌，「妳要我教妳游泳嗎？」

冬青掌想到溼溼冷冷的身體，不禁打了個寒顫，「不要，謝了！」

她們一前一後的穿過荊棘隧道。這時太陽已經高掛天空，整個森林暖和了起來，小鳥在枝頭啁啾鳴叫。冬青掌喜歡現在樹林裡的感覺，由綠葉季初期的清朗轉變為現在的枝葉蓬亂，矮樹叢的枝條蔓生長到小徑上，大樹的樹根旁也冒出柔軟的新芽。整個森林好像比以前更繁茂、更欣欣向榮了。

她朝著湖的方向走，爬坡的時候放慢腳步，好讓煤掌可以一步一步地跛著跟上她。

「妳有沒有看到蜜蕨跟在莓鼻後面，那副自作多情的樣子？」煤掌喵嗚著。

「喔！有啊！」冬青掌也附和著。「任誰看了都會以為他是星族賜給貓族的禮物！」

「難道她看不出來那個自以為是的傢伙有多跋扈嗎？」

「我想她喜歡他，幾乎和那傢伙喜歡自己的程度一樣。」

「那一定就是愛了！」煤掌的頰鬚抽動了一下。「這倒提醒了我！妳注意到樺落開始和白翅互舔毛皮了嗎?」

「育兒室可能會變得愈來愈擠了。」冬青掌呼嚕地說。

「不知道蜜妮生產完後,還有空間嗎?」煤掌喵嗚著,「葉池說至少會生三隻。」

「蜜妮取好名字了嗎?」冬青掌很好奇,不知道被困在巫醫窩裡的煤掌,是怎麼聽到這些八卦消息的。

「葉池說要看到小貓之後才能命名。」

「那我一定是一隻有刺的貓。」冬青掌開著玩笑。能這樣閒聊的感覺真好,就像回到從前一樣——知道預言以前。這是從山上回來之後,她第一次感覺自己又恢復像平凡的見習生一樣。

但她已經回不去了,一股羨慕的感覺,像小刀般刺向她心腹。煤掌可以像這樣一直閒聊,不用擔心擁有比其他夥伴更強的力量。她的夢想就只是要成為一名戰士,為她的族貓效命。

我如此的深負重任,冬青掌皺著眉頭,**但是卻連是什麼任務都不知道。**

第十一章

和煦的微風在山谷中迴旋，把夜晚森林的氣息帶進了營地。月亮高掛天空，松鴉掌感覺到月光灑在他的身上，他挪動著因等待而僵硬的腳掌。

「妳確定沒有我可以做的事嗎？」他隔著巫醫窩入口的荊棘垂簾，低聲問葉池。松鴉掌剛才在窩裡走動時，把罌粟籽弄得滿地，葉池只好叫他到外頭，現在正忙著撿罌粟籽。

「我可以幫妳清理地面。」松鴉掌說。

「不用了，謝謝，」葉池回答，「你只要注意聽育兒室的任何動靜。」

蜜妮從中午開始就在窩裡不安地繞來繞去，雖然她的陣痛還沒真正開始，葉池已經警告她小貓隨時都有可能出生。整個營地除了灰紋以外，大家都在睡覺，他在育兒室外面守夜。松鴉掌儘量不讓灰戰士內心的恐懼影響到他。

蜜妮會沒事的。

育兒室的荊棘叢顫動著，有腳步聲走過空地。

「小貓要出生了！」黛西壓低嗓門喊著。

葉池衝出來，「跟我走。」她對松鴉掌嘶叫著。

松鴉掌緊跟在她身後，葉池和黛西擠進育兒室時，他的心緊張得快跳出來。

「照顧蜜妮。」灰紋焦慮的聲音把他嚇了一跳，他非常靠近他，幾乎要碰到他的身體，「萬一非不得已要選擇救誰時，先救她。」

松鴉掌還來不及回答，就被捲進灰紋的記憶裡。在一處峽谷底部，一隻銀色的母虎斑貓躺在血泊中。深深的憂戚讓松鴉掌心痛，他努力想逃離這幅景象，還好一眨眼，他的世界又是漆黑一片。

「葉池不會讓不好的事發生的。」他保證著，然後摸索走進育兒室。他很怕感受到灰紋的痛苦，他一定深愛著那隻銀色的母貓。

蜜妮喘得很厲害，當松鴉掌走到導師身旁時，她的嚎叫聲又低又長。「她還好嗎？」他低聲地說，錯過黛西生小貓，這一次他很興奮能目睹蜜妮為族貓帶來新生命。

「她很好。」葉池安撫地說。

「如果**很好**就是這種感覺的話，」蜜妮沙啞地說，「星族救我——」又一次的陣痛讓她說不出話來。

小玫瑰和小蟾蜍在一旁角落竄動，腳掌在青苔上亂抓。

「退後，不要過來！」黛西嚴厲地說，她的身體掠過並擋住他們。

「我想要看小貓！」小玫瑰抱怨。

「有血嗎？」小蟾蜍尖聲叫著。

「噓！」葉池要他們安靜。

蜜妮又開始喘了，而且喘得更厲害。

「妳做得很好。」葉池要讓她安心。

「灰紋在哪裡？」蜜妮乞求著。

「他就站在外面。」松鴉掌告訴她。

「好。」陣痛過後，蜜妮嘆了口氣，「還不要讓他進來。」

葉池用尾巴環繞住松鴉掌，把他拉靠近。「這裡，」她邊說邊用嘴輕輕咬住他的腳掌，放在蜜妮身體隆起的地方。「下一次的陣痛就要來了，來的時候就像海浪拍打岸邊一樣，一個接著一個，愈來愈快，愈來愈劇烈。」松鴉掌感覺到一陣顫抖，蜜妮的身體在他腳掌下又緊縮又翻騰的。

「她的肌肉正努力地要把小貓推出來，」葉池解釋著，「待會兒她自己也要幫忙推了。」

「現在嗎？」蜜妮問。

「還沒。」這次陣痛過後，葉池也把自己的腳掌放在松鴉掌的掌邊。從這巫醫身上散發出像月光般冷靜的神情，讓松鴉掌十分佩服。他自己的心臟則是怦怦狂跳著，他想他身邊的貓一定聽得到。

「就是現在！」蜜妮又一次新的陣痛，松鴉掌感覺到她緊繃顫抖，用全身的力氣推送著。

「第一隻就要出來了，」葉池鼓勵她，「我看到了。」

蜜妮再推送一次，松鴉掌聞到一股暖暖的新鮮麝香氣味。

葉池移到蜜妮尾巴的地方蹲伏著。「你看，」她對松鴉掌說著，他靠過去，聞著他鼻子下面那一袋扭動的溼袋子。葉池的臉頰靠過去舔著那新生的小貓，「我已經打開這袋子了，所以小貓就可以開始呼吸。」

蜜妮喘著氣。

「下一隻又要出來了，」葉池說，黛西擠過松鴉掌的身邊，把第一隻小貓拖到旁邊，松鴉掌聽到她的舌頭舔著小貓溼答答的身體，「妳在幫他洗澡嗎？」從那聲音聽起來，她是逆著毛的方向舔。

「這樣可以幫助他的身體暖起來，開始呼吸。」黛西告訴他。松鴉掌靠過去，聽到微弱的喘息，小貓已經開始呼吸了。

蜜妮低吟了一聲，另一個溼袋子又掉到青苔上。「來這裡，」葉池用鼻子推松鴉掌一把，「撕開袋子，讓小貓出來。」

松鴉掌突然很緊張，舔著那團扭動的東西，舌頭感覺到那層黏黏的薄膜。他小心地避開底下稚嫩的肉，撕開那個袋子。袋子就在他齒間開了一個洞，小貓從裡面爬出來，又尖叫又掙扎的。「這一隻已經在呼吸了。」他告訴葉池。

「很好，」她說，「現在用黛西的方法，舔他。」

松鴉掌先聞一聞找出小貓的頭，再開始從尾巴往耳朵的方向舔。小貓的全身溼答答的，很快就會變得很冷；但在松鴉掌舌頭的努力下，身體很快的乾爽溫暖起來。

蜜妮挪動著身體，從他後面擠過去，聞聞她的孩子，然後又呻吟了一下躺回去。

「還有一隻要出來了。」葉池宣布。

蜜妮嚎叫著，不過這次比較小聲，好像疼痛已經比較舒緩了。

「出來了。」葉池低聲說著，一個新袋子掉出來。

「這是最後一隻。」蜜妮轉頭自己撕開袋子，開始舔著他的身體，滿足地發出呼嚕聲。

「一隻公的、兩隻母的。」葉池告訴她。

蜜妮躺回床鋪，喉嚨還在呼嚕地振動著，葉池提起兩隻小母貓，放在她的肚子上，「他們需要喝奶。」葉池向松鴉掌解釋。

松鴉掌也提起他梳理好的那隻小貓，放在那兩隻旁邊，他立刻扭動著身體鑽進母親溫暖的懷中。松鴉掌坐下來聽著他們努力吸吮的聲音，細小的呼嚕聲加上他們母親的，那股溫暖的奶香不禁讓他想起從前。

「你們很幸運誕生在雷族。」他小聲地對他們說，想起他剛知道預言的那個夜晚。

荊棘叢窸窣作響，灰紋走了進來，一定是葉池叫他了。他蹲伏在蜜妮身邊，松鴉掌聽到他用鼻子碰著蜜妮的身體，他終於鬆了一口氣。

「你有兩個女兒和一個兒子。」蜜妮告訴他，聲音聽起來很累。

「他們真是完美。」灰紋輕聲地回應。

蜜妮掙扎著起身，看著正在吸奶的小寶貝，「那隻公的看起來就像你一樣，」她說，「已經又大又強壯了，只不過他的黑色條紋比你的多。」

「他看起來像蜜蜂，」灰紋說，「就叫他小蜂怎麼樣？那隻暗棕色的母貓就叫小薔。」

「聽起來不錯，」蜜妮同意，「那隻最小的我想叫她小花，她玳瑁毛皮上面的白色塊看起來就像掉落的花瓣。」

「小蜂、小薔和小花，」灰紋低聲地說，「我的寶貝孩子們，歡迎你們來到雷族。」

「他們現在已經沒事了，」葉池對松鴉掌說，「黛西會看著他們，如果有任何需要會叫我們的。」

她擠出洞口，松鴉掌跟著她走到月光下。當他們走回巫醫窩時，他為蜜妮、為他自己、也為葉池感到驕傲。

「你做得很好。」葉池用鼻尖摩擦他的臉頰，好像了解他內心的感受。

「謝謝。」松鴉掌舔舔她的耳朵，他們之間的不和，好像已經是很遙遠的事了，「那真是一件最奇妙的事！」

「是啊。」葉池喃喃低語。

她的語氣裡帶著憂傷嗎？松鴉掌感到疑惑。她顯然沒有像他這麼的興高采烈；他的腳感覺比風還要輕，好像隨時可以飛出山谷，盤旋到樹的頂端。或許葉池已經幫太多貓接生過，情緒已經不太容易激動了。或者是她嫉妒小貓咪一出生就知道他們的母親是誰，而且就深深的愛著她。松鴉掌放慢腳步，試著去想像葉池在目睹新生命誕生時的真實感受。無法擁有自己的小孩，她會覺得難過嗎？

松鴉掌醒得很晚，當他走到空地時，思緒模模糊糊的，熾熱的陽光照暖他的背。獵物堆聞起來十分美味可口，而且在他徹夜的工作後，更覺得飢腸轆轆。他從頂端拉出一隻老鼠，開始吃了起來。

「我聽說你接生了你的第一隻小貓！」冬青掌湊到他身邊，用鼻尖摩擦他的臉頰，「我真希望我也能在場。」

「那種感覺真的很棒。」松鴉掌邊吃邊說。

灰紋從育兒室擠出來，他穿過空地時的快樂神情，簡直比陽光還要溫暖。

「灰紋，恭喜啊！」長尾叫著。

灰紋經過見習生窩時，煤掌停止梳洗，「蜜妮好嗎？」

「她很好，」灰紋回答，「孩子們也是。」

「我等不及要看他們了！」冰掌在空地跳來跳去。

「我已經看過他們了！」小蟾蜍炫耀著，「等小蜂大一點的時候就可以陪我玩了。」

「他們真的好可愛！」小玫瑰接著說，「尤其是小花，她好小喔！」

松鴉掌聽到灰紋在獵物堆聞來聞去。

「蜜妮一定餓了。」鼠毛在長老窩外頭喊著。

「我要找一塊最好的肉給她。」灰紋喊回去。

栗尾搓揉著地面，「小貓長什麼樣子？」

「小薔是暗棕色的，小花是玳瑁花色加上白色塊，」灰紋回答，「公的叫小蜂，他是灰色帶有黑條紋。」

塵皮在半邊岩旁邊梳洗，「起碼他們會有適當的戰士名。」他咕噥著，顯然他對蜜妮拒絕接受貓族授予的戰士名稱還耿耿於懷。

灰紋並不想理會他，又繼續回頭在獵物堆裡翻找，這時火星從擎天架上跳下來。

「你名字取得很好。」從雷族族長的聲音聽起來，他也為他的老友感到非常興奮。雖然松鴉掌聽出在這兩名戰士之間有股憂傷的情緒，像蜘蛛絲般纏繞著，那似乎是他們共同擁有的記憶。這跟松鴉掌夢中見到那隻銀色虎斑貓有關聯嗎？

「你應該把小花的名字取做小啼，因為她都一直哭哭啼啼的！」小蟾蜍說。

「別耍壞！」小玫瑰喘著氣，兩隻小貓在地上翻滾打架。

「你們兩個，住手！」蛛足嚴厲的叫聲響徹山谷，趨身把他們兩個分開。

「我們只是在玩。」小蟾蜍抱怨著。

「好，那就玩些安靜的遊戲！」蛛足很快地接著說，「灰紋，我不是嫉妒你，兩個孩子就夠難纏的了。」然後他痛得大叫，「小蟾蜍，我要你去玩別的，不是要你攻擊我的尾巴！」

荊棘圍籬沙沙作響，松鴉掌吞下他最後一口鼠肉，聞聞空氣中的味道。棘爪、灰毛和獅掌正走進營地，他們走向獵物堆，放下獵物。

「黎明巡邏隊呢？」棘爪喊著，「他們現在應該回來了啊！」

「隊員有誰？」蛛足問著。

「刺爪、罌粟霜和樺落。」火星內心一陣愧疚感，**他早該就注意到他們還沒回來。**

松鴉掌集中心思在營地，看看有沒有這三名戰士的蛛絲馬跡。

「說不定他們決定自己獵些東西吃。」灰紋說。

「他們也得應該先回來報告邊界的狀況。」棘爪說。

「那麼森林裡一定平靜沒事。」蛛足猜測。

松鴉掌只聞到這三名戰士很久前留下的味道，他又把他的思緒向營牆外延伸，如果他們在山谷附近的話，或許他可以感覺得到。但他只看到和夢中的景象一樣，有樹林和灌木叢，並沒他們的蹤影。

突然間他的腦袋一片空白，黑暗湧進來遮蓋住他的心思。他覺得全身發冷，毛骨悚然。他想要呼吸，但是這空洞的感覺讓他快要窒息，就像被淹沒在恐怖的黑暗中。

然後突然消失，他又可以再次看到森林的景象，一片蒼翠寧靜。

松鴉掌張口喘氣，身體兩側隨著他吸進的空氣上下起伏著。

「你還好嗎？」葉池蹲伏在他旁邊。

冬青掌靠著他的身體，「他怎麼了？」她緊張地嗚咽著。

時間過了多久了？

灰紋還站在獵物堆旁，嘴邊叼著一隻田鼠。蛛足還在趕著咬他尾巴的小蟾蜍。那影像只出現一兩個心跳的時間。

「有東西要來臨了，」松鴉掌沙啞地說，「那東西」——他驚恐地打住他的話——「是黑暗的！」

葉池不予置評，她的注意力被窸窣作響的圍籬給吸引。

「罌粟霜！」這年輕的戰士從荊棘隧道走出來時，火星跟她打招呼，然後厲聲問道，「妳還好嗎？」

罌粟霜一身蓬亂、很緊張。樺落跟在她後面，腳步顯得猶豫。松鴉掌傾身向前，身上的每一根毛都顫抖著。一陣不熟悉的腳步聲穿過隧道，一股新的氣味撲鼻而來，一隻陌生的公貓走進了空地。

「是誰？」松鴉掌低聲地問。

「我不知道。」冬青掌低聲回答。

「長得什麼樣子？」

冬青掌沒有回答，她的注意力完全被那陌生的貓吸引。松鴉掌嗅一嗅空氣。這隻公貓身上帶著石楠的氣味，還有清新的風和水的味道，除此之外完全不熟悉。他試著進入這隻公貓的心思，但發現自己被那繁多的思緒和景象弄得眼花撩亂：樹林、天空、閃電、咆哮的野獸、還有一望無際的滾滾綠水。但這些景象都短暫停留，松鴉掌根本看不清楚。這就好像在陽光下想要凝視波光粼粼的水一樣。

他推推冬青掌，「喂？」

「他——他很高，」她心思煩亂地說，「比火星還要高，頭部往下巴逐漸變窄，耳朵又大又寬，毛比我們的還要長——深棕色和白色，還帶些亮玳瑁斑點——他的尾巴……」她的聲音拖長。「我看過他！就是那隻獅子。」

松鴉掌驚嚇的僵住，「什麼？」

她壓低她的聲音，「在沼澤地，太陽從他身後升起時，他的樣子就像隻獅子。」

松鴉掌想知道更多的事情，但這時候火星走向陌生的貓，山谷中緊張的氣氛一觸即發。

「刺爪，」火星嚴厲的質問這資深戰士，「你為什麼把這隻貓帶到我們的營地裡來？」

「我、我……」刺爪似乎說不出話來，松鴉掌感覺到這戰士心中的疑惑。他無法確定自己為什麼把這完全陌生的貓帶進雷族的心臟地帶，但就是覺得好像應該這麼做。

「火星，」這陌生的貓突然間插話，「我很榮幸能和你碰面，能見到雷族是我期待已久的事。」他的聲音低沉，但語氣輕快，好像十分誠懇。

「他怎麼知道我們？」蛛足低聲嘶吼著。

「他從哪裡來的？」葉池低聲地說。

「你期待看到雷族？」火星不可置信的重覆他的話，「你要我們做什麼？」

「我們要叫他做什麼才對？」鼠毛咆哮著，「把他趕走！」

「我沒有要你們做什麼。」這陌生的喵嗚聲響徹山谷。

火星警戒地說，「那麼你來這裡做什麼？」

「因為時候到了，我就來了。」

「什麼時候到了？」蛛足喊著。

「該來的時候到了。」這陌生的貓回答道。松鴉掌全身打顫，他為什麼可以讓這幾個簡單的字這麼強而有力。

火星挪動著腳掌。

「他在胡說，」鼠毛咕噥著，「叫他離開。」

「但是他才剛到這裡耶！」小蟾蜍興奮地在空地上跳來跳去，「你是誰？」他停在陌生的貓面前問道。

一陣愉悅的呼嚕聲在陌生貓的喉嚨震動著，「我叫索日。」

棘爪快步向前，「你和小玫瑰應該在育兒室，」他告訴小蟾蜍，「你昨晚睡得不多。」

「有什麼麻煩嗎？」索日問道。

「沒有。」雷族副族長趕著發牢騷的小玫瑰和小蟾蜍走進洞裡，然後再回頭對著刺爪喊，「你在哪裡發現他的？」

「在風族邊界，」刺爪解釋道，「他沒有盜獵，也沒有侵入領土，他只是在……等。」

「我在等巡邏隊。」索日告訴他們。

一隻獨行貓怎麼會知道邊界和巡邏隊。

「為什麼？」火星感到很困惑。

「好讓他們把我帶來這裡。」

松鴉掌集中心思在索日身上，想找出他來這裡的理由。但他仍然無法理解那令他目不暇給的大量思緒。

族貓們似乎都被催眠了，陷入一片迷惑的寂靜狀態。

沒人答腔，索日又接著說，「我來打擾，」他尾巴的尖端刷過地面，「我以為雷族一定會歡迎我。」他的眼神像一道光芒般注視著火星，「你們喜歡幫助落難的貓，不是嗎？」

火星毛髮直豎，「我們不會趕走需要幫助的貓。」他小心地回答，「但是你說你什麼都不需要。」

「你要我走嗎？」索日說道，但是他並沒有做出要離開的動作。相反的，他嗅著空氣似乎搜索著更多的訊息。「我可以先和你的族貓認識一下嗎？我獨自從遠方來，如果能和其他的貓摩擦身體打招呼的話，我會很感激的。」

「可以。」火星穿過空地，「這是棘爪，我的副手。」他的尾巴在空中甩了一下，「這是葉池，我們的巫醫。」

「所以妳就是巫醫。」索日的聲音聽起來很高興。

「是——是的。」葉池邊說邊挪動著腳步。

「這是刺爪、灰紋、沙暴和塵皮。」火星很快的介紹。

「還有我是冰掌！」這年輕的見習生向前一躍，「這是我的弟弟，狐掌。」

「啊，掌字輩的，」索日若有所思地說，「你們是在戰士的養成階段學習中，對吧？」

「沒錯，」棘爪幫她回答，「事實上，他們現在應該是在訓練中。」他對著這兩個見習生說，「你們不是應該跟導師到森林裡去了嗎？」

白翅衝出來，「是的，走吧，冰掌，我們去做些戰鬥訓練。狐掌，在松鼠飛狩獵回來之前，你先和我們一起訓練吧。」

「我們不能待在這裡嗎？」狐掌哀求著。但是白翅已經在趕著他們出營了。

忽然傳來一陣尖叫聲，小玫瑰和小蟾蜍滾出育兒室。

「我不是已經告訴過你們——」棘爪的斥責聲突然打住，黛西跟著他們後面走出來。

「我告訴過你們，蜜妮的孩子太小了還不能跟你們玩！就算你們只是用羽毛搔癢他們也是一樣！」這氣沖沖的貓后突然停住，她一定是看到索日了。

「快走開！」她不好意思的低聲對她的孩子們說。她趕著小玫瑰和小蟾蜍走向見習生窩，「你們在這邊玩，不要吵，火星在忙。」

「她不是在貓族出生的，對吧？」索日下評論。

蛛足怒吼，「她現在是雷族的一分子！」

「當然。」索日平靜地說。

蛛足移動著腳掌，「我的意思是說她現在是我們的一分子，就這樣。」

圍籬沙沙作響，松鴉掌聞到新鮮獵物的味道，松鼠飛和沙暴狩獵回來了。他們看到索日的時候放慢腳步，訝異得不得了。

「有更多的獵物帶回來了？」索日問著，他們不自在地把獵物放在獵物堆上，「你們的獵物有沒有短缺過？」

棘爪穿過空地走到松鼠飛身邊，松鴉掌聽不到他在伴侶耳邊說什麼，說完他轉身對索日說，「獵物在禿葉季的時候會很少，但我們都撐過來了。」

「我看得出來。」索日贊同地說。

「或許在你離開前，我們可以請你飽食一頓。」火星說。

索日坐下來，「我自己會抓獵物吃。」

「他聽不出暗示嗎？」冬青掌低聲說。

松鴉掌全身發熱，他感覺到索日的眼光正注視著他。

「你們族裡有盲眼的貓？」

葉池擋在松鴉掌前面，護著他說，「松鴉掌是我的見習生。」

「兩個巫醫，」索日看著他們，「那更好，我有事情要和你們分享，我想你們會比戰士對這個更有興趣。」

「所以你來是有目的的！」火星質問著。

「我只是路過，」索日輕描淡寫地說，「不過既然都來了，我不妨就和你們說說。」他停頓了一下，「你們要我立刻離開嗎？」

「不要！」葉池衝向前去，「讓他把他知道的事跟我說。」她央求著火星。

「這不是誰都可以聽的。」索日提醒道。

「我們可以到林子裡去。」葉池建議。

她也感覺到他的力量！要不然她為什麼這麼熱切的想要聽他怎麼說？

火星猶豫著。「好，」雷族族長謹慎的同意，「但是帶著松鴉掌和妳一起去。」

葉池引導索日走出營地，松鴉掌跟著他們的腳步走在後面，他們走到離營地不遠的一塊青苔空地。

「你想要告訴我們什麼？」葉池似乎已經決意不要讓他給嚇到。

索日蹲伏著，身上散發出一股能量，「黑暗就要來臨了。」他嘶叫著。

松鴉掌屏住呼吸，他想起那令人窒息的黑暗！他推開那記憶，想聽索日講的每一件事。

「什麼意思？」葉池的緊張地說。

「一段大空洞時刻即將到來，」索日警告著他們，「一切都將改變。」

索日的聲音就像催眠一般，似乎字字句句都帶著古老貓族的智慧。隨著他的聲音逐漸變小，松鴉掌就愈靠近他。

「太陽就要熄滅了。」

他這話是什麼意思？松鴉掌想要讀出他心裡的弦外之音，但是就像是抓魚一樣，滑不溜丟的抓不住。

葉池挪動著腳掌，「星族並沒有給我們任何啟示。」

「親愛的葉池。」索日嘆口氣，「妳有崇高的信心，但是星族真的知道所有的事嗎？」

「但是——」葉池想要反駁，但索日又緊接著說。

「祂們只不過是平凡貓的靈魂，跟你我一樣平凡，不是嗎？」

我也是這麼想的！松鴉掌的毛倒豎著，**但他敢這樣大聲說出來，實在是夠勇敢的**。他想問索日是怎麼知道的，他認識星族嗎？殺無盡部落？磐石？但是葉池彈著尾巴掃過他的嘴巴，阻止他說話。

「星族一直以來在各方面都指引著我們，」她堅定地說，「從前我們居住的森林被兩腳獸摧毀，是星族為我們找到新的居住地。在未來的歲月裡，我們也將繼續信賴祂們。」

索日坐起身，「我想到的只是貓族裡的貓，」他說著。葉池冒犯他了嗎？「不過想必祂們能夠自己照料自己，祂們一直以來不都是這樣。」

「沒錯，祂們會的。」葉池站起來，往荊棘隧道走。顯然她並不在乎有沒有冒犯到他。索日緩緩地跟在她後面，這隻陌生的貓是因為心滿意足而全身溫熱嗎？

松鴉掌也開始跟上去。

「噓！」

小徑旁矮樹叢傳來的噓聲讓他停下腳步。他嗅一嗅空氣。

是狐掌和冰掌！

「我想你們應該是在接受訓練才對。」他嚴肅地說。

羊齒叢晃動一下，這兩個見習生從他們的藏身之處爬出來。

「白翅要我們練習追蹤。」狐掌不好意思地說。

冰掌則毫無愧色地說，「是真的嗎？」她尖聲地說，「太陽真的要熄滅了嗎？」她又興奮又害怕的顫抖著，「為什麼星族不警告我們呢？」

「安靜！」松鴉掌豎起耳朵，深怕白翅就在附近，「不可以把事情張揚出去！」

「但是我們應該要警告大家！」狐掌說。

「你比較相信誰？」松鴉掌嗆聲說道，「陌生的貓？還是星族？這樣以訛傳訛只會造成恐慌。你們考慮事情要像個戰士一樣，不要像隻小貓。」他祈禱著這樣的說法能塞住他們的嘴巴，然後他趕他們回營地，跟著他們穿過荊棘隧道。

身上還帶著森林氣息的獅掌，匆匆走過來問松鴉掌，「你從他身上發現了什麼，冬青掌告訴我你們到林子裡說話去了。」

「是葉池和索日說話。」

「他們說些什麼？」

松鴉掌豎起耳朵，火星和索日正在說話。

「巡邏隊會送你到邊界。」雷族族長說道。

「我們會確定他出了邊界。」塵皮從圍籬那邊吼著，一旁等著的還有沙暴和蛛足。

索日走向他們的時候，松鴉掌的腳感到一陣溫熱。

「喂？」獅掌追問著。

索日身上那股淡淡、不熟悉的氣味撲鼻而來。

「別忘了，」索日經過他身邊的時候，湊近對他說，「黑暗就要來臨了。」

「他說什麼？」索日走出隧道後，獅掌追問著。

松鴉掌擊退一身的寒顫，「沒什麼重要的。」他說。

第十二章

「你們兩個為什麼還不睡覺？」獅掌發著牢騷，繞著他的床位打轉。

從白翅送冰掌和狐掌上床一直到現在，他們倆還在竊竊私語。雖然窩裡只剩下五個見習生，但是聲音卻比平常還要大。冬青掌用尾巴蓋住耳朵睡著了，而煤掌則在她身旁輕聲打鼾。難道冰掌和狐掌不需要休息？獅掌想要讓自己舒服的休息一下，但是他的青苔床墊感覺凹凸不平的。

「你們到底在說些什麼？」他對這兩個見習生低聲嘶叫著。

「沒什麼。」狐掌說。

獅掌扭動著身體，感覺好像有小石頭在他的床墊下面。他往青苔底下摸索著，希望能找出石頭讓他睡個好覺。

他倆又開始耳語。

「閉嘴！」獅掌嘶叫著。

「不是我們！」冰掌生氣地回嘴。

獅掌全身緊繃，那會是誰呢？他坐起身，外面有東西在動，模糊的影子閃過見習生窩的樹枝間隙，獅掌嗅著空氣中的味道，一股麝香的氣味迎面撲來，不是雷族的味道。

他全身僵住了。

是風族！

他們來尋求幫助的嗎？但為什麼是現在，在這夜幕低垂的時候？他爬出洞口。

「你要去哪裡？」狐掌小聲地說。

「噓！」

獅掌向外凝視，看見有陰影從荊棘隧道口流竄進來，腳步輕盈的身影充斥著空地，在這沒有月光的暗夜裡幾乎看不清楚。

他不敢置信的眨眨眼，是來入侵嗎？

「攻擊！」獅掌驚叫，從窩裡衝出來。他撞到了一隻風族的貓，驚訝得發現這戰士不是幻影，而是真實的。他周圍咆哮聲、嘶吼聲四起，這些風族的入侵者都轉向他。他揮出前掌阻擋猛烈的攻擊，用後腳穩穩的抵住。

然後他再落地蹲伏著，讓攻擊者自己知難而退。

這時雷族戰士從各個窩穴蜂擁而出，個個毛髮直豎，睜大著驚訝的雙眼。冬青掌和煤掌衝進空地，冰掌和狐掌緊跟在後。「為什麼他們要攻擊我們？」

現在不是回答問題的時候。

「圍住空地，趕走入侵者！」獅掌下令。

他躲過一個風族戰士的猛撲攻擊，然後拱起背。那個攻擊者笨拙的翻身站立，獅掌一轉身就撲向他的喉嚨。

就在頃刻間，他及時改變方向，朝這風族戰士的耳朵用力咬下去，讓他翻滾在地。**我差一點就殺了他！**獅掌驚覺到他幾乎就要撕裂了那戰士的喉嚨。「滾出我的營地！」他嘶叫著，用前掌抓住這戰士，後腳扒著他的肚子。**否則我就會把你給殺了！**

這風族戰士從他掌中脫身後，並沒有逃跑，只是沒入空地上廝殺的貓群。獅掌想要追上去，但是那名風族戰士的身影已經消失在一團灰濛濛的混亂戰局當中。

一個白色的身影閃過！雲尾正推擠著穿過貓群。戰場的遠處出現沙暴的身影；在近處，獅掌看到栗尾和亮心。白翅和她的見習生冰掌正肩並肩的在長老窩外，抵擋著迎面而來的一波波攻擊。灰紋擋在育兒室入口，撐起後腿給一隻風族的貓迎頭痛擊，讓他嘶吼著退回貓群。

亮心和一隻風族公貓唏哩呼嚕的扭打在一起，翻滾過他身邊。

灰紋抓住那隻公貓，把他從自己夥伴的身上拎起來，像丟獵物一樣把他拋到旁邊，「滾回你們的育兒室吧！」他吼著。

亮心潛進育兒室捍衛著貓后和小貓，灰紋則是牢牢的守在入口，發亮的雙眼盯著任何一隻膽敢靠近的貓。

「獅掌！」灰毛的嚎叫聲從長老窩傳來，「過來這裡！」

獅掌從戰場的邊緣繞過去，閃避拳打腳踢。白翅和冰掌還在抵擋著不斷攻擊的風族戰士，他們身上的毛血跡斑斑。

「我們得把長尾和鼠毛弄上擎天架。」灰毛吼著，「我幫白翅和冰掌守在這裡，」他一個翻滾，用後腿把一個風族戰士踢開，「你引導長尾和鼠毛上擎天架。」

獅掌看到冰掌和一隻年輕的風族公貓扭打，她雙眼燃燒著怒火，連續打他好幾個耳光。

「趕快行動！」灰毛高聲尖叫。

獅掌衝進長老窩，長尾和鼠毛蹲伏在這忍冬花洞穴的後方，豎著毛，亮出利爪。

「你們要跟著我上擎天架。」

「我們應該要奮戰到底。」鼠毛怒嗆。

「必要時會的，」獅掌告訴她，「但是現在，如果不用擔心你們的話，我們對付起風族會更容易。」他知道這話有些傷人，但他實在沒有時間想該怎麼講才比較得體，他們的生命全部危在旦夕。他檢查洞口，灰毛和白翅把風族逼退了，冰掌的鼻尖閃著鮮血，她也擊退了那隻公貓，接著她又瞇著眼睛，衝向那隻正在攻擊白翅的風族戰士後腿。

這時長老窩外頭正好讓出了一個缺口，足以讓長老們穿過。他護衛在他們身邊，好讓他們安全抵達通往擎天架的亂石堆。

趕快！他在心裡為他們打氣。

長尾已經爬上石堆，但是鼠毛蹣跚的走著，好像每一步都很吃力。獅掌靠過去承受著她的重量，引導著她往上爬。

「停！」火星站在擎天架上，怒火在眼中燃燒著。他的吼聲像雷一般響徹山谷。

獅掌停下腳步，貓群也都靜止不動，所有的眼光都轉向雷族族長。

「你們竟敢襲擊？」火星怒吼著。

這時貓群分開兩側，一星出現在中間。風族族長親自發動攻擊！獅掌愣住了。這並不是打架而已，這是戰爭。

一星的眼中閃爍著星光，「我們敢，因為我們是真正的戰士，」他平靜地說，「這場戰鬥早就該來了，雷族必須知道他們並非是森林裡最重要的貓族。」

火星靜靜聽著，像石頭般一動也不動。

「你們袖手旁觀看著別族受苦，自以為自己才屬於星族，好整以暇的等著外族來求助。」一星甩著尾巴，「我們不要低聲乞憐，我們是戰士！我們要為我們賴以生存的獵物而戰、為領土而戰。」

火星瞪大眼睛，「所以你們要入侵我們的營地？」雷族族長義憤填膺。

「我們要確定你了解，」一星嘶吼著，「你自以為身為一名戰士就是要拯救山貓和流浪貓；我們認為戰士的職責就是要照顧自己的貓族。」

這不公平！如果當初沒有火星的話，哪有現在的這些貓族？獅掌的爪子刺進鬆軟的岩石，抑制著自己想攻擊風族族長喉嚨的欲望。

火星從擎天架跳下來，輕盈落地，朝著一星走去，群貓都退後讓他通過。他停住，眼睛眨也不眨，距離近到幾乎碰到一星的頰鬚，「如果你想要打仗，」他怒吼著，「那就開戰吧！」

一星彈一下尾巴，獅掌緊繃著全身，準備在營地又陷入混戰時，把長尾和鼠毛推向安全地帶。但是，他很驚訝的發現，風族竟然轉身，從荊棘隧道蜂擁而出。隨著圍籬逐漸靜止不動，他們的腳步聲也消失在森林中。

「哈！」冰掌往前一躍，「他們不敢跟我們打！」

塵皮眯起眼睛，「這沒道理啊，」他怒吼著，「為什麼要大費周章的趁著暗夜攻擊，然後就這樣離開呢？我們毫無防備，他們明明占上風啊！」

「我們現在並非毫無防備了，」狐掌說著，彈起後腿，擺出一個熟練的格鬥招式。

「我要派一組巡邏隊去跟蹤他們，」火星下令，「確定他們離開了我們的領土。」

「我去！」塵皮立即自告奮勇。

火星點點頭，「帶樺落、雲尾……」他環伺著貓族。

「……灰毛和獅掌，你們也跟他們一起去。」

太好了！獅掌從岩石上跳下來。

「有誰受傷嗎？」火星喊著，葉池和松鴉掌已經叼著草藥包，穿梭在戰士之間。

白翅舔著毛皮上的斑斑血跡。

火星焦慮的看著她，「白翅？」

「只有一些抓傷，」她說，「大部分是風族的血。」

「很好，」火星點頭，「我要妳帶一組巡邏隊到影族邊界，確定那裡沒事。帶著蕨毛和栗尾一起去。」

冬青掌走向前，「我可以去嗎？」

「好，」火星同意，「冰掌妳也一起去。」然後他看著灰紋，他還堅守在育兒室。

「你要我也去嗎？」灰紋也自願地說。

「不，」火星回答，「萬一風族又回頭，我們需要強而有力的戰士保衛家園，我想不出有任何其他的貓比你更適合捍衛育兒室了。」

「棘爪！」他轉向他的副手，「為什麼今晚營地入口沒有守衛？」

棘爪的眼神一沉，「因為巡邏次數增加，大家都筋疲力盡了。」

「現在就派員駐守，」火星告訴他，「從現在開始，不管有沒有巡邏，日夜都要有守衛。在危險度過之前，我們只能犧牲睡眠。」

育兒室傳來的小貓哭叫聲，灰紋僵住。亮心探出頭來，「小貓嚇到了，但他們都沒事。」

小蟾蜍從她身邊溜出來，「我想看打仗！」

亮心從他肩頸部抓住，把他揪進去。

「沙暴。」火星轉向他的伴侶，「荊棘圍籬要再補強，把所有能找得到的荊棘枝條都拿來，大家都一起來加入工作行列。」

沙暴點點頭。

獅掌跑向營地入口，塵皮和雲尾已經在等了，灰毛和樺落也加入他們。

塵皮彈一下尾巴，「都準備好了？」

雲尾點點頭，樺落摩拳擦掌般的搓揉著地面，獅掌早就已經等不及了，他想親眼看到風族膽小的逃回邊界的那一邊。

「走吧。」塵皮轉身向森林奔馳，獅掌跟在後頭，興奮得血脈賁張。

樹林裡有風族的氣味，獅掌皺著鼻子。什麼戰士?他們根本是小偷和惡霸。**說不定在他們到達邊界以前，我們就可以逮住他們**。他的腳掌發癢，對戰鬥躍躍欲試。他要像對付山貓一樣的打擊風族，他們都是骨瘦如柴的盜獵者。

雲尾趕上前去領著大家，示意巡邏隊放慢腳步。他是貓族裡的追蹤高手，沒有一絲風族的氣味逃得過他。他帶著大家往邊界前進，偶爾停在枝葉間嗅聞，然後再點頭示意向前推進。

當他們靠近風族的樹林時，他在一棵低矮的紅豆杉旁停下腳步，他嗅了一嗅，然後轉頭豎起耳朵。再走向一處低窪地，聞聞一株荊棘，然後皺眉頭。又跳向邊境小溪的岸邊，張開嘴巴吸氣，然後搖搖頭。他轉頭看著他的貓族夥伴們。

「怎麼回事?」塵皮問道。

「他們在這裡分頭走，」雲尾回答。

塵皮壓低耳朵，「他們做什麼?」

雲尾彈著尾巴指向紅豆杉，「一群往那邊。」

往老轟雷路走!一種不祥的預感在獅掌的肚子翻攪。

「一群往那邊走。」雲尾用鼻尖指向湖邊，「另外一群——」

樺落打斷他，「還有另外一群?」

雲尾往溪流上游看，「另外一群往樹林更深處走。」

他說完後獅掌嚥下一口口水，那不就是隧道口的所在地嗎?

「那就是說他們根本沒有回去自己的領土?」灰毛豎起毛髮，繞著同伴打轉。

「我從氣味上判斷，他們並沒有回去。」雲尾說，「離邊界最近的氣味就到這裡為止。」

「邊界上難道沒有任何新鮮的氣味？」

雲尾搖搖頭。

灰毛瞇起眼睛，「所以他們也並不是越過這裡的邊界進攻的。」

「他們一定是從沼澤地那裡的邊界越過來的。」樺落猜測。

獅掌暗自祈禱事情是像樺落想的那樣，但他就是無法不去想那個狐狸巢穴，難道也被風族發現了嗎？難道他們用它來入侵雷族？他壓抑著想衝進樹叢追蹤風族氣味的慾望，不知道該怎麼跟大家解釋他的懷疑。

「我們應該回營，」樺落提醒道，「風族還在我們的領土。」他憂慮的睜大眼睛，轉頭看著夥伴，然後奔馳回營。獅掌跟在後面跑，雲尾和塵皮也緊跟在後。在急速奔馳的腳掌下，林地看起來模糊不清。

「火星！」塵皮從荊棘隧道口衝進來，喊著雷族族長。

獅掌看到營地安然無恙，鬆了一口氣。狐掌把荊棘傳給亮心，她正忙著把荊棘穿進圍籬補強。蛛足從長老窩裡拖出許多的樹枝，而莓鼻和蜜蕨則忙著把圍籬底部的泥巴和樹葉壓緊，讓它更加牢固。灰紋還在育兒室外踱步，背脊的毛豎立著。鼠毛和長尾則蹲伏在擎天架上。

火星敏銳的抬起頭來，「他們離開了嗎？」他正和棘爪在月光照亮的空地中央講話。

塵皮搖搖頭。

「什麼？」火星把他的爪子嵌進土裡。

「他們兵分三路，然後消失無蹤。」

灰紋從育兒室那邊趕過來，「他們分頭進行？」

「他們一定是想用這種分散的方式削弱我們的力量。」棘爪怒吼著。

「攻擊營地只是想引起我們的注意，」火星總結地說，「他們想把我們引到森林裡。」

「如果分開來，他們自己的力量也會減弱。」塵皮指出。

「但是他們占有突擊的優勢，」灰紋咕噥地說，「他們知道我們要來。」

「而我們卻不曉得他們躲在哪裡，」塵皮說。

亮心放下圍籬的工作走向空地。蛛足、莓鼻和蜜蕨也跟著走過來，他們都豎起耳朵，緊張的彈著尾巴。

「我們知道他們往哪裡走，」雲尾說，「一群往領土的上方，一群往湖邊，另一群好像折返，往老兩腳獸的路徑走。」

「他們到底怎麼會知道這些路怎麼走呢？」塵皮想不通。

火星皺著眉頭，「看來他們非常熟悉我們的領土，超乎我們的想像。」

「不可能啊！」棘爪說，「我們的巡邏隊都一直在邊界守著，防止他們越雷池一步。」

獅掌靜靜的聽著，當他想到風族戰士夜復一夜的從狐狸洞裡爬出來，越過巡邏隊進入雷族的心臟地帶，刺探著攻擊地點，他的肚子就不斷翻攪著。

荊棘圍籬顫動著，白翅衝進營地，「影族邊界很平靜。」

蕨毛和冬青掌跟在她後頭跑進來，冰掌和栗尾也緊跟在後。

火星對著他們說，「風族兵分三路，還在我們的領土。」

冬青掌睜大眼睛。

「他們沒有離開？」栗尾倒抽一口氣。

「沒有。」火星在空地上踱步。「我們需要派出三組戰鬥巡邏隊出去找出他們。第四組巡邏隊要留守捍衛營地。」他把頭轉向他的老友，「灰紋，那就是你的任務了。」

灰紋點點頭。

「我自己帶一組，棘爪你帶第二組，塵皮帶第三組。」

現在全族都聚集環繞著族長，葉池和松鴉掌在巫醫窩外聆聽。火星環伺一張張焦慮的臉孔，「雷族要保衛自己的家園，」他說，「灰毛、獅掌、莓鼻、蛛足、罌粟霜，你們跟著我。」他轉向棘爪和塵皮，「你們也選出自己的戰士。葉池和松鴉掌要跟貓后和小貓留守營地。亮心和白翅，妳們陪他們留下來。煤掌、蕨雲和冰掌，妳們也留下來。」

煤掌似乎想爭取什麼，但她忍住沒說。

冰掌就沒這麼聰明，「但是我——」她開始要抱怨。

火星瞪著她，「你認為小貓和長老就不值得保護嗎？」

「當然需要！」冰掌退到一邊。

塵皮和棘爪開始招集各自的巡邏隊，他們彈著尾巴示意，挑選戰士。戰士們就像碰到岩石的河水一樣，分流兩側。

「大家都準備好了嗎？」火星問。

棘爪召喚著鼠鬚和榛尾，然後點點頭。

「那我呢？」狐掌問。

「你當然跟我們在一起。」松鼠飛在塵皮旁邊喊著。

這見習生匆匆走向他的導師。

「我往邊界的樹林去。」火星宣布。

獅掌豎起耳朵，他會有機會去檢查狐狸洞穴嗎？或許他可以把洞封起來。

「棘爪，」火星繼續說，「你往影族邊界去，檢查廢棄的兩腳獸巢穴。塵皮……」

這名虎斑貓戰士迎向前去。

「……你往湖邊去。」

獅掌衝到冬青掌身邊，「妳會小心吧？」

「我會做我該做的事。」她回答。

松鴉掌的灰色身影在月光下閃爍著，從巫醫窩匆匆走過來。「你們兩個都要平安回來。」他對他們說著，那雙看不見的藍色眼睛透露出恐懼的光芒。

那則預言！他在乎的就只是這個嗎？他們的領土現在危在旦夕！

「我們當然會回來。」冬青掌承諾著，她的聲音梗在喉頭，和松鴉掌互相摩擦著臉頰。

獅掌突然感到一陣內疚，或許他真的純粹是擔心他們。

在育兒室的入口，蜜妮把鼻頭靠在灰紋的身上。她看起來很疲倦，但她走回去的時候，獅掌從她眼中看出堅毅的決心，她會冒死保護她的孩子的。

黛西也擠出育兒室，對空地的另一邊喊著，「蛛足，保重！」但這名戰士正和莓鼻講話，並沒有轉身。**他聽到了嗎？**

蕨雲在塵皮身旁繞來繞去，跟她的另一半輕輕點頭道別，然後再轉向狐掌，「要堅強勇敢，聽從命令。」

「當然，我會的。」狐掌點點頭。

蕨雲張口想再說些什麼，但卻別過頭去，眼睛一時之間模糊看不清楚。她看著塵皮出征很多次了，但是要跟自己的孩子說再見是這麼的不容易。

冰掌也跑到母親的身邊說，「我也會堅強勇敢的！」

蕨雲用她的鼻子嘴巴碰碰她的小耳朵，「我知道。」

「獅掌！」火星在荊棘隧道口喊著，他的巡邏隊已經準備向森林出發了。

「祝你們好運！」獅掌向冬青掌和松鴉掌低聲說著，然後奔出營地跟上夥伴。

火星帶領著他們快速的穿過樹林，靠著矮樹叢走。行動中他們都沒有說話，在黑暗中獅掌被樹根和石頭絆倒好幾次。他們正走向戰場，但卻因憂慮而減少一份興奮的感覺。如果他的直覺是對的呢？風族真的是從他發現的那個狐狸洞穴潛進來的嗎？

莓鼻在他後面蠢蠢欲動想超前，但是獅掌就是不讓他。

「真是老鼠屎！」這奶油色的公貓突然咒罵了起來。

獅掌轉身看到他甩動著腳掌，跳來跳去。

「怎麼了？」

「一個笨蛋老鼠洞把我絆倒了。」

「你還好吧？」

莓鼻把他那隻疼痛的腳掌小心地踩回地面，然後鬆了一口氣說，「沒有扭傷。」

巡邏隊已經走遠了。

「我們得快點趕上去。」獅掌說。

他加快腳步，還不時回頭看看莓鼻有沒有跟上。

空氣中有風族的味道了，更糟的是，愈接近邊界氣味愈濃，似乎每片葉子、每根樹枝都有他們的氣味。獅掌的心怦怦直跳，為什麼他當初沒對這隧道做什麼處置？他應該告訴火星，或是直接將它封起來。

一聲憤怒的嚎叫嚇了他一跳。

「這些狼心狗肺的懦夫！」火星憤怒不已。

獅掌從矮樹叢衝出來，看見雷族族長站在遮蔽著狐狸洞穴的灌木叢邊。整個巡邏隊都圍在那裡，即使在樹枝掩映的月光下，仍然明顯的看到風族的腳印，那裡的地面已經被風族入侵者進進出出踩得泥濘異常。

「他們使用這個洞穴一定有一段時間了！」灰毛怒吼著。

火星蹲下來聞著這些腳印，「可以確定的是，他們今晚也是從這裡入侵發動攻擊的。」

蛛足從灌木叢一處缺口擠出來，就是獅掌幾天前穿過的地方。「這裡有個隧道，」他確定地說道，「我並沒有進到很深的地方，但那裡充斥著風族的臭味，一定是通往風族領土。」

「那麼我們就必須把它封起來，」火星下令，「再也不會有風族戰士能從這裡進來。」

「或離開。」灰毛嘶吼著。

罌粟霜緊張的四處張望，「但是他們已經在這裡了。」

「我們下一步就是要對付他們，」火星說著，咬起一根枯枝往灌木叢的缺口塞，「我們可以晚一點再回來封住隧道入口，」他說，「現在先堵住這個缺口應該就夠了。」

灰毛轉身開始把泥巴踢向樹叢缺口，大家也都跟著做。獅掌抓起一根斷掉的樹枝也塞到火星的枯枝旁邊，他不斷的翻攪泥土，弄得自己一身灰頭土臉。為什麼他當初沒做這件事呢？

火星把他推開，「你和罌粟霜負責看守，」他向其他的貓點頭示意，「我們繼續在邊境察看。」他帶領著大家靜靜的離開灌木叢。現在每一隻貓都像追蹤獵物似的四處搜尋。只不過這次的獵物是風族。

獅掌站在那擋住灌木叢入口的樹枝堆旁，遠眺森林，頰鬚一動也不動。

罌粟霜在離他不遠處踱著步，鼻子抽動著。

他看了她一眼，「有什麼動靜嗎？」

就在她要開口回答的時候，前方距離幾條尾巴遠的矮樹叢窸窣作響。她嚇呆了。

一團陰影襲向她。

是夜雲！

「攻擊——」獅掌的警告聲被兔躍打斷，他從荊棘底下衝出來，把他撞倒在地。獅掌掙扎著站起來，再次發出嚎叫聲，這時風族的戰士從各個陰暗的角落蜂擁而出。

第十三章

森林裡刮起風，樹枝顫動著，落葉灑在巡邏隊身上，冬青掌跟在同伴後面穿越森林。

好暗！

冬青掌抬起頭，枝葉間看不到星光，月亮也被雲遮住。

蕨毛的尾巴掃到冬青掌的臉，雖然他就在前面幾步的地方，但冬青掌幾乎看不到蕨毛。

「跟緊一點。」蕨毛小聲說。

巡邏隊走得很慢，在森林裡摸索前進，風族可能埋伏在任何地方，等著他們經過。

「哎喲！」鼠鬚從後頭悶聲叫了一下，冬青掌嚇了一大跳。

「你還好吧？」冬青掌回頭小聲問。

「眼睛被荊棘刮到了。」

冬青掌停下來，摸黑看著鼠鬚的傷口，眼睛周圍都是血，而且已經腫起來了。

鼠鬚用前掌把血擦掉說，「應該沒事。」

「快趕上來！」蕨毛叫著他們。

冬青掌在鼠鬚身旁帶路，這時也加快了腳步，好像矇著眼睛在跑步。腳上踩的先是落葉，接著是爛泥，再來是盤根錯節的樹根。冬青掌嗅聞著空氣，想像自己身在何處，心跳得又快又急，原來這就是松鴉掌對這世界的感覺。

冬青掌一直走，腳踩到石子時，才驚覺原來已經到了兩腳獸的路徑，路上長了一叢叢的雜草，要很小心走才不會被絆倒。

「大家靠緊一點，」棘爪警告。黑暗中，冬青掌只看到棘爪的影子，「風族很輕易的就可以突襲我們。」

風族到底想要怎樣？這問題一直在冬青掌的心裡盤旋。**是要雷族全部的領土嗎？那我們要何去何從？我們不應該受到這樣的待遇！**其他貓族都袖手旁觀的時候只有雷族跳出來幫忙，黛西、蜜妮和暴毛如果不是雷族收留他們，早就成了獨行貓了。而且從前火星還是寵物貓的時候，如果藍星沒有收留他的話，火星也救不了雷族——沒有雷族，就沒有其他貓族。

為什麼其他貓族要這樣沒事找事？

因為戰士守則拒絕寵物貓、獨行貓和流浪貓。

當這個無情的答案閃過冬青掌內心時，她腳下的世界似乎開始天搖地動了起來，自己的貓族原來一直都沒有遵守戰士守則！冬青掌朝前方望去，依稀看到在兩腳獸廢棄的巢穴襯著黑色的天空，不過它好像在眼前晃動著。

「有埋伏！」

棘爪的警告聲讓冬青掌警覺到動的不是那巢穴，而是蜂擁而上的風族戰士，他們從空地如潮水般湧出，在暗夜下，身影如鬼魅一般。

「大家散開！」棘爪下令。

往哪裡散開？冬青掌試著辨認棘爪尾巴指的方向，可是實在太黑，只見一隻風族的貓撲向他，很快的就消失在一團扭打貓影當中。就在冬青掌看得瞠目結舌的時候，兩隻風族的貓——鼬毛和燼足——從黑暗中現身走向她；他們的眼睛散發出嗜血的渴望，冬青掌看得四腳僵直，接下來她就被撲倒在地上翻滾，對方的爪子抓在她身上，感覺像火在燒一樣。

記得妳受過的訓練！

憤怒像閃電一樣貫穿她的身體，冬青掌很快站起來，亮出利爪揮向對手，鼬毛的嘴巴挨了一爪，血噴到冬青掌身上。

鼠鬚出現在冬青掌旁邊，半閉著那隻受傷的眼睛撲向燼足，冬青掌又向鼬毛揮了一掌。這時正在和裂耳扭打的蕨毛朝她滾過來，她迅速閃開，鼬毛見有機可乘，重重一掌打在冬青掌臉上，她站不穩倒退好幾步，在石頭路上打滑然後跌倒。鼬毛眼睛露出勝利的神色撲到冬青掌身上，齜牙咧嘴咆嘯著。血脈賁張的冬青掌，努力克服恐懼，她猛然扭動身體，及時避開鼬毛的尖牙，然後用後腿用力一踹。

太好了！她踢中敵人肚子，他踉蹌往後跌。冬青掌再一躍而起向前衝，利牙咬住他後腿。

「做得好！」蕨毛在她身邊，他撐起後腿把鼬毛擊倒在地。冬青掌再次的衝上前去，咬他另一隻後腿。風族戰士痛苦的嚎叫著，潛入陰影之中。

冬青掌撐起後腿站著，環伺戰場。

刺爪正竭力要擺脫兩隻風族貓。他擊退了一隻，另一隻從低處跳過來咬住他的腿。

雲尾的白毛在兩腳獸巢穴前泛著光，風族戰士團團的圍住他。他的毛色讓他成為明顯的攻擊目標！

在冬青掌身邊的鼠鬚突然尖叫一聲，燼足把他壓制在地，鼠鬚拚命地掙扎，傷了一隻眼睛的他幾乎看不清楚。

「我來幫他，」蕨毛嘶吼著，「妳去幫雲尾。」

冬青掌往前衝，但棘爪已經在這白色戰士的身旁。雷族副族長從雲尾背上扯下兩隻風族的貓，然後像甩枯葉一般把他們扔到一旁。他看到冬青掌時眼睛一亮。

「我們寡不敵眾，」他嘶吼著，「妳得去黑星那裡討救兵！」

「我？」冬青掌倒抽一口氣。她怎麼可能說服得了影族族長為雷族出戰呢？

「妳去就是！」棘爪叫著，「黑星寧願和我們為鄰，也不和那群狼心狗肺的當鄰居！」

那兩個風族戰士起身，撲過來想反擊。棘爪在又要陷入混戰前，看了她一眼，「快走！」

她轉身快跑，恐懼感在全身流竄。她要怎樣才能獨自穿過影族領土呢？**我的族貓需要援助！**一想到這裡就讓她勇氣百倍，而且她黑色的毛皮讓她不容易被發現。

她沿著兩腳獸路邊的陰影潛行，當聞到影族邊境的氣味時，轉向樹林裡走。她從來沒到過這裡，**我要怎麼找到他們的營地？**

她一路不斷地嗅聞著，腳掌下踩著的林地，感覺從滑腳的闊葉轉變成刺腳的針葉。周圍的樹叢也愈來愈稀疏，樹幹變得又細又平滑，從茂密的樹林變為針葉林。濃濃的影族氣味讓她背脊的毛倒豎著，她一定是穿過邊界了。她壓低著身體，感謝星族讓天色這麼的昏暗，她可不想被巡邏隊逮到；她想直接到營地和黑星面對面的講。她在林間迂迴而行，緊靠著樹旁，希望樹的陰影能掩蓋住她的行蹤。

營地在哪哩？她的心怦怦跳，她張嘴嗅著，空氣中影族的味道迎面而來。她蹲下來聞聞林地的味道，心中燃起一線希望。**一條小徑！**有無數的風族足跡從這裡經過，這一定通向營地！

她顫抖著跟著小徑的氣味走，然後抬頭一看，眼前出現一片陰影。一叢荊棘擋住去路，這就是營地嗎？她放慢腳步，豎起耳朵，隱約聽到貓叫聲，有隻小貓咪在哭，荊棘叢窸窣作響。

她靠向前去，在荊棘叢邊緣繞著，不知道入口在哪裡。

「誰在那裡？」一個叫聲把她嚇了一跳。她眨眨眼，望向前方松針搖晃的陰暗處，有隻貓擋住她的去處。是藤尾，冬青掌在大集會的時候看過這隻白色參雜玳瑁顏色的貓。

她喘著氣解釋，「我是雷族的冬青掌，是棘爪派我來的，我要和黑星說話。」

藤尾小心翼翼的走向前，頰鬚抽動的聞著冬青掌，然後環顧森林，「你們巡邏隊的其他成員呢？」

「只有我來而已，」冬青掌瞥見荊棘圍籬間有個缺口，是入口嗎？藤尾在站崗？

「不會有戰士單單派一名見習生深入敵營的。」藤尾怒吼著。

冬青掌把爪子箝進布滿針葉的地面，「我一定得跟黑星說話，」她又重複一遍。雷族族貓就快要被撕成碎片了。

「妳是想分散我的注意力，好讓你們進攻嗎？」藤尾冷笑著，「妳以為我們很笨嗎？」

冬青掌已經失去耐性了，她衝撞這影族戰士，直奔向荊棘入口，穿過隧道衝進影族營地，藤尾緊追在後。

「到底是……？」一隻大的公虎班貓轉身正好面對著冬青掌，她緊急煞住腳。

「黑星在哪裡？」她問著。

這公貓豎起一身的毛髮，驚訝的圓睜著雙眼。

「冬青掌！」一個熟悉的聲音在她身邊響起。

冬青掌轉身看到褐皮，她終於鬆一口氣，「妳一定要幫我！」她不顧一切哽咽地叫著。

「妳慢慢說。」褐皮安撫著她。

「沒有時間慢慢說了，」冬青掌喘著氣，「風族攻擊我們，棘爪的巡邏隊寡不敵眾，她派我來求救！」

褐皮愣住了，「跟我來。」她帶著冬青掌穿過空地，示意她跟著穿過一處荊棘洞口。到了裡頭，冬青掌眨眨眼，想要在黑暗中看清楚。

「黑星，」褐皮跟洞穴後方的一個陰影講話，「雷族需要我們援助。」她用尾巴刷了一下冬青掌的身體，冬青掌想，她是要她說話。

「黑星，」她深深地點了個頭，「很抱歉闖進你們的營地，但這是生死關頭的時刻。風族入侵我們的領土，他們遍布在我們的林地上，我們寡不敵眾。你一定要幫我們，否則他們會把我們逐出去的。」

黑星從暗處走來，憂慮地睜大眼睛。「叫枯毛來。」他低聲地對褐皮說。

這影族的母貓輕聲的走出洞外，留下冬青掌單獨面對黑星。

「有多少風族戰士？」

「他們幾乎全部都出動了，除了長老和小貓。」

「棘爪和他們的一組巡邏隊在廢棄的兩腳獸營地激戰著。」冬青掌試圖讓自己的聲音不要顫抖，「火星追蹤另一組到邊界，而塵皮則追蹤另外一組巡邏隊到湖邊。」

一個聲音從洞口傳來，「聽起來這是一次有計畫的入侵行動。」枯毛悄然走進洞裡，褐皮也在她身旁。

冬青掌轉向影族的副族長，「是啊，而我們完全沒有準備。」

枯毛的頰鬚抽動著，「雷族毫無防備，呵？」她好像帶著消遣的意味？

冬青掌憤怒地豎起毛髮，「妳說話的時候，我族貓的生命正危在旦夕！」

枯毛眨眨眼，在族長的身邊坐下，「沒錯，事態嚴重，我們不能讓任何一族被逐出去。」

冬青掌看著黑星，難道他不說些什麼嗎？

枯毛繼續說，「我們一直是四族共處的，一星似乎已經忘記了。如果有一族消失了，我們都會變得更脆弱的。」她瞇起眼睛，「但是我們影族要冒著犧牲戰士生命的危險去幫雷族打這場仗嗎？」

好！冬青掌盯著黑星，**哦，拜託說好！**

黑星站起來，「我們會去的。」

「枯毛會組織巡邏隊前往救援。」

別拖太久！冬青掌想要求他快一點，但褐皮用尾端輕輕掃過冬青掌的嘴，「我和冬青掌現在就走，」她建議，「在救援到達之前先給予必要的幫助。」

黑星瞇起眼睛，難道他懷疑褐皮只擔心自己的弟弟棘爪，和她從前的貓族夥伴？

管它的？我們走吧！

黑星點點頭，「好。」

褐皮點頭致意，退出洞穴。

「非常謝謝妳！」冬青掌還沒跟上這隻母貓，就脫口而出。就在黑星的洞穴外，她差一點被圍繞在褐皮腳邊的小貓咪給絆倒。

「小曦，小焰，別擋路！」褐皮斥責道。

第三隻小貓在她前面上上下下的跳著，「我也要去打仗！」他叫著。

「小虎！你又偷聽了？」褐皮瞪著這隻深色的小虎斑貓，眼神中透露出深深的慈愛。

冬青掌感覺到她喉嚨發出滿足的呼嚕聲，看著這群短尾巴的小毛球。

「真不好意思，」褐皮抱歉地說，「我的孩子們等不及要成為戰士了。」

「我記得從前也有同樣的感覺。」冬青掌說。

褐皮把小貓們趕向紅豆杉樹叢，一隻貓后在入口處等著。

「照顧他們，雪鳥，」褐皮說著，這隻貓后用尾巴把他們趕進洞穴，「別讓他們出營。」

雪鳥點點頭，「他們的所有把戲我都清楚的很。」她答應地說。

「再見，褐皮！」小曦的喵嗚聲被雪鳥的毛擋住。

「我很快就會回來，」褐皮說著，她看著冬青掌然後低聲地說，「願星族保佑。」

她像影子般的衝出營地，冬青掌停下來抬頭看天空，飛掠過月亮的雲層漸漸變薄，「星族，幫助我們！」

褐皮在營地外等著，「跟我走。」

她領著冬青掌穿過樹林，來到一片斜坡，有一條小溪從中間流過。這塊土地是雷族在數個月前送給影族的。兩腳獸會在這裡搭起一種奇怪的窩，不過只有在綠葉季的時候才會出現。

「壓低身體。」褐皮警告著，她蹲低身體穿過草原，從草原高處跳過溪流最窄的地方。一些兩腳獸的窩在微風中梭梭作響，但是除了窩裡傳出的呼嚕呼嚕的低吼聲外，並沒有其他的生命跡象。

他們就快到雷族的森林了，褐皮非常熟悉這片領土。她直奔兩腳獸的路，沿著路走，她的腳步聲靜悄悄的，幾乎聽不到。

冬青掌豎起耳朵，突然間一陣恐懼襲上心頭，她是不是離開太久了？風族已經把貓族夥伴趕跑了？

一聲尖叫傳來，告訴她戰鬥還進行著。褐皮開始奔跑，冬青掌緊追在後。兩腳獸的巢穴就矗立在眼前，陣陣嚎叫聲劃破天空。雲尾的白毛又髒又亂，他正和兩個黑影般的風族戰士陷入激戰。蕨毛厲聲尖叫著，把背上的公虎班貓甩開。棘爪和鼠鬚並肩作戰，倚著兩腳獸巢穴的一面石牆，擊退風族貓群一波波的攻擊。此時褐皮發出一聲長嘯，投入激戰之中。

冬青掌盯著看，這場仗難道永遠沒完沒了？她亮出利爪，也衝進去支援她的貓族夥伴。

第十四章

「我沒辦法忍受枯坐在這裡聽，卻什麼事都做不了。」空地上，蕨雲蹲伏在松鴉掌旁邊，聽著遠方森林傳來尖銳的哀嚎。

「我們需要妳留守，免得營地又受到攻擊。」松鴉掌說。

「等待比打仗還折騰人。」蕨雲抱怨。

「仔細留意營地裡的動靜。」

「有什麼動靜？」蕨雲在松鴉掌身旁神經緊繃，仔細的聽。難道她聽不出來，一陣陣的低聲交談和窸窸窣窣的聲音，從火星的洞穴裡傳來？

長尾、鼠毛、蜜妮、黛西和小貓咪們躲在那裡，從傳來的聲音判斷，一定是裡頭太擁擠了。

「我要坐在哪裡？」長尾抱怨。

「就坐在你原來的地方，」鼠毛用低沉沙啞的聲音說，「你一動就會踩到小貓咪。」

又是一陣小貓咪的喵嗚聲，接著聽到蜜妮

安慰地說，「小貓，沒關係，在族長的洞穴裡不是很好玩嗎？」

「我要出去打仗！」小蟾蜍尖聲地說，「而不是困在洞裡。」

「再吵，你母親的頭髮都快要變白了，」鼠毛責備小蟾蜍，「你太小了沒辦法打仗，不要再繼續這樣亂下去，做一隻有用的小貓咪，幫幫忙，像小玫瑰一樣。」

小玫瑰正低聲的和更小的小貓咪講話，試著安撫他們。

「你們覺得他們會再來攻擊營地嗎？」黛西不安地說。

「無論發生什麼事，誰都傷害不了我們的小貓咪。」蜜妮咆哮著。但是松鴉掌聽得出她聲音裡的恐懼。她的同族在森林中奮戰，可是她卻一點忙也幫不上。

灰紋、白翅和冰掌在籬笆外面守住營地的入口，專心留意是否有危險，沒有交談。冰掌不時把肚皮貼在森林的地面上，手腳扒著落葉爬行。**她一定是在練習戰鬥的動作。**

山谷裡，亮心不安地繞著營地轉圈圈，偶爾停下腳步，松鴉掌猜她可能是在掃視營地四周陡峭的岩壁，看看有沒有風族的貓從上頭爬下來，準備偷襲。松鴉掌對亮心的洞察力很有信心，她只有一隻眼睛看得見，所以她的聽覺和嗅覺幾乎都和松鴉掌一樣敏銳，沒有貓躲得過她，就算躲過了，還有煤掌在空地巡邏，她全神灌注每根毛都豎了起來。

「妳確定妳的腿沒問題嗎？」松鴉掌擔心她受傷的那隻腳走太多路。

「因為游泳的關係，我受傷的腳現在已經強壯多了。」煤掌要松鴉掌別擔心。

「休息一下吧。」松鴉掌建議。

「那我到擎天架上頭休息。」

松鴉掌猶豫著要不要阻止她爬上起伏的岩塊，不過煤掌的語氣堅決，好像阻止也沒用。葉池記憶中的那隻獾閃過松鴉掌的心裡——黑白相間的身體強行鑽進荊棘圍牆，齜牙咧嘴散發出血腥的臭氣，小貓咪們被嚇得喵喵叫，煤皮就是為了保護小貓才犧牲性命的。現在這一切已經變成他記憶的一部分，不知道此刻煤掌心裡是不是也有些許這樣的記憶？如果是，不論他說什麼也沒辦法阻止煤掌護衛小貓咪。

松鴉掌聽著煤掌爬上擎天架，祈禱著她不會因為踩到鬆動的岩石而跌倒。他一直等到她爬上去，躺在火星的洞穴入口前，才鬆了一口氣。

葉池留在巫醫窩裡，仔細檢察草藥加以分類。她把藥糊和藥膏混在一起調製外傷藥的時候，松鴉掌聞得到一股刺鼻的味道。

「我們已經有萬全的準備，」松鴉掌要蕨雲放心，「雷族不像一星想的那麼容易被攻下來。」

蕨雲站起來問松鴉掌，「你現在可以告訴我你真正的想法。」

「妳是什麼意思？」蕨雲不像是會疑神疑鬼的個性。

「鼓舞士氣是你的責任，可是關於這場戰事，星族跟你說了什麼？」

松鴉掌搖頭，他要怎麼跟蕨雲說星族並沒有事先預警？他不想說謊來為祖先辯護，為什麼星族要讓雷族占下風？「星族什麼事都沒告訴我們。」松鴉掌低語。

「什麼都沒說？」

「沒有。」

蕨雲蹲伏的更低，頰鬚顫抖著。

對這次的攻擊，星族跟雷族一樣也很感訝異嗎？還是星族是站在風族那一邊的？

荊棘垂簾發出窸窣的聲響。

「煤掌是怎麼上去的？」葉池的聲音充滿憂慮。

「她爬上去的。」松鴉掌回答。

葉池的毛全都豎了起來。

「我跟她講過受傷的腿要多休息，」松鴉掌解釋，「可是她只願意到那上頭休息。」他不是已經證明了他知道怎樣做對煤掌才是最好嗎？為什麼葉池不肯相信煤掌的腿正在復原呢？

葉池對煤掌喊道，「不要在沒有協助的情況下，自己爬下來！」

「我不需要幫忙，」煤掌說，「我的腳沒事。」

「她很聰明會自己小心，」松鴉掌說，「她比我們兩個都還清楚什麼事做得來，什麼事做不來，她會努力讓自己好起來的。」松鴉掌接著說，「別忘了她想成為戰士，她不會做傻事來阻撓這個目標。」

葉池沒說話。

「妳要信任她，」松鴉掌繼續說，**也要相信我！**

葉池嘆了一口氣，「你知道森林裡現在情況怎樣了嗎？」

葉池改變了話題，讓松鴉掌感到如釋重負。他豎起耳朵仔細聽空地以外的聲音，把注意力集中在遠方的尖叫，慢慢的他聽出吆喝和哀嚎的聲音。

「塵皮的巡邏隊在湖邊和他們打起來了，」松鴉掌告訴葉池，「火星的巡邏隊在風族邊境遭到埋伏，棘爪的巡邏隊在兩腳獸的巢穴附近受到攻擊。」

松鴉掌真希望葉池沒問，現在在他心裡盤旋的畫面盡是打架的貓群，全身沾滿血跡，齒間咬著從對手身上撕下來的肉。松鴉掌顫抖著哀求，「讓我去那裡。」

葉池緊張了起來，「不行！」

「我們的夥伴受傷了，」松鴉掌提出異議，「我去把他們帶回山谷。」他非得採取行動來幫助夥伴，就算是風族攻擊這裡，他留下也沒有用。

「可是現在很暗。」葉池爭辯。

「妳認為那對我有差別嗎？」松鴉掌張大了眼睛，用空洞的眼神盯著葉池，「事實上，黑暗對我有利，我聽得很清楚，可是他們看不到我。」

松鴉掌感覺得出葉池動搖了，「那你要非常小心，知道嗎？」

「我不會讓自己受傷的。」**我太重要了，絕不能讓這樣的事發生。**

「如果我們能儘早醫治傷者，那當然很好。」

松鴉掌聽得出葉池聲音裡帶著顫抖，以前從未有戰爭像這次一樣，在同一個領土內同時有那麼多個戰場。松鴉掌搜索葉池的心思，這次阻撓松鴉掌看清楚的不是迷霧，而是黑暗。

他們同時在未知當中摸索。

松鴉掌站起來，「我愈早出發愈好。」

葉池向前把嘴湊近松鴉掌的臉頰，低聲說，「要小心。」

在荊棘隧道外頭，松鴉掌感應到灰紋訝異得全身緊繃。

「你要去哪裡？」灰戰士問。

「葉池說我可以去照應傷患。」

灰紋猶豫了一下。

「要陪你去嗎？」白翅提議。

「我自己去比較容易隱藏。」松鴉掌說。

「放低身體，」灰紋建議，「如果聽到有麻煩，就避開。」

「我知道，」松鴉掌答應，邁步離開空地。

「願星族保佑你！」白翅喊道。

松鴉掌穿過樹林，摸著樹根找出自己習慣走的道路，避開繁茂的矮叢。他心裡想著身邊是不是有誰跟他同行，像是落葉的祖先，或是急水部落的祖先？

他停下來，心想哪個戰場是最近的呢？他豎起耳朵，聽見湖邊有哀嚎的聲音。去湖邊，先到那裡看看，叫那麼大聲一定有傷患。

松鴉掌聞一聞，朝著水的味道前進。快到一個山脊頂部的時候，坡度突然變陡，他前掌打滑，聽到另一端的吆喝聲，有一隻貓被甩到地上。松鴉掌聞一聞空氣，認出是栗尾和蜜蕨的氣味。蜜蕨發出嘶叫聲，接著松鴉掌聽到蜜蕨的爪子抓到對方身體，蜜蕨的對手發出哀嚎劃破空氣，踉蹌的踩在鋪滿落葉的林地上。到底蜜蕨的對手是誰呢？

松鴉掌又聞了一下空氣，想聞到風族的味道，可是氣味不同，是水的氣味還帶點魚腥味。

河族！

從氣味判斷有兩隻。

究竟他們來這裡做什麼？

松鴉掌蹲低身體向前爬，在一叢醋栗梅底下用鼻子開路，軟枝拂過他的身體，剛好可以掩飾氣味，他用拖的慢慢向前，小心不要發出娑娑的聲響。

有一隻河族貓在挑釁蜜蕨，「妳還自稱是戰士？」

「你還自稱是戰士？」蜜蕨反脣相激。接著身體交纏滾來滾去，在地上扭打。

「真是輕而易舉。」另一隻河族的貓嘶叫著。

栗尾痛得大叫。

松鴉掌本來聞到的是新鮮空氣，突然變成一股濃濃的魚腥味，因為那隻河族貓碰到松鴉掌的鼻子，松鴉掌發出一聲戰吼縱身向前，亮出爪子狠狠往前面的那隻河族的貓抓下去。

河族的貓被嚇得尖叫。

「謝謝你，松鴉掌！」栗尾說。

在同伴又開始迎戰對手的時候，松鴉掌向後退。雷族貓出手又重又快又急，逼得河族的貓採取守勢。

「你還以為我們好欺負，對吧？」蜜蕨咆哮過後，一隻河族貓緊接著哀嚎。

「他們逃走了！」栗尾歡呼。

「我們把他們趕回家了！」蜜蕨大叫，腳步零亂的踩在地上急追著落慌而逃的戰士。

「唉呦！」栗尾正想追趕的時候，突然大叫一聲，步伐踉蹌地停住腳。

松鴉掌一個箭步衝出去，「怎麼了？」

「我扭到腳了！」

栗尾怯生生伸出前腳讓松鴉掌聞一下，熱熱的可是還沒有腫起來，松鴉掌接著慢慢咬起那隻腳，輕輕地搖一下。

栗尾喘著氣，可是沒有叫。

松鴉掌把栗尾的腳輕輕放下，告訴她說，「腳扭傷但是沒斷，現在我要帶妳回營地。」

「我現在不能走！」栗尾喘著說，「河族已經加入攻擊我們的陣容！河岸那裡還有更多河族的貓，會在我們正面迎戰河族的時候，從背面偷襲我們。」栗尾的聲音充滿忿怒，「我們不是一直都在幫他們的忙嗎？為什麼他們要把我們趕離家園？」

松鴉掌沒回答，他不知道為什麼會發生這些事，星族也沒告訴他答案。

「蜜蕨還好嗎？」松鴉掌問。

「就是有些刮傷，」栗尾回答，「等她趕跑那兩隻，就會回巡邏隊報到，」栗尾說完轉身要走，「我也該去跟他們會合。」

松鴉掌衝向前準備擋住她的路，不過顯然沒必要，因為栗尾把扭傷的腳放到地上的時候，自己就先痛得倒抽一口氣。

「我們先處理妳的腳傷。」松鴉掌說完推著栗尾的肩膀，爬上斜坡準備回營地，心裡卻一陣刺痛。他想起了煤掌接受戰士測試時受傷的事，那一次他也是這樣扶著煤掌，那已經是好幾個月前的事了。

快到營地的時候，他們已經氣喘吁吁的了。松鴉掌扶著栗尾步伐蹣跚地走著，這時聽到灰紋走近，松鴉掌登時感到如釋重負。

「從這裡開始我來接手。」灰紋用鼻子推開松鴉掌頂替他的位置，扶著栗尾走這最後幾步路進入營地。

葉池急忙穿越空地來看他們，嘴裡咬著一把聚合草，「把她放在這裡。」說完把聚合草放在地上。

她現在會受到妥善的照顧了。松鴉掌轉身準備再出去。

「等等！」灰紋擋住松鴉掌，「外頭現在情形怎樣了？」

「河族和風族聯手打我們了，」松鴉掌回答，「我去看看他們已經入侵到我們領土的什麼地方。」他走過灰紋身旁，感覺到灰紋用尾巴碰他的身體。

「看能不能找到火星，」灰紋叮嚀，「警告他河族的事，不過千萬別冒險。」

松鴉掌再次穿過荊棘圍籬朝內陸走去，前往邊境，他聽到了火星的巡邏隊遭到風族的突襲。灰毛的吆喝聲從樹林間傳來，聽起來慘烈但是堅決，看樣子是還沒被打敗。

松鴉掌穿過樹林用頰鬚探路，身體蹲得很低，全身的毛豎起提高警覺，看看除了遠方的戰鬥聲以外，是不是有其他的聲音。

「這些笨荊棘！」

松鴉掌被這突如其來的陌生叫罵聲嚇得急忙退回後方的蕨叢裡。他們從松鴉掌面前經過，把松鴉掌嚇得呆了，心中慶幸還好躲得快。

「你聽到了嗎？」聲音來自幾條尾巴遠的地方。

松鴉掌聞了一下，**又是河族的貓！**

「聽到了什麼東西？」

「窸窸窣窣的聲音。」

「這個鬼地方走到哪裡都窸窸窣窣的。」

四隻河族的貓笨拙的走在林子裡，有一隻被絆倒，弄得一叢荊棘窸窣作響。

「你還可以更吵一點，蘆葦鬚？」

「閉嘴啦，苔皮，你跌進兔子洞的時候，亂叫的樣子才像一隻小貓咪！」

松鴉掌的頰鬚抖動，**他們像是出了水的魚**，他耐心地等他們經過，**朝著風族的邊境走去。**

火星的巡邏隊！

他一定要先到一步。松鴉掌在蕨叢裡盡可能小聲的後退，然後沿著一條狐狸小徑狂奔，他知道這條路直達邊境小溪。這是他生平第一次感謝有狐狸的味道，不單單讓他可以鎖定路線，還可以掩飾自己的氣味。打鬥聲愈來愈大了，松鴉掌聞到血腥味，感受到恐懼和痛苦像洪水一樣在森林中奔流。聽到前方有打鬥聲，他慢下腳步，聞一聞空氣。

獅掌。

松鴉掌豎起耳朵，原來是獅掌單打獨鬥，對付兩隻風族的貓，松鴉掌也伸出爪子希望能幫上忙，不過從聲音判斷，獅掌好像綽綽有餘。有一隻風族的貓好像只靠三隻腳站著，另一隻則步伐凌亂節節敗退。

「滾回家去，你們這些懦夫！」獅掌嘲笑著這兩隻風族貓的同時，他們落慌而逃，剛好衝過松鴉掌藏身的矮樹叢。

「獅掌？」松鴉掌小聲喊。

「松鴉掌，是你嗎？」獅掌衝向松鴉掌身邊，「你沒事吧？」獅掌急促地喘著氣，身上有血的味道。有一股能量從他身上源源不絕的散發出來，像是體內有一把熊熊烈火正在燒，松鴉掌感到獅掌的心思被捲進一個亢奮的漩窩當中。

「有四隻河族的貓正朝這裡來，打算去幫風族。」松鴉掌提出警告。

「河族？」獅掌愣了一會兒，接著果決地說，「我來處理他們。」說完便急忙衝走，留下松鴉掌在原地訝異地眨著眼。

「你一個對付不了全部！」松鴉掌從後頭喊。

可是獅掌已經消失在林子裡了。

「松鴉掌嗎？」火星的聲音在耳畔響起，「你在這裡做什麼？」

「河族已經和風族聯盟了。」

火星吸了一口氣，身上閃過一絲恐懼，「你快去跟棘爪報告，」雷族族長的聲音聽起來很冷峻，「你找得到路吧？」

松鴉掌點頭。

「敵眾我寡，」火星接著說，「我們可能要撤回營地山谷，在那裡防守。」

松鴉掌的心裡一緊，因為這代表風族控制了雷族其他的領土，這場仗已經不再是保衛疆土，而是為生存而戰；松鴉掌期待雷族族長告訴他不會有事，但是火星已經轉身投入戰場。

松鴉掌抬高鼻子確認自己的位置，從湖吹來的風在後方，棘爪巡邏隊的戰鬥聲在前方，松鴉掌走在矮叢之間循著戰鬥聲走去，頰鬚抖動著，每一步都謹慎小心。他絕不能跌倒受傷，一定要把河族前來支援風族的事告訴棘爪。

戰鬥聲撼動整個森林，鳥兒們在樹梢不安的叫著；空氣開始暖和，天就快亮了。

前方的路面開始往下坡走，松鴉掌的前爪打滑，他伸出爪子，半滑半跑的到達坡底的一叢羊齒蕨。就在前面不遠處，松鴉掌的爪子刮到石頭，聽到貓的嘶叫聲和吆喝聲，聞到空氣裡有血腥味。

還有魚腥味，原來河族已經先到一步。

他太晚來警告棘爪的巡邏隊了！

松鴉掌顫抖著，因為知道夥伴們已經筋疲力竭，再也撐不了多久。

「松鴉掌？」冬青掌從蕨叢退出來，「我聞到你來了。」冬青掌的聲音含糊，身上黏黏的都是血，松鴉掌知道她頭一次難得的敗陣，可是堅決的意志還是讓她硬撐著傷痕累累的身體。

早知道就該帶些旅行用的草藥讓她補充元氣。

「你來這裡做什麼？」冬青掌氣喘吁吁地說。

「我來警告你們，河族已經加入風族了。」

「謝謝，我們早知道了，」她的聲音聽起來很冷峻。突然冬青掌把松鴉掌往後拉，「別擋在這裡！」一陣腳步聲傳來，松鴉掌聞到一隻河族的公貓朝這邊跑來。

冬青掌從喉嚨發出一聲低吼，松鴉掌也察覺到那隻河族的戰士精力充沛。這不公平！冬青掌已經很累了，他一定要幫忙，松鴉掌在冬青掌身邊蹲低身體抓牢地面，和河族貓正面相迎。

可是松鴉掌卻突然僵住，因為空氣中傳來另一股氣味。

影族！

褐皮正在棘爪旁邊打仗，莫非影族也對雷族開戰了？

又有腳步聲從兩腳獸小徑傳來，更多影族的貓來了！

松鴉掌覺得萬念俱灰，雷族對付得了其他三族嗎？星族是不是完全棄雷族不顧了？他趕忙退回蕨叢，現在的他幫不了雷族，已經無計可施了。

這時候有一隻貓碰到他的身體，褐皮就站在旁邊對松鴉掌說，「你來這裡做什麼？」

松鴉掌前爪一揮瞄準褐皮的鼻子，內心充滿忿怒，「妳怎麼能打自己的親戚？」

褐皮擋掉松鴉掌的攻擊，從齒縫出聲說，「我們是來幫你們的，冬青掌帶我們過來！」褐皮把松鴉掌推向蕨叢更裡面，「回去山谷待著，別跑出來惹麻煩！」

「那冬青掌怎麼辦？」

「蛇尾和焦掌會幫她。」

松鴉掌嗅著空氣，兩隻影族貓正和冬青掌並肩作戰，影族的氣味混合著河族對手帶著魚腥的血味，冬青掌的腳步往前衝，接著一撲，傳來一聲怒吼和哀嚎，那隻河族貓落慌逃入森林中。

「現在就走！」褐皮催促著，然後轉身準備重返戰場，可是松鴉掌按住她的身體。

「火星在風族的邊境寡不敵眾，塵皮在湖邊苦戰。」

「我會派戰士去幫忙，」褐皮保證道。蕨叢抖動了一下，原本要走的褐皮猶豫地說，「等等，把鼠鬚帶走，他的眼睛受傷了。」說完褐皮向前跑，不一會兒帶回來一隻年輕的戰士。

「我要留下來幫忙。」鼠鬚抗議著。

「眼睛受傷怎麼打？」褐皮說。

「還有一隻眼睛可以看。」

「一隻眼睛看不清楚。」

松鴉掌聞到血味，「等清理好傷口再回來，那時候打起來會更厲害。」松鴉掌保證道。

鼠鬚先是猶豫，最後說好，「不過我們動作要快。」

褐皮衝回戰場。

「快走吧。」鼠鬚催促著。

這兩隻貓並肩沿著兩腳獸小徑走回雷族。鼠鬚推著松鴉掌引導他穿越森林邊緣的矮叢，松鴉掌的思緒裡盡是恐怖的叫聲和濺血的畫面，整座森林遍布哀嚎、攻擊的利爪和撕裂的毛皮。

四族陷入混戰，而星族什麼也沒說。

第十五章

獅掌撲向最後一隻的河族戰士，其他三隻已經哀嚎著跑進森林裡，可是這一隻被困在角落，倚著一叢茂密的荊棘，即使是雷族的貓想要從那荊棘叢脫身都會考慮再三。

苔皮。獅掌認出她是在大集會見過的藍眼玳瑁貓，但現在不是大集會，他一定要讓她後悔侵入雷族的土地。

她蹲伏著身體顫抖著，獅掌慢慢逼進，憤怒使他的視線變暗，只看得見這隻母貓受驚嚇的一對大眼。

「獅掌！」火星的尖銳聲嚇得獅掌愣住。

苔皮趁機從獅掌身邊閃過逃入森林。

「都是你害的！」獅掌轉把氣出在族長身上，「我本來可以解決她的。」

獅掌低頭看看自己身上的毛，到處都是血塊，有些是剛沾上去的，有些已經凝固。他做了什麼？戰爭上的激烈讓他忘記自己是怎麼戰鬥的，他只聞到血，只感覺到對手的肌肉被他的爪子撕裂。

「風族怎樣了？」獅掌想知道其餘的入侵者是否已趕走。

「我們已經把最後一隻趕回邊界去了。」火星說。

這時候灰毛和莓鼻從矮叢鑽出來，蛛足和罌粟霜在他們旁邊。灰毛身上都是血，莓鼻的耳朵有撕裂傷，蛛足跛得很厲害，而罌粟霜全身蓬亂的毛還流著血，因驚嚇而瞪大眼睛。

「其他的巡邏隊呢？」獅掌繼續追問，「既然我們這邊結束了，就應該過去幫忙。」

火星搖搖尾巴說，「蛛足傷得很重，我們得先帶他回營地，再回頭來檢查其他的領土。」

蛛足躺下來，脅腹起伏著，鮮血不斷地流到森林的地面上。灰毛用鼻子頂住蛛足的肩膀，想讓他站起來；「走吧，」灰毛鼓勵蛛足，莓鼻則是推著蛛足的另一邊說，「我們帶你去找葉池。」就這樣，兩隻戰士把受傷的同伴夾在中間，半背半走地帶回營地。

「你們帶蛛足回家，我去看看能不能幫忙其他巡邏隊。」獅掌還不打算回家，他聽到遠方傳來的打鬥聲，覺得自己也應該去幫忙。

「我不能讓你獨自到森林裡去。」火星告訴獅掌，他眼裡透露的是恐懼嗎？

獅掌感到很氣餒，只好跟著一起回家，一路上獅掌趕在前頭，催促同伴趕快，可是火星不斷地叫他慢下來，因為蛛足一直在喘氣，每走一步就呻吟一下。**快點！**

終於他們往下坡走向荊棘圍籬。獅掌停下來讓灰毛和莓鼻扶著蛛足先走，火星跟著進去。但是獅掌卻猶豫了一下，他聽見從矮叢傳來窸窸窣窣的聲音。

獅掌驚訝得瞪大了眼睛，「松鴉掌？」他的弟弟和鼠鬚從樹林走出來。

「你還好吧？」松鴉掌叫著，他的鼻子不斷抽動，「我聞到血的味道。」

獅掌聳聳肩說，「那不是我的血。」

鼠鬚閉起的那隻眼睛已經腫得跟蘋果一樣大。

「他還好吧？」獅掌問。

「傷口需要清理。」松鴉掌回答。

「除了其他幾處的擦傷之外，這是我唯一的傷口。」鼠鬚驕傲地說。松鴉掌把這位受傷的戰士帶進營地，而獅掌卻拖拖拉拉地跟在後面，他手腳發癢，渴望戰鬥。

「河族加入風族的陣容，」松鴉掌向火星報告，「不過黑星也派了影族貓來幫助我們。」

火星的眼睛亮起了訝異，「黑星幫助我們？」

「他派了巡邏隊來。」

火星深深吸了一口氣說，「這麼說來，四族都在雷族境內開戰了。」

松鴉掌點頭。

「你最好趕快去幫忙葉池治療傷患。」

葉池已經蹲在蛛足旁邊，並把草藥敷在他的肚子上止血。

火星又轉身走向入口，用尾巴示意巡邏隊跟著。

終於！獅掌跟著族長穿過荊棘圍籬，灰毛緊跟在後，可是獅掌並不打算讓灰毛先走。他們離開通道的時候，灰毛從獅掌身旁超過去，「你應該把自己清理乾淨。」灰毛瞄了一眼獅掌黏答答的身體。

「等戰爭結束就有很多的時間可以清理。」獅掌回答。

灰毛暫時脫隊，在陰影的遮蔽下鑽進矮樹叢，黑色的毛皮抖動著。這時太陽已經爬到樹梢，掛在慘白空洞的天際。灰毛突然停住豎起耳朵，火星則示意要巡邏隊都不要動。

「有貓群從風族的方向過來了。」灰毛警告。

獅掌聞一下空氣。**是風族。**他僵住不動，再仔細聞一聞。

是石楠掌！

獅掌衝向逐漸逼近的風族巡邏隊，不理會火星的呼喊。他像鳥一樣直衝進矮樹叢，四肢飛馳過地面。金色的陽光在樹梢間閃耀，讓他更容易看清楚風族的巡邏隊在林木間像黃鼠狼一樣潛行而來。他們是要去湖邊沒錯，想要一舉殲滅塵皮的巡邏隊。

獅掌聽到同伴在他後面飛奔而來，在他跟風族相遇時，他們也從四周的矮叢竄出來。敵方的巡邏隊驚慌四散，可惜動作太慢；灰毛已經把一隻棕色戰士公貓摺倒在地上，火星撲向一隻黑色公貓，獅掌則是衝向兩隻風族見習生之間，把他們推開。石楠掌在這兩隻貓後面撐起後腿站立，嚇得睜大了那雙藍眼睛。獅掌撲向她，並用牙齒咬住她的頸背；石楠掌掙扎、哀嚎著，被獅掌拖過一叢羊齒蕨，摔到一旁的小空地上。四周都是綠葉的小凹洞上，獅掌把石楠掌壓制在地上，爪子嵌進她的皮膚。

「妳把隧道的事情說出去，沒想到妳竟然出賣我，還以為可以信任妳。」獅掌生氣地說。

「不是我說出去的！」

獅掌勃然大怒，「那為什麼我的森林裡都是風族貓？」

石楠掌努力想要掙脫獅掌的壓制，扭動身體用力咬獅掌的前爪。

「我不會說謊，」石楠掌大叫，「真的不是我！是小莎草洩漏的！」

「他為什麼這麼做？」獅掌無法置信，「我救過他的命！」

「他跟颮毛吹噓他找到洞穴的事，然後消息就傳開了。」

獅掌低頭瞪著她，忍住下手傷她的衝動，「我不信，」獅掌吸一口氣說，「妳就是不原諒我一心想成為忠誠的雷族戰士。」石楠掌想逃開獅掌呼出來的熱氣，可是獅掌卻靠得更近，爪子抓得愈用力，「我永遠都不會忘記，石楠掌，我們將永遠為敵。」

獅掌放手鬆開石楠掌轉頭離開，走進蕨叢發出窸窣的聲響，四肢因憤怒而顫抖。他愛過她嗎？那時候的他不像現在這樣，現在的他是有特別力量的三貓之一，未來的路是石楠掌作夢都想不到的。

突然一對綠眼珠出現，「石楠掌在哪裡？」鴉羽擋在前頭。

「別擋路！」

風族戰士和獅掌擦身而過，「你把她怎樣了？」

「讓開！」獅掌衝向鴉羽，用爪子勾住這隻深灰色戰士的脖子，甩過蕨叢摺倒在地上，爪子繼續掐住脖子再跳到他身上，瘋狂的撕裂鴉羽的毛皮。

突然有利齒嵌進獅掌的肩膀，爪子刺進的身體。

石楠掌要把獅掌拖開，「住手！」她尖叫，「你在做什麼？」

獅掌被石楠掌的驚叫聲嚇得停手，鴉羽前掌趴在綠色的蕨葉上頭，鮮紅色的血從喉嚨汩汩流出。

石楠掌跑過去蹲在她導師前面，「鴉羽！」

「我沒事。」鴉羽抬起頭，撐起身體步伐蹣跚地站起來，石楠掌趕忙向後讓開。

獅掌非常羞愧，戰士守則裡說過，不必取得敵人的性命來贏得勝利。如果石楠掌沒有及時阻止，鴉羽可能已經死了。

我怎麼變成這樣？

突然，光線變了。明亮的早晨漸漸變暗，黎明似乎被黑暗取代，鳥都安靜了下來，戰爭的尖叫聲和哀嚎停止了，甚至連蟲也不鳴叫了，森林漸漸變黑。

獅掌抬頭看。

太陽逐漸消失，被一個黑色的大圓盤吞噬，這圓盤比任何擋住陽光的烏雲都還要黑。

「發生什麼事了？」石楠掌驚恐的聲音在獅掌的耳邊響起，可是獅掌答不出來。他的聲音卡在喉嚨，腳牢牢地定在地上，周遭的空氣變冷，太陽完全不見了，森林陷入一片漆黑。

「星族把太陽殺死了！」一隻風族戰士的叫聲傳遍了森林。貓群們開始哀號四處逃竄，在漆黑的森林裡狂奔亂撞，弄得森林裡的葉子窸窣作響。

「我們得趕快回家，」鴉羽咳嗽著，拉著被嚇得站在獅掌旁邊的石楠掌，「走吧！」

石楠掌睜大了眼睛，轉身跟著她的導師離開。

「我不會忘記的。」獅掌在她耳邊嘶叫著。

石楠掌沒入森林的時候，獅掌看著太陽逐漸消逝的光芒，從黑色的大黑盤邊緣滲出來。

第十六章

松鴉掌把鼻子湊近栗尾的腳掌。葉池已經先用溼的聚合草葉裹住腳傷，似乎已經消腫，「妳現在覺得怎麼樣？」

栗尾舉起腳說，「已經好多了，」然後看一看圍籬的外面，「我該回去打仗了。」

「不行，」葉池在一旁清理鼠鬚的眼睛，用溼青苔吸掉眼睛上的血，「影族已經來幫忙了，而且從聲音判斷，要醫治的傷患一定不少，妳不用再去幫忙。」

「可是打鬥聲好像離這裡愈來愈近了。」栗尾抗議。

葉池抖掉青苔上的水說，「如果是這樣，我們就更需要妳留在這裡。」

儘管營地裡感覺空空盪盪的，森林卻充斥著不寒而慄的打鬥聲，松鴉掌豎起耳朵聽仔細，火星的巡邏隊就在離營地不遠的地方和風族對戰，難道火星他們真的節節敗退，而且退到這麼遠了嗎？

「我們是不是應該把傷貓先帶進洞穴裡面？」松鴉掌急著說。蛛足已經在裡面休息了，罌粟籽發揮了療效，讓他鎮定不少，他的傷口裹上蜘蛛網後也已經止血。「那樣比較安全。」**如果連雷族的營地都遭攻擊的話。**

「現在有太陽，外面光線比較好，」葉池說，「而且**他們**會想要看得到我們。」

松鴉掌知道葉池指的是黛西和小貓咪們。蜜妮正在擎天架上頭訓練小貓咪。

「好，現在有誰知道如果陌生貓闖進來該怎麼辦？」蜜妮故意問。

「把蜜妮的小貓咪帶到火星洞穴的最裡面。」小玫瑰大聲搶答。

「接下來呢？」蜜妮教得很詳細。

「我們在裡面陪小貓咪免得有陌生貓闖進來。」小蟾蜍回答。

「那我會在哪裡？」

「在洞口和黛西一起防守。」小玫瑰說。

鼠毛的身體刷過著蜜妮旁邊的岩石，「長尾和我會守在岩石上面不讓敵人有機會上到擎天架。」

「我會守在下面！」亮心從空地往上面喊。

灰紋和白翅還在荊棘隧道外面守衛，冰掌在營地裡和煤掌、蕨雲練習格鬥技巧。

「妳會留意自己的腳傷吧，」葉池警告煤掌，「不准逞強。」

「絕對不逞強，」煤掌保證，「但是如果敵人攻來，我是不會躲在巫醫窩裡的！」

葉池內心一驚，「我們不會被入侵的，我確信。」

雷族的巡邏隊真的能把風族和河族牽制在湖邊嗎？

「別忘了我們現在有影族幫忙！」鼠鬚說，「塵皮叫我走的時候，我正和一個影族見習生並肩作戰，他們是很優秀的戰士，我們當時就快要打贏一隻風族戰士了。」鼠鬚的尾巴往地上一掃。

「坐好別亂動。」葉池斥喝著。

鼠鬚顯然蠢蠢欲動，想回去戰鬥，難道他不知道這場戰爭有多嚴重嗎？四族都打起來了，星族卻什麼也沒說，怎麼打起來的也不清不楚。

松鴉掌走向巫醫窩，幫栗尾拿更多的葉子用來裹腳，可是就在靠近洞口時，周遭的空氣突然冰冷了起來，他的毛沿著脊背豎了起來。

「為什麼突然變暗？」小玫瑰驚訝的聲音從擎天架傳來，迴盪在整個山谷。

是有暴風雨要來嗎？

灰紋和白翅衝進荊棘隧道。

「發生什麼事了？」灰紋問。

「為什麼整個營地都暗下來？」黛西的聲音顫抖著，「天上還有光。」

「太陽快不見了！」亮心的哀嚎讓松鴉掌全身僵直，這絕對不是烏雲遮住了太陽，林子裡的鳥不叫了，打鬥聲也停了，到底發生什麼事？

松鴉掌衝到葉池旁邊問，「亮心說的是什麼意思？」

「有東西把太陽吞掉了！」葉池小聲說。

蜜妮的小貓開始不安地叫了起來，蜜妮把他們抱在一起，叫聲變成悶叫聲。

葉池緊依著松鴉掌說，「我們要穩住，」她的身體在發抖，不過聲音很堅定，「有可能是星族的訊息，一下子就會過去。」

「什麼訊息？」蕨雲追問。

灰紋湊近來，「是叫我們不要再戰爭了嗎？」

「我不知道，」葉池結巴地說，「祂們以前從沒藏過太陽，只藏過月亮。」

為什麼現在才傳訊息？之前什麼警告也沒給。

松鴉掌的血液好像凝固了。

這與星族無關，事先警告我們的是索日，他說過黑暗將至，這黑暗不是星族所能控制、所能預知的，他早就說過太陽會消失，可是他們不聽。

哀嚎聲朝營地襲捲而來，零亂的腳步聲像雷聲般向圍籬逼近。

他們要被攻擊了嗎？

灰紋衝到隧道入口，爪子牢牢抓住地面，亮心也跟在後頭衝出去。

荊棘圍籬梭梭抖動，貓群擁入空地，松鴉掌屏住呼吸。

是雷族。

松鴉掌聞著同伴從戰場帶回來的氣息，血腥味夾雜著恐懼，一些受傷的貓嚇得顧不了自己的傷勢。

「為什麼會這樣？」

「太陽跑哪兒去了？」

「星族棄我們於不顧了嗎？」

每隻貓身上都散發著恐懼。

「我們能不能躲到育兒室去？」冰掌哀求蕨雲。

獅掌穿過荊棘隧道停在松鴉掌旁邊，冬青掌則跟在他後面。

松鴉掌很快地聞了一下，很高興他們的傷勢都不嚴重，「太陽真的全不見了嗎？」

「對。」獅掌用腳撥弄泥土。

「跟惡夢一樣黑嗎？」

「比較像傍晚。」冬青掌繞著他們走來走去，毛髮豎起。

「不過太陽真的不見了嗎？」

獅掌用尾巴拂過松鴉掌的肩膀，「原先太陽的位置只剩一個光圈，其他的都被遮住了。」

為什麼我看不到？

「大家都平安嗎？」火星問。

「都很平安，」灰紋大聲回答，「其他族都到那裡去了？」

「都各自逃回家了。」棘爪從圍籬那裡喊道。

營地內喧嚷聲四起。

「蕨雲！」冰掌叫，「妳在哪裡？我幾乎快看不到了。」

「大家鎮定！」火星命令，「我不知道發生什麼事，可是我們是戰士，要勇敢面對。」

營地漸漸靜了下來。

火星走向葉池，「妳能不能告訴我們到底發生了什麼事？」

她會提起索日的警告嗎？

「星族沒直接跟我講。」葉池說。

松鴉掌伸出爪子，**因為星族自己也不知道……**

「這一定是個預兆，」葉池繼續說，「要終止這場戰事。」

「可是這場戰爭不是我們的錯！」榛尾嚎叫著。

「是風族開始的。」白翅沒好氣地說。

「為什麼要連累到我們？」蕨雲大聲抗議。

葉池的尾巴在空中揮舞著，「可是戰爭已經停了，這一定是星族想要的結果。」

「從現在開始我們都要摸黑過活嗎？」刺爪的聲音聽起來憤怒大於恐懼。

「等一下！」葉池說，「天漸漸變亮了，太陽回來了。」

第十七章

冬青掌望著山谷上方的樹林，太陽將天色逐漸漂白，天空恢復一片蔚藍，氣溫又變得溫暖。獅掌在她身邊，腳掌更迭移動著，松鴉掌嗅著空氣，鳥兒又開始歌唱，季末的蜜蜂也從營地邊緣的草叢裡懶洋洋地飛起來，嗡嗡地揮動著沉重的翅膀。但是，儘管陽光灑在冬青掌的身上，她那痠痛又傷痕累累的身軀，就是不聽使喚的不停顫抖著。

剛才到底發生什麼事了？

她轉頭問松鴉掌。如果是星族把太陽藏起來了，他一定知道些什麼。但他只是匆忙的走開，跟著葉池一起穿梭在受傷貓群當中。

「你可以伸展前掌嗎？」葉池問蕨毛。金色公貓試著要伸出去，但是又痛苦地縮回來。

「肩膀扭傷，」葉池下診斷，「去半邊岩那裡等我，我馬上就過去。」她走向白翅，她雪白的毛皮上血跡斑斑，「有沒有扭傷或拉傷？」

「只有一些抓傷。」白翅回答。

「到戰士窩旁邊等著，」葉池下令道，「我們會儘快把藥膏拿過去。」

「刺爪扭到後腿。」松鴉掌叫著。

「扶他到空地另一邊，擎天架下面。」葉池說完，又繼續看診，她要榛尾和罌粟霜也過去白翅那邊一起等。

榛尾蹲伏在白翅身邊，「太陽怎麼會不見？」

「那時候天空一片蔚藍，所以不可能是雲啊。」罌粟霜低聲地說。

「雲不可能會把天色弄得那麼陰暗，氣溫變得那麼冷。」白翅也附和地說。

葉池嚴厲地看著他們，「你們應該舔你們的傷口，而不是在那邊吱吱喳喳的聊天！」她朝刺爪的方向，輕輕推了樺落和莓鼻一下，「到那裡等著。」

樺落縮起腫脹的前掌，一跛一跛地穿過空地，「我不懂為什麼星族要把太陽藏起來！」他生氣地說。

莓鼻蹣跚地走在他身邊，小心翼翼地提起後腿，「風族不該先開戰的，活該星族對他們發怒。」

冬青掌看了獅掌一眼，他正觀察著全族，「你還好吧？」

「很好。」他回答。

他難道不想談談太陽消失的事？「你很安靜。」

「嗯。」獅掌眼光往擎天架看上去，蜜妮正從亂石堆上走下來，叼著小薔盪在嘴邊。黛西咬著小蟾蜍，跟在後面。

「我們去幫她們。」獅掌建議，他隨即衝向擎天架。他怎麼還有這麼多的力氣？冬青掌感覺累得全身沉甸甸的，身上的抓痕和咬痕雖然不深，還是會刺痛。她嘆了一口氣，跟了上去。

「我可以自己走下來的！」小蟾蜍粗暴的在空中拳打腳踢。

「別亂動，否則我們兩個都會跌下去的！」黛西的斥責聲因為咬著他而含糊不清。最後剩下幾步，她一躍而下，然後轉頭看蜜妮，「妳還好嗎？」

蜜妮點點頭，盪在她下巴的小薔睜大眼睛。

不是一直都這樣的，冬青掌想告訴這隻小貓，但不確定她是不是聽得懂。獅掌伸出前掌扶住蜜妮，她顛簸地走到空地，石頭在她身後喀啦作響。「其他的小貓就交給我們。」獅掌自告奮勇。

「謝了。」黛西把小蟾蜍放下，小蟾蜍立刻跳開，蓬起一身的毛。

「小心！」黛西眼看著他就要衝撞上灰紋，緊張地閉起眼睛。

灰色戰士側身閃開，「小傢伙，你為什麼不去看看蜜妮床鋪上的青苔夠不夠？」他說。

「好！」小蟾蜍立刻向育兒室跑去。

灰紋向黛西眨眨眼，「他顯然並沒有被嚇到。」

黛西的眼睛一沉，「他只當成是一場冒險。」她嘆口氣。

「這樣或許對他比較好。」灰紋從蜜妮那兒接過小薔，跟著黛西走向育兒室，蜜妮依偎在他身邊，一起走著。

獅掌這時已經跳上石堆，冬青掌疲憊地跟在他後面，爬入火星的洞穴。

洞穴裡很黑，冬青掌幾乎快被小玫瑰絆倒，她正蹲在入口。在她後面，長尾正哄著小蜂，這隻灰白條紋的小公貓一直哭著找母親。

長尾用尾巴輕柔的安撫他，「噓！你會吵醒你妹妹的。」

冬青掌這才看出小花熟睡在鼠毛的懷裡。

「不要吵醒她。」鼠毛揮著尾巴要冬青掌離開，「灰紋可以晚一點再來帶她。」

長尾用鼻子推推冬青掌的肩膀，憂慮地瞪大著那雙盲眼，「妳看到發生什麼事了嗎？」

他指的是消失的太陽。

「看到了。」

「松鴉掌怎麼說？」鼠毛問，她的眼睛在幽暗的光線中閃爍著。

獅掌聳聳肩，「星族告訴他的事，他並不一定會告訴我們。」

冬青掌看著他的眼神，**他也跟我想的一樣嗎？**如果他們真的比星族更有力量，松鴉掌應該知道太陽消失意味著什麼。獅掌掉頭轉開。

「或許他今晚就會在夢境裡和星族相遇。」她期待地說。

鼠毛用尾巴環繞住小花，「希望如此。」

冬青掌從小蜂的頸背處把他啣起，盪在空中。他驚訝地尖叫著，腳掌在空中翻攪。

小玫瑰往後退，「我不要下去！」

「哦，不行，妳也要！」獅掌把她提起來，朝洞穴外走去。

冬青掌拖著疲倦的腳步，跟著獅掌走向育兒室，灰紋正等著把孩子帶進去。

「小花還在睡覺，」冬青掌把小蜂遞過去時，脖子上的刮傷痛了一下，「鼠毛說你可以晚一點再去接她。」

灰紋點點頭，消失在荊棘叢中。

煤掌跑過來，「小貓咪都沒事吧？」

「獅掌，」葉池從空地的另一邊喊著，「帶狐掌去多找一些蜘蛛網回來。」她邊說邊把藥膏塗抹在蜜蕨肩膀上的傷口。

狐掌聽到他的名字，蹦蹦跳跳地走過來，「我知道有一個地方有很大的蜘蛛網，」他說，「就在營地入口外面，有個空心木頭裡面滿滿都是。」

獅掌看了棘爪一眼，雷族副族長正站在擎天架下面，讓松鴉掌幫他敷上黏黏的藥膏。「現在可以出去嗎？」他喊著，「葉池需要一些蜘蛛網。」

「可以，但是要小心。」棘爪回答。

獅掌和狐掌朝外面走去，葉池轉向冬青掌，「我窩裡水池邊有一堆藥草，」她說，「妳去拿給白翅和其他貓，教他們怎麼把這些葉子嚼爛，舔到他們的傷口上，妳受過訓練，妳可以的。」

「我知道怎麼做！」煤掌突然說道。

冬青掌眨眨眼，「妳怎麼會知道？妳又不是巫醫見習生。」

葉池暫停幫蜜蕨包紮傷口的動作，「她這麼長的時間待在巫醫窩裡，多少也學了些東西。」她也把煤掌趕過去，「妳也過去幫忙冬青掌，但是要小心妳的腿。」

「我會的。」

當她們一起走向巫醫窩時，冬青掌注意到煤掌的腳幾乎不再一拐一拐的，「妳的腳現在感覺怎麼樣？」

「好多了，」煤掌說，「還沒有辦法嘗試各種格鬥招式，但是過不了多久應該就可以。游泳對我的幫助很大。」她悶悶地說著。

她們走過松鼠飛身邊，這隻深橘色的母貓笨拙地坐在空地邊緣，臀部提起，後腿伸出。

冬青掌向她點頭致意，但松鼠飛只是呆滯地回望著。

冬青掌感到一陣不安，「妳讓葉池檢查過了嗎？」

「還沒。」松鼠飛的喵聲緊繃。

不太對勁。

冬青掌往下一看，松鼠飛身邊的沙地染著一片暗紅，是血。「妳受傷了！」她的疲倦感頓時一掃而空，她衝到母親的身邊嗅著她的身體，鮮血從她的胸口汩汩流出。松鼠飛的前掌顫抖著，趴跌到地上，發出一陣呻吟。

冬青掌的身後有腳步聲疾奔而來。

「怎麼了？」沙暴貼近她的身邊。

「她在流血。」冬青掌低聲說著，她的腳被嚇得僵掉了。

松鼠飛又發出一陣呻吟，翻身露出了她被鮮血浸透的腹部。

沙暴倒抽了一口氣，「為什麼這麼嚴重的傷勢沒有先檢查呢？」她向冬青掌彈了一下尾巴，「快找葉池來！」

冬青掌看著她的母親，松鼠飛喘著氣，脅腹不規則的起伏著。

「現在就去！」沙暴催促著冬青掌。

葉池正蹲在空地的另一邊，嚼著藥草。

「松鼠飛受重傷！」冬青掌不用多說什麼，葉池已經起身，疾奔到松鼠飛身邊。

冬青掌緊追在後，在葉池蹲伏的地方緊急停住。葉池用一掌幫松鼠飛翻身，另一掌小心地翻開她腹部深橘色的毛。一道深長的抓痕從松鼠飛的胸口劃向後腿的頂端，鮮血從傷口處湧出，在她身體下方的沙地上形成一攤血跡。

冬青掌把她的鼻頭貼在松鼠飛的臉頰，「她的呼吸非常微弱，」看著母親的眼睛慢慢闔上，「醒醒！」冬青掌乞求著。突然，她瞥見獅掌和狐掌嘴邊叼著蜘蛛網走回來，**感謝星族！**「這裡！」

獅掌衝向母親的身邊。

「給我。」葉池拉走他嘴邊的蜘蛛網，開始敷在松鼠飛的傷口上。她也拿了狐掌的蜘蛛網，「到我窩裡的水池邊，」她頭也沒抬地告訴獅掌，「拿些浸過水的青苔來，動作快。」

獅掌嚇呆了，看著他的母親。

「你也一樣！」葉池吼著，「快！」

獅掌和狐掌飛快地衝去。

松鴉掌一定也聽到了這陣騷動，他從棘爪的身邊走開，腳掌上還沾著溼溼的膏藥，穿梭在受傷的戰士之間走過來。

棘爪發現他離開，視線順著他走的方向望過去，驚訝地看到松鼠飛。他快速地衝過空地，松鴉掌才剛幫他抹上的膏藥，邊跑邊脫落。他停在冬青掌身邊，「發生什麼事了？」

「腹部受傷。」冬青掌低聲說道。

「怎麼會這樣？」

沙暴搖搖頭，「她和我在湖邊並肩作戰，但我以為她沒事，她一直奮戰不懈。」

棘爪蹲伏在伴侶的身邊，「不要離開我。」他乞求著。

松鼠飛聽到他的聲音，眼睛張開了一下，又閉上。

他用鼻頭推了她一下，「妳會好起來，葉池不會讓妳死的。」

冬青掌抱著希望看著葉池，但是這位巫醫頭也不抬地忙著處理松鼠飛的傷口。松鴉掌到她身邊幫忙，把蜘蛛網固定位置，好讓她再敷上新的。

獅掌回來，把滴著水的青苔放在葉池身邊。她開始洗淨血漬，「再去拿多一點！」

冰冷的水並沒有讓松鼠飛有任何畏縮的跡象，她已經失去意識了。

冬青掌靠得更近些，「她會沒事的，對不對？」

棘爪開始舔著松鼠飛的臉頰，「親愛的，好好的睡吧，妳醒來的時候，我會在妳身邊的。」

「發生什麼事？」火星看著松鼠飛，震驚得圓睜雙眼。

「退後，你們全都退後！」葉池突然怒斥道。

血液衝向冬青掌的腦門隆隆作響，**她就要死了！**她麻木的向後退，碰到了棘爪，她的父親渾身顫抖著。

「冬青掌！」葉池直視著她，「到我的窩裡去拿一些橡樹的葉子。」

橡樹的葉子、橡樹的葉子。她試著要專一心思，深怕會忘掉，此刻她的心正陷入慌亂的漩渦當中。

她到巫醫窩的岩縫裡拖出一堆葉子，篩選、挑出橡樹的葉子。還好這種葉子很好認，她一把咬住葉子，趕回去葉池身邊。

「妳要我把葉子嚼一嚼嗎？」她一邊問，一邊把葉子放在葉池身邊。

「松鴉掌來做就好了。」

冬青掌退到一旁。獅掌看著她的母親，眼中燃燒著怒火，**他想知道是誰傷害了他的母親。**

冬青掌發現自己現在就像小貓一樣的顫抖著，她閉上眼睛時，感覺到沙暴正靠著她。

「一定還有救，葉池絕對能做到的。」

冬青掌倚在沙暴身上，感謝她給予的溫暖，這時葉池和松鴉掌已包紮好松鼠飛的傷口。

葉池抬起頭，「我已經盡我所能，」她說，「其他的就交給星族了。」她撿起一塊青苔，拿到松鼠飛的脣邊，把水滴進她的嘴裡。

過了一陣子，松鼠飛吞嚥了，這是個好兆頭嗎？

「她需要一個溫暖的床鋪，」葉池解釋，「但是我現在還不敢移動她，怕她的傷口會再裂開。」她看著冬青掌和獅掌，「可以請你們做一個床圍繞著她嗎？」

冬青掌點點頭，他們當然可以！

「羊齒葉、青苔、羽毛，任何你們找得到的東西，」葉池繼續說，「她需要保持靜止、溫暖。」她站起來，「松鴉掌，看著她，如果有任何狀況，來向我報告。我得去看其他受傷的夥伴了。」她看著亮心，嘴邊叼著一束藥草穿梭在戰士之間，「只有亮心一個是應付不了的。」

火星走向前，把他的鼻尖靠在葉池的頭上，「我以妳為榮。」

「我只希望我所做的足夠應付這一切。」葉池喃喃地說。

火星轉向他的伴侶，「妳一定累壞了，妳應該去吃些東西，休息休息。」

沙暴綠色的眼睛閃著淚光，「她是我的孩子！我不要離開她！」

冬青掌內心感覺一陣刺痛，**她也是我母親！她不能死！**

「走吧，」冬青掌感覺到獅掌的尾巴拂掠過她，「我們做個床鋪吧。」

狐掌和冰掌在一條尾巴之遠，擠坐在一起，他們都一直在那邊看著嗎？

「我們可以幫忙嗎？」狐掌說。

「我們需要找些東西來做床鋪，」獅掌告訴他們，「任何柔軟的、溫暖的東西都可以。」

狐掌和冰掌匆匆離去後，冬青掌注意到，火星和棘爪已經在擎天架下和灰紋、塵皮、刺爪商討事情。她豎起耳朵，但是聽不清楚他們在說什麼。

「這場戰爭不是已經結束了嗎？」她說，「還有什麼要討論的呢？」

「這場仗還沒分出勝負，」獅掌指出，「是消失的太陽讓戰爭停止的，現在太陽又出來了，風族可能會再回來。」

「他們不可以這樣做！」冬青掌震驚得毛髮倒豎，「星族已經告訴我們不要再打了！」

「如果真的是星族把太陽藏起來的話。」獅掌咕噥著。

狐掌匆匆地跑回來，嘴邊飄動著一支大羽毛，「這可以嗎？」他打了個噴嚏，羽毛飛到空中，再飄落地面。

「從現在開始，我想我們應該到營地外面去找，我們需要更多鋪床的東西。」獅掌說。

冬青掌望著躺在那邊的松鼠飛，她的身體幾乎一動也不動，看起來又小又冰冷。松鴉掌在她身邊，靠著她的鼻尖，好像在聽她的呼吸。

「走吧。」獅掌催促著，他帶頭穿過營地入口，走到森林。

冬青掌驚訝地環顧四周，**一切是這麼的平靜，好像什麼事都沒發生**。陽光從枝葉間照射進來，小鳥在林間歌唱，一些葉子飄落下來。落葉季就要到了，很多羊齒葉漸漸轉為褐色，變得太脆太硬不適合鋪床。

她走在獅掌後面，疲倦感又回來了。這裡、那裡，到處都是被踩扁的草叢，還有掉落在荊棘上的毛髮碎屑。這一切都提醒著她那場剛結束的戰爭，她身上的傷又開始隱隱作痛。

「這些很柔軟。」獅掌停在一株綠色的羊齒叢邊，他開始用牙齒拉，把它從地上拔起來。

冬青掌咬住另外一株，從樹叢中拔起。他們重複動作，一直到收集一大堆才停止。

「狐掌！」獅掌喊著。

「我們來了！」

矮樹叢窸窣作響，狐掌和冰掌從裡面鑽出來，嘴邊盪著大塊的青苔。

「我想這些就夠了。」獅掌決定道。他用腳掌勾住那堆羊齒葉，準備拖回營地。冬青掌跟在後面，負責把鬆脫的葉子塞回去。她已經疲倦到視力模糊，整座森林似乎在眼前搖晃。

「反正我們本來就會贏的。」當他們走到圍籬附近時，獅掌喘著氣說。

真的嗎？冬青掌可沒這麼確定。她疲倦地轉彎，避開地上一道淡淡的血跡，她覺得四族似乎都失去些什麼，只是她不曉得是什麼。

他們回到了松鼠飛身邊，她一直都沒有動。松鴉掌還蜷伏在她身邊，知道他們回來了，站起來伸展四肢，「把青苔墊在她底下，」他指示著，「地面很硬。」

冬青掌塞了一塊在松鼠飛的肩膀下，又塞了另一塊在她的腰臀下，然後在她的腹部周圍輕輕覆蓋一塊。她母親的毛皮黏著乾硬的血塊，全身都是藥草的味道。黛西也從育兒室拿來一些羽毛，冬青掌就把這些羽毛蓋在她身上保暖，獅掌則用羊齒葉把松鼠飛環繞住。他們完成工作時，松鴉掌又回到她身邊，把下巴靠在她的肩膀上。

「過來吃些東西！」棘爪叫他們過去獵物堆，那裡只剩下一點東西，今天大家幾乎都沒有時間去狩獵。

獅掌走過去，但是冬青掌留在原地。她太累了不想吃，悲傷的情緒讓她的肚子很不舒服。她再也不要離開母親，就這樣蜷伏在松鼠飛頭的旁邊，鼻子靠著她冰冷的耳朵，閉上眼睛。

拜託不要讓這場戰爭把她從我身邊帶走。

第十八章

獅掌吞下他最後一口食物，他幾乎吃不出鼠肉的滋味，但至少他的肚子不會再咕嚕咕嚕地叫。他抬頭看著高掛在藍天的豔陽，它會再消失嗎？

怎麼回事？石楠掌恐懼的叫聲在他心中迴盪著。

他不能信任她。

他不能信任太陽。

他只能信任自己和他的族貓。

這時，火星正一一探視貓族，把他們送回自己的窩裡休息，空地上逐漸淨空。

松鼠飛還躺在臨時的臥鋪，冬青掌和松鴉掌蜷伏在她身旁，葉池又再次檢查她的狀況。

「妳一定要休息。」火星催促著巫醫。

葉池疲累的搖搖晃晃，「其他傷患怎麼辦？」

「亮心會照顧他們，如果有需要的話會叫妳的。」火星看著那獨眼的母貓，進出一個個的窩穴之間，探視著夥伴們。

「她也需要休息啊。」葉池力爭著。

「妳補眠之後就換她去休息。」

葉池眨眨眼，顫抖著頰鬚壓抑住呵欠，「好吧，」她終於答應，「但是有問題一定要把我叫醒。」她看著松鼠飛。

冬青掌緊挨著母親，鼻子貼著她的耳朵，好像靠許願就可以讓松鼠飛好起來似的。獅掌緊繃著肩膀，爪子嵌進鬆軟的泥土裡，如果可以幫松鼠飛打這一仗，他一定會打贏的。挫折感從他腳底升上來，但這是一場她必須獨立奮戰的硬仗。

火星的鼻頭摩擦著獅掌的耳朵，「你也應該去休息了？」

「我不累。」他凝視著火星明亮的綠眼睛。

火星先眨眨眼，「那就跟我來吧，我們必須弄清楚到底是怎麼回事。」

獅掌跟著他走向戰士們，塵皮、灰毛和棘爪正和雲尾、沙暴分食著一隻兔子。

沙暴看到他們走近，把剩下的獵物推向火星，「你一定餓了。」

「等獵物堆的獵物補足後，我再吃。」火星回答。

沙暴看著他，再看看她給他的那點食物，「你和大家一樣都要保留體力。」

火星坐下來，垂著肩膀，吃起那塊兔肉，「謝謝。」

棘爪不舒服的坐著，他身側被荊棘刮到的傷口顯然還很痛。獅掌壓抑著喉頭的低聲怒吼，再也沒有誰會因為石楠掌的背信而受苦了！他坐下來，現在他們可以計畫如何對風族和河族反擊，這些懦夫！他們偷襲的行動根本不是真正戰士應有的行徑，雷族要他們為自己的行為付出代價。

「你覺得太陽會再消失嗎？」塵皮的尾巴甩了一下。

灰毛腳掌上的血還沒洗掉，沾著血漬的爪子在沙地上留下一道痕跡，「這可能只是個開始而已。」

「我們不要恐慌，」火星說著，「我們要相信，這只是傳達了一個訊息，如此而已。」

這就是他們要討論的大事嗎？消失的太陽？獅掌幾乎不敢相信自己的耳朵。

「但如果不是的話呢？」塵皮質問，「如果太陽就是要消失呢？」

「它從前沒有消失過，」沙暴爭論著，「為什麼現在會消失？」

「它從前是沒有消失過，」灰毛指出，「但是剛剛就消失了啊。」

「這一定是星族警告我們不要再戰鬥了？」棘爪說道。

「為什麼警告我們？」塵皮怒吼，「這場戰役並不是我們發動的！」

「或許只是一片奇怪的雲把它擋住了。」雲尾說道。獅掌知道這戰士出生於兩腳獸的家，他根本不相信星族。

「雲是從哪跑出來的？」灰毛質問，「又跑到哪去了？那時的天空非常清澈。」

雲尾聳聳肩，「總是要有個理由嘛。」

塵皮彈一下尾巴，「是星族，」他堅持，「不然還有誰能夠這樣呢？」

這很重要嗎？獅掌滿腹怒火不斷翻攪著。和風族打的這場仗還沒打贏，如果他們想要高枕無憂，必須一勞永逸，做個了結。太陽不重要，對付敵人才重要，他用爪子扒著地面。

「你想說什麼嗎？」

獅掌發現棘爪在看著他。

我有很多話想說！他站起身來，「我們要給風族一個教訓！」他宣稱，「不能就這樣讓他們白白地侵略我們。」

棘爪搖搖頭，「獅掌，已經流太多血了！」

「戰爭已經結束了，」火星同意地說，「我們要找出太陽消失的原因。」

「葉池會到月池和星族溝通嗎？」沙暴問。

火星望著在空地另一邊的松鼠飛，「那要等到我們傷患恢復到不用她照顧才行。」

「希望快一點。」塵皮咕噥著。

灰毛的毛平順下來，「愈快愈好。」

獅掌撥弄著地面，為什麼要去找他們的祖先問答案呢？現在不是問問題的時候，而是採取行動的時候！有仗要打，有仇要報，「為什麼我們不乾脆——」

他突然打住。他發現他打斷了沙暴要說的話，她正張著嘴看他。

「對不起。」獅掌往後退了一步，突然間意識到他是這裡唯一的見習生。

「你或許該去休息了。」火星溫和的建議著。

獅掌點頭轉身離去，不干擾那群圍在一起憂心局勢的戰士。他邊走邊踢著沙子，總有一天他們都要聽我的。

冬青掌和松鼠飛都在睡覺，他駐足在他們身邊，看著他們的身體上下一致的起伏著，好像呼吸著相同的氣息。松鴉掌已經離開了，在松鼠飛身邊留下一處壓扁的羊齒葉。

似乎是被獅掌的心思召喚，松鴉掌從巫醫窩現身，帶著還滴著水的青苔走出來。獅掌看他走向母親的身邊，把潮溼的青苔按壓著松鼠飛的嘴唇。

「她撐得過來嗎？」獅掌低聲問道。

「我想會的，」松鴉掌沒有抬頭，「並沒有感染的跡象。」

「星族有事先警告你，說她會受傷嗎？」**祂們有任何預警嗎？**獅掌的心跳加速等待答案。

松鴉掌放下青苔，「沒有，」他撫平一片在松鼠飛鼻子附近捲起的羊齒葉，「而且，我還可以告訴你，祂們也沒有告訴我任何有關消失的太陽，或是這場戰役的事。」

獅掌瞇起他的眼睛，他知道弟弟心裡有事。「你覺得這件事和星族無關，對吧？」

松鴉掌坐下來，「對，沒關係。」

很好？為什麼松鴉掌總是要把每件事弄得神祕兮兮的？

「我想……」松鴉掌試探性地說。

「什麼？」

他抬起頭來，「我想我知道誰能給我們答案。」

獅掌背脊的毛豎立著，松鴉掌淡藍色的眼睛直視著他，好像他真的看得見一樣。

「我們必須去找索日，」松鴉掌說，「他事先就知道太陽會消失，他告訴葉池黑暗將要來臨，太陽將會消失。我想如果不是火星把他送走，他會告訴我們更多事的。」

獅掌大感失望，松鴉掌也沒有比那些戰士好到哪裡去，「為什麼你們大家都被那太陽給迷惑了。」他甩著他的尾巴，「這根本不重要，它又回來了，而且我們也都好好的。但是我們還是要對付風族啊，他們會再回來的，如果我們不給他們一點顏色瞧瞧——」

松鴉掌打斷他的話，「這很重要，」他怒吼著，「風族只不過是我們肉上的一根刺罷了，我們想拔隨時都可以拔。但是太陽消失了，索日預測到這件事將會發生，而星族卻不知道！你難道不明白這意味著什麼？」

獅掌並不明白，但他不想承認，「那我們能做什麼呢？」

「我們必須去找索日。」

獅掌驚訝的向後退，「別傻了！他昨天已經離開，他現在可能在任何地方，而且火星不會讓我們離開去找他的。才剛結束戰爭，族裡有一半以上的戰士都受傷，而且誰知道下一次的突襲是什麼時候。」

松鴉掌壓扁耳朵，「記住那預言！」他怒嗆著，「我們擁有星族的力量！這使我們比火星更強，比星族更強！如果索日知道太陽消失的原因，我們就得找到他！」

第十九章

松鴉掌想去抓哥哥的耳朵，讓他聽進去。**拜託請你了解！**「我們必須去找索日！」

松鼠飛在他身邊動了一下，「誰？」她發出微弱的聲音。

她醒了！

松鴉掌低身把鼻子貼在母親的身上。她變得比較溫暖了，沒有發燙，沒有感染。他把掌墊靠在她身上，她的呼吸平穩，不會太快，她已經從重創中漸漸復原了。

「獅掌還好嗎？」松鼠飛緩緩地說著。

「我在這裡。」獅掌用鼻尖輕觸著她。

「冬青掌呢？她有受傷嗎？」

「冬青掌也很好，」松鴉掌要她安心，「我們都很好。」

松鼠飛抬起頭，身旁的羊齒葉窸窣作響。「太陽又再次消失不見了嗎？」

「妳看！」松鴉掌鼓勵她睜開眼睛，「陽光普照。」

松鼠飛再次低頭休息，「星族一定是在生我們的氣。」

「不是我們，」獅掌說，「他們是在生風族的氣。」**這跟星族根本沒關係**。松鴉掌拍拍母親頭旁邊的羊齒葉，好像在照顧焦慮的小貓一樣。

冬青掌動了一下，「她醒了嗎？」她一躍而起，「松鼠飛？」

冬青掌把鼻子埋進母親的毛裡，「我好怕妳就這樣死掉！」

松鼠飛發出關愛的呼嚕聲，「孩子，我不會離開妳的。」她保證。

有腳步聲拖著走過來，松鴉掌聞出是亮心。

「我看到她動了！」這獨眼的戰士滿懷著希望地說。

「她醒了，」松鴉掌回答。「沒有發燒，她的呼吸也很有力。」

「我要去叫葉池嗎？」亮心說。

松鴉掌搖搖頭，「她還在睡。我想如果是又出血了，或是松鼠飛開始焦躁不安，我們才要叫醒她。」

「這些羽毛怎麼會在這裡？」松鼠飛嗅著蓋在她身上的那層薄被，然後再虛弱地蹭蹭她的床墊，「還有這些羊齒葉？」

「是我們為妳做的臨時床鋪。」冬青掌告訴她。

「謝謝你們，」松鼠飛引以為傲地說，「我的孩子真是勇敢又仁慈。」

「妳應該要休息了，松鼠飛，」亮心提醒，「妳失血太多。」

「好。」松鼠飛虛弱地回答著，她身邊的羊齒葉又窸窣作響。

「她閉上眼睛了，」冬青掌低聲地說，「我們應該讓她好好的睡。」

「你們三個也應該去休息，」亮心建議，「在葉池醒來之前，我會看著松鼠飛。」

松鴉掌的毛顫動著，這是他們去尋找索日的大好機會。「亮心，謝謝妳。」他故意把聲音裝得很累的樣子，「走吧，」他對獅掌和冬青掌說，「我們去睡吧。」

他一直走到確定亮心聽不到的地方才停下來。

「怎麼回事？」冬青掌在他身邊住，「你們幹嘛緊張兮兮的樣子。」

「我們必須去找索日！」

「什麼？」

獅掌嘆了一口氣，「松鴉掌認為這位陌生客知道太陽為什麼會消失。」

「怎麼會呢？」冬青掌的氣息吹動著松鴉掌的頰鬚。

「因為他事先警告過我們，這件事會發生！」松鴉掌不等冬青掌再問蠢問題就立即回答，「我們現在就得走了，趁著大家都以為我們在睡覺。」

獅掌繞著姊姊踱步，「我們得和他一起去，」他提醒，「如果我們不去，他就必須單槍匹馬。」他停下來看著她，「妳還可以嗎？」

「可以，」冬青掌點點頭，「休息一下感覺好多了，但是等一下。」她匆匆離開，過了一會兒，帶回了一隻不新鮮的鼩鼱。

松鴉掌皺起鼻子，「妳該不會是想吃那個吧？」

「我餓死了，你不會嗎？」

「不會。」松鴉掌焦慮得對食物一點興趣也沒有，他可以晚一點再吃，「那就快一點。」

冬青掌開始狼吞虎嚥。

「亮心在看我們嗎？」松鴉掌問獅掌。

「她在看著松鼠飛，」獅掌回答，「她背對我們。」

「還有誰在空地裡？」

「沒有，」獅掌告訴他，「大家都在窩內，」他停頓了一下，「火星在擎天架上。」

「但他在睡覺。」

獅掌驚訝地豎起毛髮，「你怎麼知道？」

「我聽到他的呼吸聲，」松鴉掌嗅著空氣，灰紋正守在營地入口，「我們得從沙堆那邊的隧道溜出去。」

「不會吧！又要從那邊！」獅掌嘆了一口氣，「你確定我們真的要去找索日？」

松鴉掌的爪子扣住地面，「他可能掌握了所有事情的答案！」

獅掌靠向他，「你指的是那預言，對吧！」

還有星族，和殺無盡部落。有誰還可能知道這祕密？「我只是在猜，」松鴉掌承認，「但是我一定要找出答案。」

獅掌推推冬青掌，「妳吃完了沒？」

「吃完了！」冬青掌邊嚼邊回答，跟在松鴉掌後面，沿著荊棘圍籬走向沙堆隧道，還打了一個好大的嗝。

松鴉掌用尾巴彈了一下她的鼻子，「噓！」

「對不起。」

「等一下！」獅掌出聲警告，他把松鴉掌壓到草叢後面，「亮心正在轉頭四處查看。」

「她看到我們了嗎？」松鴉掌低聲問，心臟怦怦地跳著。

獅掌屏住呼吸。「沒有，」他終於回答，「她又在看松鼠飛了，現在走很安全。」他站起身開始向前走。

「等等！」松鴉掌低聲嘶叫著，從尾巴把他拉回來，有腳步聲走過來了。

獅掌在他身邊蹲下來，「怎麼了？」

樺落和莓鼻一前一後的從沙堆走出來，回到營地。

「我自己擊退兩個風族戰士。」莓鼻自吹自擂地說著。

「他們雖然動作快，但是個子小，」樺落說。「只要抓住他們，就能輕易打倒他們。」

「不像河族，」莓鼻說，「他們一定是沒事吃個不停，與其說他們是貓，還不如說是長了毛的肥魚！」

松鴉掌屏住呼吸，讓他們從身邊經過，走進戰士窩。

「我怎麼有可能知道他們要從隧道走出來，」獅掌咕噥地說，「我又沒有辦法透視荊棘叢。」

「多用用你的耳朵！」松鴉掌忿忿地說。

他們擠過沙堆安全地走向森林時，松鴉掌才鬆了一口氣，雖然鼻孔裡還留有沙堆的臭味。

他領著冬青掌和獅掌爬坡走向湖邊，藏身在一片荊棘叢裡，再決定要往哪個方向繼續走。

他們一停下腳步，冬青掌馬上就問，「然後呢？」

松鴉掌嗅一嗅空氣，他還寄望可以嗅出絲毫索日的氣味。畢竟，他出現過後，還沒下過雨。但是經過戰爭的洗禮之後，森林的氣味都不一樣了。四族在這裡打過仗，就是沒有索日留下的任何蛛絲馬跡。

「塵皮把他帶回風族邊境。」獅掌提醒他。

「我就是在那裡看到他的，」冬青掌興奮地說，「就在沼澤地那邊。」

「他現在不會在那裡了。」松鴉掌說。

獅掌的尾巴甩著葉子，「為什麼呢？」

「因為他去過了。」松鴉掌的直覺告訴自己，四族的事索日全都知道。他是刻意來找火星的，他又到過風族的領土，照這樣看來他會再去和其他族接觸。

松鴉掌希望他不是去找河族，河族在湖的對岸，來回的路途遙遠，一定會被族貓發現他們不見了。「他的下一個對象一定是影族。」他堅定地說，雖然他並不完全確定。他擔心如果讓他的哥哥姊姊知道，他也不曉得要往哪裡去，他們是不會跟他一起走的。

「你怎麼這麼確定？」獅掌問。

「我就是知道。」松鴉掌說謊道。

「但是我們不能進入影族的領土！」冬青掌倒抽一口氣。

「妳不是才去過。」松鴉掌提醒她。

「那是情況緊急，」冬青掌爭辯著，「我是不得已的。」

「現在也是緊急情況啊！」

「但是我們並不確定他在那裡啊。」冬青掌坐下來，「我到他們那裡的時候並沒有看到任何陌生的貓在場。」

「或許戰爭的時候，他還沒到。」松鴉掌說。

獅掌的腳掌摩擦著頰鬚，「冬青掌說的有道理，我們不能冒險越過影族領土，才剛打過仗，他們會把我們撕成碎片的。」

「這麼害怕，不像你！」松鴉掌諷刺地說。

「我不是為了我自己，而是為族貓著想。」獅掌回嗆道。

冬青掌長嘆了一口氣，「他說的沒錯，」她說，「影族是我們唯一的盟友，我們禁不起激怒他們的風險。」

松鴉掌生氣地撥打著枯枝落葉，他們哪兒都去不成了。

「我們為什麼不穿過我們的領土往上走？」冬青掌建議道，「或許在邊界附近能找到索日的蹤跡。如果你猜的沒錯，他要到影族去的話，那走捷徑一定得穿過我們的領土。」

「有道理，」獅掌同意道，「而且像他這樣的獨行貓，一定會避免捲入戰爭。」

「好。」松鴉掌也同意，他從荊棘中走出來時，立刻就被掉落的樹枝絆倒。

「我來帶路。」獅掌說。

一陣熟悉的挫折感襲來，松鴉掌立刻把它推開。這件事太重要了，他已經快要找到有關預言的答案了。

他們離開湖邊，走向林地深處從未到過的地方。腳掌下的林地逐漸變得陌生，從平滑的橡樹、樺樹葉片，轉變成小小的、喀擦喀擦響的榛果。林木愈來愈密，松鴉掌幾乎聞不到湖的味道了。低矮的樹叢糾結在一起，他們得蜿蜒穿梭而行。柔軟的羊齒葉和漿果灌木叢漸漸消失，小獵物的氣息也愈來愈淡，歧出的枝條不斷地刮到他們的皮毛。

隨著坡度的攀升，松鴉掌聞到了林間傳來的山中氣息。

「我們已經到達領土的邊界！」獅掌宣稱。

松鴉掌嗅聞著，一些陳舊的雷族氣味記號零星散布在枝葉間，再過去一點就沒有任何雷族的氣味了。他心臟劇烈地跳動，跟著獅掌越過邊界線，冬青掌也跟著靠過來的時候，他才比較放心。這種感覺就像踏出了世界的邊緣一樣。

獅掌突然停下腳步，「我聞到一種味道。」

松鴉掌也趕上去，嗅著獅掌身邊的樹枝，「是他！」他馬上就認出了索日的氣味，「他到過這裡。」雖然這味道被微風吹淡了，但是不會錯的。松鴉掌向前走，試圖用鼻子找出線索，又聞到有氣味的樹枝！他們找到索日走的路徑。

「他一定是要去找影族。」冬青掌說。

「如果他進入了他們的領土怎麼辦？」獅掌問。

「到時候再說。」松鴉掌催促著，他現在絕對不想把索日跟丟了。

他們跟著索日的蹤跡，沿著雷族邊境走，突然間松鴉掌聞到影族的味道。他停下來豎起耳朵，沒有巡邏隊的聲音，也沒有貓在樹叢底下窸窣作響。

「那只是他們做的記號，」獅掌要他放心，「我們已經到達影族邊界的上方了。」

松鴉掌有一種勝利的感覺，他是對的，索日要來找影族。但是恐懼也在他腹中翻攪，如果索日越過邊界走進影族的領土怎麼辦？獅掌和冬青掌會同意和他一起進去嗎？沒有他們的話，他要怎麼找路走？他繼續向前走，穿過森林，留心不要越過影族的邊界。

沿著索日在枝葉間留下的氣味，松鴉掌興奮的繼續往前，突然間氣味不見了，他轉身嗅著空氣。

什麼也沒有！

獅掌繼續向前，嗅著矮樹叢，「這裡沒有！」他喊著。

不！

松鴉掌向前衝，拚命要找出任何線索，不小心被地面凸起的石頭絆倒，痛得不得了，他瘋狂地舔著腳。

「你還好吧？」冬青掌在他身邊。

「還好。」他咬牙回答。疼痛漸漸消退，並沒有受傷。

「我想我們跟丟了。」冬青掌嘆了一口氣。

松鴉掌一陣恐慌，「我們試試另一個方向。」

「他可能走進影族的領土了。」獅掌冷冷地說。

「我們過去看看！」松鴉掌催促著。

獅掌斷然地說，「不行。」

「等一等！」冬青掌衝出去。

「妳要去哪裡？」

松鴉掌話才問完她就回來了。

「我找到了一撮毛，」她說，「長長的，有玳瑁色和白色的，一定是索日的。」

松鴉掌聞聞地面上的毛，是索日的，沒錯！「妳在哪裡找到的？」他問。

「在那邊的草地，」冬青掌說，「你甚至可以看出他往哪邊走，有些草被壓平了。」

「但是往那條路會離開影族邊界，」獅掌說，「你不是說他要去影族的營地。」

「我一定是弄錯了。」松鴉掌聳聳肩，他並不在乎索日往哪裡走，只要能找到他就好了。

他衝向草地，跟著足跡的氣味前進。他讓自己的思緒伸展向林間，希望能感應到外來者在哪裡。但是他一無所獲，只感受到未知的氣息和一片陌生的領域。

一根荊棘刮到松鴉掌的臉頰，他向後跳。那裡的荊棘叢蔓生到小徑上。

「小心。」獅掌走過他身邊，撥開歧出的枝條讓他通過。

冬青掌用牙齒輕輕地拉一下他的尾巴，「讓我走在最前面，」她建議，「這裡到處都是荊棘。」

松鴉掌沒有異議讓她先走，他的身體激動地顫抖著，他們一定離索日愈來愈近！因為他們離開影族邊界之後，線索的氣味就愈來愈濃。至少他就要解開太陽消失的謎團了，這跟預言有關係嗎？

「噢！」冬青掌尖叫了一聲，往後跳，撞到了松鴉掌。緊跟在後的獅掌，也從後頭撞到他們，「小心看路！」

「一根倒刺刮到我的鼻子。」冬青掌抱怨著。

松鴉掌聞到了血的味道，「妳還好吧？」

「還好，」她說，「我只是看不清楚，天色愈來愈暗了。」

松鴉掌這才發現已經很晚了，氣溫也隨著他們深入山中而變冷。太陽一定逐漸西沉了，松鴉掌感受到冬青掌一身的疲憊，不禁十分內疚。她今天才剛打完一場仗，現在又跑到這麼遠的地方。他再把焦點集中在獅掌身上，他繼續往前挺進，他的哥哥似乎有用不完的精力，一點都不累。

「或許我們應該停一下，」松鴉掌喊著，「好讓冬青掌休息一會兒。」他這才感覺到自己也好累。他的腳痠痛，掌墊走得都破皮了，肌肉也緊繃了很久，總算可以放鬆了。**擁有比星族更強的力量，就僅僅是這樣！**他現在就像任何一個平凡的見習生一樣，需要睡眠和食物，累得不想動了。

「獅掌？」他又叫一聲，開始焦慮起來。他轉向冬青掌，「妳看到他了嗎？」

「他在前面幾條尾巴之遠的地方，」她說，「他蹲伏下來……」她的聲音愈來愈小。

「怎麼了？」松鴉掌的心狂跳著，獅掌發現了什麼嗎？

冬青掌壓低音量，「兩腳獸的窩，」她低聲嘶吼著，「在樹林間，我隱約看得出來。」

松鴉掌匆忙地趕上獅掌，冬青掌也亦步亦趨地跟上。

「是廢棄的窩，」獅掌對蹲在身邊的他們說，「就像在我們領土上的那個一樣。」他嗅聞著，「牆壁倒了一半，沒有屋頂。」

冬青掌豎起毛髮，「我聞到兩腳獸的味道。」

松鴉掌皺起鼻子，那股臭味已經不新鮮，「牠們離開這裡已經好一陣子了。」他說。

「走吧，」獅掌催促著，他開始蹲低往前爬，「靠緊一點。」

松鴉掌身體倚著冬青掌，緊跟在後，走在藤蔓糾結的小徑上，感覺到自己是多麼的需要她的引導。他拚命地想在心裡建構出環境，但是他感受到的只有一片黑暗。風颼颼地吹過樹林，松鴉掌豎起耳朵，希望聽到小鳥唱歌的聲音，但什麼也沒有，**牠們一定在睡覺**。他嗅聞著，也沒有獵物的氣息，連一隻老鼠都沒有。他感到既挫折又徬徨，跟在獅掌後面，感覺一片茫然。

他腳底下的小石子變成平滑的石頭，微風也停止吹動他的毛皮。

「我們進到兩腳獸的窩裡了嗎？」他問獅掌，他的聲音怪異地回響著。

「在入口。」獅掌低聲地說。

「你看到什麼了嗎？」松鴉掌聞到迎面而來的臭味，難受得抽動著頰鬚。

「看起來空空的。」獅掌喃喃低語。

松鴉掌的心一沉，他們還要走多久才能找到索日？身邊的冬青掌突然一個轉身，毛髮直豎，他也跟著驚訝地轉過身。

一個低沉的聲音在他們背後響起。

「你們在找我嗎？」

第二十章

冬青掌看著索日，突然發現她和弟弟們看起來是多麼的狼狽。毛髮蓬亂並沾著落葉和青苔的碎屑，而她和獅掌的腳爪上還沾著血漬。索日凝視著他們，他那帶有三種漂亮顏色的頭微微傾斜著，身上的白毛在夕陽餘暉的映照下，帶著淡淡的粉紅色。眼睛炯炯有神，像是陽光照射下的樹汁，閃著琥珀色的光芒。

被他們跟蹤他會生氣嗎？

他看起來並不像生氣的樣子，也不驚訝，只是冷靜地看著他們，然後點頭打招呼。

「我想你們應該會來，」他看著松鴉掌，聲音就像旺季的蜂蜜又濃又順。「我知道你一定會很好奇，尤其在黑暗時刻來過以後。」

松鴉掌問：「你怎麼知道會發生這件事？」

索日抽動著頰鬚，「你嚇到了嗎？」

「當然！」

「即使我已經事先告訴你？」

他定眼看著他們，這麼的專注，冬青掌發

現自己的目光呆滯，四周的森林變得模糊，她看到的只有索日的眼睛。

她顫抖著眨眨眼，大概只是累了吧。

松鴉掌對索日挑釁地抬起下巴，「那就是你來雷族的目的？來警告我們？」

索日的尾巴尖端抽動著，「警告？那不關我的事。」他走向石頭路旁的一堆雜草，用腳踩平一塊地方坐下。他在草地上甩動著濃密的棕白毛尾巴，並安頓在他腳前。

「來，」他的頭側向一邊，示意他們也坐下。「如果我們要談，就坐得舒服一點。」

松鴉掌摸索著草地走向前。冬青掌有些不自在地跟在後面。索日仔細看著他們。草雖然很長但很柔軟，冬青掌也像索日一樣，壓平一個位置坐下來。

獅掌則在門口遲疑不前，毛髮直豎著。

「過來吧。」冬青掌用尾巴撫平身邊一個位置給他。

獅掌的眼睛緊盯著這個外來客，走到冬青掌身邊坐下來。

「你的弟弟看來並不信任我。」索日注意到了。

「你並不是四族的貓。」獅掌回答。

索日眨眨眼，「你信任每一族的貓嗎？」

「當然不會！」獅掌忿忿地說，「但是我大概可以猜得出他們在想什麼。」

「別忘了，是你們來找我的，」索日斥責道，「就因為你們無法洞察我的心思，就要來指責我，這樣公平嗎？」

獅掌瞇起眼睛，「我想不公平吧。」

冬青掌感覺到松鴉掌在旁邊坐立不安，前掌撥弄著草皮。

索日一定也注意到了：「你有事情要問我，對吧？」

「你知道有關預言的事嗎？」松鴉掌脫口而出。

冬青掌驚嚇得睜大雙眼，這件事除了火星以外沒有其他的貓知道，雖然火星也不曉得他們已經知道了。在她身邊的獅掌也抽動著耳朵，為什麼松鴉掌會把這麼深的祕密透露給一個完全陌生的外來客知道呢？

但是他知道太陽將要消失。

索日彈一下他的尾巴尖端，「跟你們三個有關，對吧？」

松鴉掌點點頭，「有三個火星至親中的至親，擁有星族的力量。」

「而你們就是那至親。」索日喃喃低語，他帶著敬意的點頭致意。

松鴉掌像隻興奮的小貓一樣顫抖著，冬青掌訝異地看著他，他真的相信這隻貓掌握著星族不給他、或是無法給他的答案。

冬青掌從背脊打起一陣寒顫，或許那預言真的在星族的意料之外。她覺得很不舒服，心跳加速，想把這樣的想法推開。沒有星族意料之外的事，也沒有超越戰士守則以外的事。

索日打斷她的思緒，「那則預言對你們這些年輕的小貓來說，太沉重了。」他琥珀色的眼睛充滿著憐憫之情。

松鴉掌抓著草皮，「我可以走進別的貓的夢境，或是記憶裡。」

索日看著獅掌，「那你呢？我看得出來你身體裡有東西在燃燒。」獅掌的尾巴顫抖著。

索日的語氣委婉地說，「有一樣讓你自己也害怕的東西。」

「我可以戰無不勝，不會受傷。」獅掌承認，語氣聽起來很幼小的樣子。

冬青掌看著自己的腳，她的能力是什麼？她知道她有，她可以感覺得出來。但此刻的她像有芒刺在背一樣，她唯一確定的是她需要捍衛戰士守則，堅守著貓族所賴以生存的信念。

索日能了解嗎？他是一隻獨行貓，他怎麼可能知道四族共處的信念的重要性呢？她抬頭看他，期望他琥珀色的眼睛也注視著她，但索日只是把頭側向一邊，然後閉上眼睛。

「當然，你們一定要培養這些能力。」他輕描淡寫地說著，好像這些對他來講是無關緊要的小事。「仔細聆聽你們內心的聲音，就像其他的貓跟著直覺走，就可以找到食物和避難處一樣。誰說蘊藏在你們體內的本能，不能讓你們成就一番大事呢？」

松鴉掌趕走鼻子上的蚊子，「那消失的太陽跟我們有沒有關係？」

冬青掌眨眨眼，她從來沒有想過那預言和太陽驚人的消失可能有關聯。她向前傾，腳掌刺刺痛痛的。

「或許有。」索日的尾巴甩過草地。

冬青掌感覺到獅掌愣在她旁邊，「怎麼有關聯？」

「或許你們就像遮住太陽的黑影，有一天你們會遮住天上的星星，那麼大家看的會是你們而不是星族。」

冬青掌倒抽一口氣，「那就是說我們會死囉！」

索日搖搖頭，「當然不是，」他說，「你們只是比祖靈更有力量。光明會再回來，就像太陽回來了，但那將是你們的光芒，受你們掌控。」

我們的光芒？

松鴉掌看起來像是一隻嚇壞的老鼠，尾巴伸得直直的。

「但——但是如果我們控制光芒……」冬青掌試著用適當的話語來描述內心的恐懼。現在什麼都不對勁了。「如果我們控制光芒……」

索日傾身向前，好像在鼓勵她把話說出來。

「那戰士守則怎麼辦？」她終於說出口，「要何去何從？」

「隨你們想怎麼辦就怎麼辦，」索日就這麼輕鬆的回答，「你們可以把它廢除，或是保存下去，一切隨你們。」

廢除戰士守則?!

冬青掌感到一陣暈眩，「我們不能超越戰士守則。」她低聲地說。

松鴉掌走到冬青掌的前面。「索日，」他抬頭望著那隻公貓，「你一定要跟我們一起回去，」他的聲音急切，「我們需要你做我們的導師。」

「我？」索日停頓了一會兒，把尾巴整齊的擺在腳掌前面。「你們不需要我，那預言本身就已經夠了。」他說得好像這是一件簡單得不得了的事。

「但是你比誰都知道更多的事，」松鴉掌堅持，「你知道太陽就要不見了，你一定有能力幫我們。」

「但是我不可能住在你們的領土上，」索日挑明地說，「而且火星也絕不會允許的。」

獅掌走向前，眼睛閃著亮光，「你可以住在外頭啊。」一隻蝙蝠從他們頭上飛過，「我們幫你蓋個窩，每天都帶食物去看你。」

冬青掌還在奮力對抗著迎面而來的恐懼，**超越戰士守則！**她感覺到松鴉掌在推她。

「妳也要他來，對吧？」他說。

她聽到自己回答，「那不是很難兼顧見習生的任務嗎？」她按照常理回答，但她的內心還是不斷地翻攪著。這個陌生客會教他們什麼？他們幾乎已經從自己的導師那裡學到所有的事，但是還有這麼多成長空間。如果他們真的註定要超越戰士守則，他們就需要更強的指導。

「拜託，請你來！」松鴉掌懇求著。

索日皺著鼻子看著兩腳獸的窩，「好。」

冬青掌驚訝的看著他，怎麼這麼快就改變心意？「真的嗎？」她倒抽一口氣，輕鬆多了。

索日點點頭，「我怎麼能坐視不管呢？你們都開口要求了。」

松鴉掌跳上石頭路，「走吧！」

獅掌帶路，索日走在最後。松鴉掌像隻小貓緊貼在獅掌後面，想要他走快一點，好像等不及要上索日的第一課。松鴉掌在營地的時候，對於執行見習生的勤務一向心不甘情不願，而他現在卻這麼興奮。冬青掌覺得奇怪，為什麼她的感覺只有恐懼。

但是感覺還是很興奮，不是嗎？因為擁有超越戰士守則的力量，並不意味著一定要摧毀它，也同時擁有永久保留它的力量，索日是這樣說的。這是超乎她所想所求的：可以長久保持四族共存的未來。

他們沿著原來的路線走向影族邊界，然後循著氣味記號走向他們自己的領土。天色已晚，太陽西沉到樹梢，獅掌不斷趕路，顯然急著想先把索日安頓好，再趕回營地。不知道有沒有貓發現他們不見了？他們要怎麼解釋呢？

邊界另一邊的灌木叢傳來一陣窸窣作響的聲音，冬青掌嚇了一跳。

松鴉掌停下來，拉住獅掌的尾巴，「噓！」

他們都蹲低身體，想要躲起來，但是來不及了。

「你們到底在這裡做什麼？」枯毛在陰暗處驚訝的瞪大眼睛，怒火在眼中燃燒。

「別擔心，」冬青掌對索日說，「今天在戰場上，影族是我們的盟友。」

「你們在刺探我們嗎？」枯毛尖銳地問，「火星派你們來的嗎？」

松鴉掌抬頭挺胸，對邊界線另一邊的影族副族長諷刺地說，「火星會派我來刺探嗎？」

「那麼你們在這裡做什麼？」枯毛質問。

煙足從枯毛背後的陰影走出來。他盯著索日看，打量著他一身柔軟的毛和鈍鈍的爪子，「看來火星又吸收了另一隻寵物貓。」他說。

索日皺了一下眉頭，「寵物貓？」

獅掌看了他一眼，「他的意思是說在兩腳獸巢穴出生的貓。」他轉頭面對煙足，目光閃亮地說，「索日不是寵物貓。」

「那他就是獨行貓囉！」煙足怒吼著，「在貓族裡也不受歡迎，比寵物貓好不到哪去。」

一隻長毛蓬亂的虎斑母貓從她夥伴的側邊潛行過來，「哦，但是雷族什麼貓都歡迎。」她譏諷地說。

獅掌亮出他的利爪。

枯毛僵在那邊，「閉嘴，毛球，」她嘶叫著，「今天我不希望再有任何打鬥了。」她的語氣似乎透露著些許的恐懼。冬青掌這才注意到影族副族長一身的皮毛是多麼邋遢。她一隻耳朵的尖端覆蓋著血塊，而煙足的眼睛也因疲倦顯得呆滯無神。這場戰爭也讓影族付出很大的代價，她瞥見鴞掌站在同伴後面，恐懼地望著太陽，此時火紅的太陽滑到樹梢後面。難道他們在擔心如果又打起來，星族又會把太陽藏起來？

「他們不會發動攻擊的。」冬青掌低聲說道。她推推獅掌，鼻尖指向太陽。

他似乎明白了，「走吧，」他彈了一下尾巴向索日和他的姊姊弟弟示意，「我們回家。」

「等一等！」枯毛命令。

冬青掌嚇呆了，他們終究還是不會這麼輕易的放手。

「你們要和我們回去跟黑星解釋，你們在我們的邊境做什麼。」

松鴉掌怒斥，「我們根本沒有越界！」

「已經很接近了。」枯毛彈一下尾巴，巡邏隊立刻衝過邊界，把他們團團圍住。

獅掌拱起背，嘶吼著。冬青掌亮出爪子，但是索日只是盯著影族的貓，他鎮定的眼神似乎讓他們也不安起來，開始向後退。

「你到底是誰？」枯毛豎起毛髮打量著他，「你難道不知道我們是戰士？」

「知道，我知道。」索日繼續盯著她看，「黑星是你們的族長，對吧？」

枯毛壓平耳朵，「沒錯。」她警戒的答道。

「和他會面，我很有興趣。」

冬青掌的心一沉，現在不是去影族的時候！火星隨時都有可能發現他們不見了。

松鴉掌開始走向影族邊界，「我們最好也跟著去，」他說，「想想索日可以從別族那裡學到多少東西。」

他可以把影族的祕密教給我們！或許這個主意並不壞，而且和他們即將學到的東西相比，火星的怒氣不算什麼。冬青掌跟著松鴉掌，看著影族巡邏隊迷惑的眼神，覺得很有趣。她引導著松鴉掌穿過這片陌生的樹林，肩膀靠著他走在幽微的小徑上。獅掌領先幾步路，不時提醒他們哪裡有小樹枝、或是獵物的小洞穴，別被絆倒了。索日則走在他們旁邊，新奇地環顧森林。

枯毛的眼光沒有離開過索日一步，她是不是後悔把他帶進他們領土的心臟地帶了呢？過一陣子，冬青掌認出一段通往山脊的山坡。她來向黑星求救的時候，走過這條路。再穿過樹林走幾步路，就看到影族營地的荊棘圍籬。

這一次的守衛是花楸爪，他深薑黃色的毛皮是那幽暗森林中唯一的顏色。他驚訝地盯著回營地的巡邏隊，而枯毛只是匆匆地帶著她的俘虜與他擦身而過。

當雷族貓走進營地時，藤尾和蟾蜍足一躍而起，他們之間還擺著吃剩一半的老鼠。站在空地中央的蛇尾和焦掌，毫不掩飾他們的驚訝之情，盯著索日看。

「他是誰？」焦掌低聲地說。

蛇尾嗅著空氣，「不是貓族的貓，這點是可以確定的。」

「大家都到哪裡去了？」獅掌在冬青掌的耳邊低聲地說。

冬青掌環顧營地，不尋常的空曠，「打了這場仗之後，大家一定在休息。」

「在這裡等著。」枯毛下令，然後消失在黑星的窩穴中。

營地一邊的荊棘叢發出聲響，冬青掌認出那是育兒室的入口，雪鳥上次就在那兒把褐皮的孩子帶開。現在小焰、小曦和小虎正從那裡翻滾出來，眼睛閃著興奮的亮光。

「冬青掌！」小焰第一個衝出來，跳著要咬她的尾巴。她轉身，玩笑的一個巴掌打在他耳朵，和他打招呼。

小虎繞著獅掌，「我長大了嗎？」他問著，把自己的身體拉得高高的。

小曦跳到弟弟身上，「你一定長大了，吃得那麼多！」她用後腿敲打他的背，突然她看到了索日，就停了下來。她站起身來，盯著這個陌生客，「他是誰？」

小虎也順著她的視線望過去，「他來這裡做什麼？」他皺著眉頭抬頭望著冬青掌，「妳為什麼來這裡？」他是不是擔心他們又會把他的母親帶走？

小焰走到松鴉掌身邊，「你是誰？」

「他是松鴉掌，我們的弟弟。」獅掌告訴他。

小焰環繞著松鴉掌，他眼神空洞的望著前方。

「為什麼他不看我？」他問。

松鴉掌突然往前傾，「你要我看著你嗎？」他的鼻子和小焰的眼睛只有一段頰鬚的距離。

小焰驚訝的往後跳，「他的眼睛一直盯著我！」

冬青掌緊張地望著松鴉掌。

「我的眼睛瞎了。」他輕聲的解釋。

小焰走向前，「那你怎麼來這裡的？」

「我走來的。」松鴉掌說。

「沒有撞到東西嗎？」小焰好像覺得他很了不起。

「希望你沒有失禮！」褐皮嚴厲的聲音從育兒室傳來，這隻影族的母貓走出來，打著呵欠豎起一身的毛髮。她看到冬青掌時驚訝地眨眨眼，「妳又來了！」然後她又看到松鴉掌、獅掌，最後看到索日，「你們到底來這裡做什麼？」她把孩子趕回育兒室。

「他是誰？」小虎不想回去，但褐皮熟練地用尾巴一攬，把他送回窩裡，「進去，」她命令著，「他們要離開的時候，你們才可以出來說再見。」

「但是——」小曦想要討價還價。

「沒有但是。」褐皮最後把他們輕輕一推，他們就消失在荊棘叢中。

褐皮警戒的看著索日，「你是誰？」

「我是來見黑星的。」

就在索日回答的時候，枯毛從黑星的窩穴走出來，並站到一旁讓族長通過。黑星的白色毛皮顯然並未梳洗，長長的尾巴垂在身後，踱步穿過空地時，他那黑色的腳掌好像沉甸甸的。

「枯毛告訴我說有陌生客來訪，」他怒吼著。她看著冬青掌、獅掌和松鴉掌，「她說你們帶著他在我們的邊境看來看去。」

「我們並沒有帶他看什麼！」松鴉掌生氣地說，「我們正在回家的途中。」

「你們到底為什麼在那裡？」黑星坐下來看著他們。想想身為一族的族長剛剛經歷一場激烈的戰役，他的眼光卻出奇的呆滯無神。

冬青掌向前一步，「我們是來找索日的。」

黑星這才看著這陌生客，「我想這位就是索日了。」

「是的，」索日點頭致意，「很榮幸與影族族長會面。」

「你知道影族？」黑星有興趣，眼中閃過一絲光芒。

「我聽過很多關於你的事。」

黑星側過頭，「從這些入侵者口中聽到的嗎？」

「我們根本沒有越界！」松鴉掌怒吼，他往枯毛的方向望去，好像在要求她出面證明。

獅掌也走到松鴉掌身邊，「我們是來找索日的。」

「你們剛才已經說過了，但是為什麼呢？他只是個獨行貓，不是嗎？」

「是個過客。」索日更正他。

黑星眨眨眼，「為什麼你們三個見習生對一個過客這麼有興趣？」

松鴉掌彈一下他的尾巴，「因為他事先告訴過我們太陽要消失的事。」

枯毛的毛髮豎起。在她身後，藤尾和蟾蜍足驚訝的瞪大眼睛。

褐皮移動著腳步，「你預知事情會發生？」

索日點點頭，「我看到一大片黑暗籠罩著貓族。」

「是星族告訴你的嗎？」影族巫醫小雲這時也從窩裡走出來，直視著索日。

索日轉過頭來面對著巫醫，「這黑暗跟星族無關。」

頓時影族貓一片靜默，落日把荊棘叢暈染成琥珀色。

「那麼是誰讓太陽消失的？」黑星怒吼著。

索日穿過空地然後轉身，他的尾巴掃過滿布松針的地面，形成一道彩虹般的拱型。「那是一個預兆，」他抬起下巴，身上暗色的毛皮映照著夕陽餘暉。他肩上精瘦的肌肉在他厚重的毛皮下起伏波動著，「不管你們要或不要，那是一個改變的預兆。」

我們是那改變的一部分嗎？冬青掌忐忑不安地望著獅掌。獅掌輕輕搖頭，她了解。**不要說出有關預言的事。**

黑星眼睛一亮，走向索日，「什麼樣的改變？」

「你想改變嗎？」索日壓低音量幾乎像是耳語一般。

黑星走近一步，「我不確定貓族是不是該搬到這裡。」他說出心裡的話。

冬青掌很訝異，影族族長是不是忘記他身在何處，他這樣公開的表明心中恐懼恰當嗎？但是黑星抱著一線希望的盯著索日，好像終於出現了解他的貓，「星族要我們搬到湖邊來，有沒有可能是錯的？」

煙足驚訝地看了藤尾一眼，藤尾聳聳肩。小雲湊得更近一些，好像聽不清楚——或是不敢相信聽到的話。

或者他只是要聽索日是怎麼回答的。

「改變並不一定是壞事。」索日喃喃低語。

對，沒錯！冬青掌把爪子嵌進地面，拚命想把自己牢牢的定住。

索日繼續用和緩平板、卻足以傳遍空地每一個角落的音量說道，「特別是如果我們能預期事情將要發生，而能有所準備的話。」

黑星同意的點頭，索日繼續說，「這一生不只有一條路可以走。」

「一定有一條比這個更好走的路，」黑星有同感，「這裡太辛苦了，禿葉季的時候要挨餓，綠葉季的時候兩腳獸把我們遠遠的驅離狩獵區。」

黑星講的時候索日閉上眼睛，好像正在想像黑星所描述的影族生活。「戰禍連連讓我們苦不堪言，連滿月時要去大集會的路途，比起在林地的時候，也變得既遙遠又艱辛。」

「你們真的很辛苦。」索日同情地說，並沒有睜開眼睛。

「我的麻煩接連不斷。」黑星告訴他。

褐皮走向前，「天黑了，」她很快地說，「雷族的見習生應該要回家了。」她理解的看了冬青掌一眼，「他們的夥伴一定在找他們了。」

她知道我們不應該擅自離營，冬青掌看著自己的腳掌，覺得又不安又有罪惡感。**而且她也不想讓我們聽到黑星所說的話。**

黑星轉過頭來，驚訝的眨眨眼，好像這才發現他們怎麼都還在。「當然，」他用尾巴召喚煙足和藤尾，「帶他們到邊界。」

獅掌側著頭問，「那索日呢？」

「我必須待在這裡，」索日看著影族族長，語氣溫和堅定，「如果黑星要我留下的話。」

黑星毫不猶豫地說，「當然！」

冬青掌看著他，「但是他是和我們一起來的！」他們還有很多事要跟他學，他要當他們的導師，不是黑星的導師。為什麼身為一族的族長還需要導師？她感到一身怒火，索日知道有關預言的事！**他答應要跟我們一起走的！**

松鴉掌走向前，「你答應——」

獅掌打斷他的話，「走吧，趁我們還沒碰上更多麻煩之前。」他在松鴉掌耳邊低聲地說。

「孩子們！」褐皮對著育兒室喊叫，小焰、小曦和小虎立刻衝出來，「我答應讓你們說再見的。」

小曦朝冬青掌抬高鼻尖，冬青掌把臉頰靠著她的頭頂，小曦發出呼嚕聲，「再見了。」

小虎拱起背跳向獅掌，「下次我們碰面的時候，我一定會比現在還大！」

小焰小心地走向松鴉掌，「再見。」

藤尾走過來，把他們趕走，「去跟你們自己的夥伴玩。」她吼著。

當冬青掌跟著護衛隊穿過隧道時，她回頭望了空地一眼。黑星和索日正坐在一起，他們的頭湊得很近，說話的聲音小到幾乎聽不見。

第二十一章

「停！」松鴉掌突然走向冬青掌和獅掌的前面，他們正要往下坡走向荊棘圍籬。

他無視他們訝異的神情，「我們不能告訴他們我們去了哪，或是發生什麼事。」

「當然不行。」獅掌同意。

「索日的事不行講，去影族營地的事也不行講，什麼事都不行講。」他要確定他們了解他的意思。

「我才不會講呢。」冬青掌說道。他可以感受到她困惑和受傷的感覺——並不是因為他，而是索日所引起的。這個陌生的外來客遺棄了他們。

索日這麼快就改變心意，松鴉掌也覺得很困惑，但他拒絕讓索日的行為改變他的信念。比星族更有力量並不是黑星，而**是他們**。

當他們走進入口時，夜幕低垂，籠罩著整個營地。松鴉掌鬆了一口氣，營地這時才開始有些騷動。戰士窩沙沙作響，棘爪和灰紋走了出來。小貓在育兒室裡喵喵叫著，冰掌和狐掌則在獵物堆嗅著僅剩的一點食物。

「你們去哪裡了？」狐掌叫著。

「外面。」獅掌回答。

「你們有沒有帶獵物回來？」

松鴉掌聽到狐掌的肚子咕嚕叫著，「恐怕要讓你失望了。」

灰紋打了個呵欠，踱步穿過空地走向他們，「你們出去很久了嗎？」他睡意濃濃地問著。

「沒有。」松鴉掌說謊，他希望沒有人注意到他們的床鋪連碰都沒被碰過。

「有獵物的蹤跡嗎？」棘爪問。

松鴉掌聳聳肩，他一直深陷在自己的思緒裡，根本沒有注意到。

「獅掌！」灰毛在戰士窩外頭伸著懶腰，「我想我們應該為族貓出去狩獵，不是嗎？冬青掌，妳為什麼不去叫醒蕨毛？你們就跟我們一起走吧。」

松鴉掌感覺到冬青掌的心一沉，他真替他們感到難過。他們千方百計不讓大家知道他們偷跑出去，結果一回來似乎還是被處罰了。「你們很快就可以休息了。」他對他們低聲地說。

「不夠快。」冬青掌回嘴。

松鴉掌帶著一絲內疚走向自己的窩，畢竟是他邀他們出營的。他穿過荊棘，嗅著家裡舒適的味道——葉池的氣味、藥草，還有水從岩縫那裡滴進水池的潮溼氣味。蛛足在煤掌的舊床位上打鼾，另外還有一個味道從窩穴的後方傳來。

「松鴉掌？是你嗎？」

「松鼠飛？」

「我們把她移到裡面，」葉池從水池邊走過來，「太冷了不能把她留在外面一整夜。」

松鴉掌愣住了，「那她的傷口怎麼辦？」

「我們慢慢地移動，」葉池要他放心，「有流一點血，但是我立刻做了處理。」

松鼠飛身旁的羊齒葉窸窣作響，「你吃過了嗎，松鴉掌？」

「還沒。」他餓得要命了。

「趕快去吃。」松鼠飛的聲音聽起來比較有力了。

葉池的尾巴掃過地面，「我知道怎麼照顧我的見習生。」

松鴉掌很驚訝，他導師的語氣那麼尖銳，她從來沒有跟他的父母發過脾氣。但是他已經餓到不想去管，到底什麼事讓她心煩。重要的是，他母親的狀況已經好轉了，這才是他現在最關心的。

他走到獵物堆，吞下一隻乾癟的麻雀，羽毛噎到喉嚨，咳了好幾聲。他嚥下去之後，再走回巫醫窩，走向母親的床位，鼻尖靠在她身上，「晚安，松鼠飛。如果妳有任何需要，我隨時會在妳身邊。」

她睡意濃濃地動了一下，「好的，松鴉掌。」

松鴉掌爬到他自己的床位，閉上了眼睛。

「松鴉掌！」

一個嚴厲的聲音叫醒他。

頭頂上方有枝葉縱橫交錯，在銀色的星光下閃閃發亮。**這裡是星族的狩獵場**。他站起身來，感覺到腳掌下經月光洗禮的草地是那麼的柔軟。

「你又在找尋答案對不對？」黃牙坐在他身邊，用責備的眼神看著他。

松鴉掌伸伸懶腰，打了個呵欠，「如果我不這樣做，就一點也不像巫醫了。」

祂用腳掌打他的耳朵。

「哎唷！」

「我還是你的長老！」黃牙瞪著他，「我還要教你一些重要的事。」

松鴉掌生氣的揉揉耳朵，「什麼？」

「有耐心點！」祂搖搖祂那一身蓬亂的毛髮，「答案會及時地出現在你眼前。」

「為什麼我不能知道到底發生什麼事了？」松鴉掌的爪子刺進了草皮，「如果我連好奇都不行的話，就太不公平了！」

「好奇心必須用耐心來調和。」黃牙堅持地說道，「知識如果沒有運用智慧的話，就是白費力氣。而智慧只能用時間來換取。」

又是老藉口。松鴉掌滿腹挫折，**祢以為祢什麼都知道，總有一天我會比祢更強**。

他盯著這隻憔悴的老母貓，話到嘴邊又收回去。祂也盯著他，下巴抬得高高的，眼神十分堅定。松鴉掌全身的毛壓得平平的，他不能在這時候告訴祂有關預言的事。

黃牙靠向前，松鴉掌強迫自己不要閃避祂的口臭，「為你的族貓效勞，」祂低聲地說，「相信星族，每件事在適當的時機都會顯現出來。」

松鴉掌抬頭看，林間的空地上擠著群貓，祂們的毛皮閃耀著星光。

「聽黃牙的。」藍星也勸著他。

白風暴也用溫暖的眼神看著他，「祂說的都是真的。」

「所有的事都會及時顯現。」獅心甩動著祂厚重的尾巴。

「我們都在看著你。」黃牙提醒他。

松鴉掌輕輕地嗤之以鼻，什麼星光閃耀的毛髮，只不過是光線玩的把戲？祂們只不過是一群死貓，而他自己是活的，獅掌和冬青掌也是，索日也是。光憑這點不就比星族強了嗎？

黃牙向前靠嘶吼著，好像看出了他的心思，「松鴉掌，你不知道什麼對你的族貓才是最好的！只要記住這點就夠了！」

⚡⚡⚡

陽光喚醒了獅掌，他眨一眨眼睛然後睜開，陽光穿過洞頂的縫隙灑下來，把他的身體照得熱呼呼的。為了躲避光線，獅掌在床位上翻來覆去，感到渾身肌肉僵硬。灰毛叫他狩獵了一整天，好不容易回到營地，他累得倒頭就睡。光是那場戰爭和搜尋索日的旅程就已經夠累的了，現在除了閉上眼睛之外，什麼事都做不了。

冬青掌也還在睡，她回到營地的時候累得連路都走不穩。

獅掌檢查身上有沒有傷口，戰爭唯一留下的痕跡，就只有卡在爪子上的血跡和貓毛。

「冬青掌！」

煤掌在戰士窩外大喊，獅掌從床位上踉蹌的爬起，溜出洞口，「什麼事？」他小聲地說。

「蕨毛要她去幫忙整理育兒室。」煤掌說。

「讓她睡吧，」獅掌望了冬青掌的導師一眼，他正坐在灰毛旁邊，和他一起合吃昨晚抓到的獵物，「我去跟他說。」

獅掌穿過空地，「我去幫冬青掌整理育兒室。」他提出要求。

蕨毛抬起頭，一邊還在吞東西，「冬青掌還好吧？」

「打完仗以後很累。」獅掌覺得身體愈來愈熱，沒有人知道戰爭結束後，他們兩個跨越了大半個雷族領土，還跑到影族的領域。

「葉池幫她檢查哪裡受了傷嗎？」蕨毛的眼神一沉，有些擔心。

「就是有幾處刮傷，」獅掌努力找藉口來解釋冬青掌為什麼這麼累，「她沒睡好，因為很擔心松鼠飛。」

蕨毛點頭，「好，就讓她睡，你替她去幫忙煤掌。」

灰毛抽動一下尾巴說，「不過不要拖太久，我們馬上要出發去邊境巡邏了。」

「好，」獅掌跑回去找煤掌，「妳去找新鮮的青苔，我去把舊的清出來，」說完獅掌看一下煤掌的傷腿，「妳自己一個可以嗎？」

煤掌翻一下白眼說，「當然，」走向營地入口邊走邊唸，「希望大家不要老是把我當成一隻三腳貓。」

狐掌在育兒室外表演格鬥動作給冰掌看，他翻滾背貼著地，後腳向上踢，「然後有一隻風族戰士想撲到我身上，可是我一翻滾就躲開了，」他說完站起來，「接著我朝他的後腿狠狠一咬，我敢說他現在還覺得痛。」

冰掌看得很投入，「真希望我也有去打仗。」

「總要有貓留守營地。」狐掌安慰地說。

獅掌擠進育兒室的入口，被荊棘垂簾刮到身體。

黛西帶著憂慮的眼神抬頭看，「原來是你。」認出是獅掌，她嘆了一口氣。

小蟾蜍和小玫瑰衝向獅掌。

「你可不可以教我們一些格鬥動作？」小蟾蜍央求著。

小玫瑰揮舞著前掌，想像自己在跟敵人交手，「如果風族再來的話，我們得有所準備。」

黛西的毛豎了起來，「他們不會再來吧？尤其是在發生了太陽突然消失的事情之後。」

「這我可不敢說。」蜜妮側躺著在餵奶，猛然一咳，把喝奶的小貓咪都震走了，小薔生氣得喵喵叫，扭動身體繼續找奶喝；小蜂坐起來打呵欠，眼睛幾乎都沒張開；小花則是鑽到青苔堆裡睡著了。

「妳應該去找葉池看一下，」黛西建議，「妳一整夜都在咳。」

「就覺得喉嚨癢癢的，」蜜妮回答，「可能是被羽毛卡到。」

黛西向前聞一聞蜜妮的臉，「妳好像有一點發熱。」

「我清理完妳的床鋪後，就去叫葉池。」獅掌說。

小蟾蜍垂頭喪氣說：「我以為你會教我們一些格鬥的招式。」

「對不起，小蟾蜍，我這裡的工作結束後，還得去巡邏。」

「不公平，」小玫瑰抱怨著，「你可以做這麼多好玩的事，而我們卻被困在這裡。」

獅掌嘆了一口氣，清理巢穴和巡邏邊界並不好玩。他真希望能再回到戰場，用星族賦予他的力量為族貓奮戰。「叫狐掌教你們吧？」他看了黛西一眼，「我還得清理你們的床。」

黛西緩緩地站起來，似乎很不情願離開育兒室。「我想我們都需要一些新鮮空氣。」她看了蜜妮一眼，蜜妮還在咳個不停，「妳得待在裡面。」

蜜妮點點頭，「我的確是很累。」她把孩子們全都靠攏，閉上眼睛。

當黛西跟著小蟾蜍和小玫瑰走出窩穴後，獅掌就開始清理她的床鋪，拔掉不新鮮的青苔碎屑。蜜妮的呼吸聲沙啞，而她周遭的空氣聞起來酸酸的。

獅掌把乾青苔扒成一堆，用嘴銜著，扭動著身軀倒退擠出育兒室，把東西放在外面。煤掌也正從荊棘隧道走出來，嘴邊晃盪著新鮮的青苔。

「蜜妮的床我還沒清，」獅掌喊著，「我想她生病了。」

正在擎天架上曬太陽的灰紋，連忙爬起來，「怎麼了？」

「她在咳嗽，」獅掌說，「我正要去叫葉池。」

灰紋匆匆走向育兒室，「要快。」他甩動著濃密的尾巴說。

獅掌走向巫醫窩，一陣濃烈的藥草味從荊棘垂簾裡傳來。他走進去，眨眨眼睛，適應裡頭的昏暗。

「葉池？」

巫醫正蹲伏在蛛足身邊，她的腳掌沾滿了綠綠的藥膏，「什麼事？」

「蜜妮好像生病了。」

葉池的腳掌在蛛足床邊的青苔上擦一擦，「我待會再幫你多上點藥。」她對蛛足說。

「我現在覺得好多了。」蛛足要她安心。

「很好，」葉池說，「但是要待在床上，雖然你復原得很快，我還是要確定，你在回戰士窩之前能完全康復。」她轉向獅掌，「小貓咪都還好嗎？」

「看起來還好。」

葉池在水池裡洗洗腳掌，松鴉掌這時嘴裡銜著一些葉子走進巫醫窩。

「把葉子分類曬乾，」葉池吩咐他，「我要去看一下蜜妮。」巫醫說完就穿過荊棘垂簾走出去。

松鴉掌開始在岩縫邊把葉子鋪在地上。

「你睡得好嗎？」獅掌低聲地說，他很想知道星族有沒有跟他說明有關太陽消失的事。

「你的意思是問我有沒有做夢嗎？」松鴉掌嗆聲，「為什麼不直說？」

獅掌眨眨眼，被他的語氣給嚇一跳，「你的尾巴被刺扎到了嗎？」

「對不起，」松鴉掌說，「真是忙碌的一夜。」

獅掌看著在洞穴後方的床鋪睡覺的松鼠飛，「她好點了嗎？」

「就快好了，」松鴉掌說，「但是我要常常幫她換藥預防感染。」

「你要我再去多找一些蜘蛛網來嗎？」獅掌說。

「謝了，煤掌今天早上已經帶回來很多了。」

在我睡覺的時候！獅掌帶著內疚感豎起毛髮，他應該多盡點心力來幫助自己的族貓，他走向母親的床邊，嗅著她的毛，那熟悉的味道讓他感到十分安慰。

「獅掌？」松鼠飛張開眼睛，一陣呼嚕聲從喉嚨升起，「你好嗎？」

「很好。」獅掌回答。

「火星說你在戰場上表現得像個真正的戰士一樣，」松鼠飛抬起頭，睡眼惺忪的看著他，「你好像一點傷也沒有。」

獅掌聳聳肩，「只是比較幸運吧，我想。」這時他的肚子發出咕嚕聲。

「你應該去吃些東西。」松鼠飛喃喃低語，把頭擺下靠著休息。

「我會的。」松鼠飛把眼睛閉上時，獅掌溫柔地舔舔她的耳朵。

松鴉掌還在整理他帶回來的葉子。

星族真的什麼都沒有跟他說嗎？還是他藏在心裡不想說？「你餓了嗎？」獅掌問，或許一起分享食物，可能會讓他想說些話。

松鴉掌的頭連抬起來都沒有，「我吃過了。」

獅掌嘆口氣，走出巫醫窩。

冬青掌在見習生窩外伸懶腰，瞥見獅掌時，抽動著頰鬚，「你為什麼不把我叫醒呢？」她走向他質問著。

「妳好像很累。」

「沒比你累多少！」

獅掌嗤之以鼻，「我只是想幫忙！」為什麼他的姊弟都這麼愛跟他生氣？「如果妳真的那麼想清理育兒室，那就去啊。」他跺著腳走到獵物堆，挑了最上面的一隻鼩鼱，蹲下來吃，這時他聽到塵皮的聲音。

「我們好久沒有像這樣打仗了。」這隻棕色的虎斑貓正和灰毛、罌粟霜坐在半邊岩旁。

「感覺好像我們從前在舊森林裡一樣。」灰毛也有同感。

罌粟霜的眼睛睜得大大的，「你們以前有打過像這樣的仗？」

「比這更慘烈，」塵皮說，「灰毛，你還記得跟血族打的那場戰役嗎？」

灰毛的尾巴抽動了一下，「哦，**那**才叫戰鬥！」

「那時候太陽也消失了嗎？」罌粟霜問。

塵皮嘆口氣說，「沒有。」

「希望我不會再碰到比這更慘烈的戰役了，」罌粟霜繼續說，「我一次要迎戰兩個戰士！我知道我們在訓練時做過練習，但我從來沒想過真的會派上用場。」

「妳打得很好。」灰毛發出呼嚕聲的讚許聲。

「我還比不上獅掌，」罌粟霜低聲地說，「你們看到了嗎？他身上一點抓痕也沒有！」

灰毛停止呼嚕聲，「他已經準備好成為一名戰士了。」

獅掌抬起頭來，灰毛正看著他。

「我能教他的東西已經很少了，」灰白戰士站起來，「獅掌，你準備好要出發了嗎？」

獅掌把東西吞下去，然後站起來回答，「好了。」

灰毛對栗尾和白翅示意，他倆正在戰士窩外頭互相舔毛。他們立刻站起來，跟著灰毛走向荊棘隧道，獅掌也快步跟上。

現在森林裡明亮了許多，因為樹葉已經開始掉落。陽光穿過樹枝，照射在林地上。當他們走向風族的邊界時，獅掌落後走著。他真的準備好要當戰士了嗎？他從小的夢想，就是要當雷族有史以來最偉大的戰士。當時就只是一個夢想而已，但是現在那些戰爭是那麼的真實。他戰戰兢兢地想起鴉羽脖子上湧出的血，以及石楠掌的恐懼。他經歷過被一種他無法控制的力量驅使著。難道成為一個戰士就是像這樣？他能控制他所擁有的力量嗎？

當樹林變得較為陰暗時，獅掌打了個寒顫。雲層遮住了太陽。他可以聽得見夥伴們穿過前方矮樹叢所發出的沙沙聲，但是就在他附近的羊齒叢裡有東西在移動。他停下來，有個身影在身邊的樹林竄動著，是深色斑紋的毛皮。

虎星。

這戰士在陰暗處發出亮光，「我看到了那場戰役。」虎星用肩膀推著穿過灌木叢走到獅掌面前，「你打得不錯，你為你的祖先爭光。」他琥珀色的眼睛發出亮光。

獅掌向虎星的背後望去，尋找鷹霜的蹤影。

「我是獨自來的，」虎星告訴他，「我受不了鷹霜的冷嘲熱諷，他以為你真的相信那個預言。但是我知道你夠聰明，不會去相信火星那個鼠腦袋做的夢。」

獅掌在虎星眼光的逼視下，不自在的交換著腳步，「你看到太陽不見了嗎？」

「看來是這幾族惹得星族不高興了。」虎星的頰鬚抽動著，「那些不實際的笨毛球總是看不慣戰爭，不像你。」

「灰毛說我已經準備好可以當戰士了。」

「真的嗎？」虎星繞著他，「你覺得你已經學到所有該學的了嗎？」

「灰毛把所有我該學的都教給我了。」

「我這裡還有很多你可以學的。」

獅掌瞇起了眼睛，**虎星真的知道的比較多嗎？戰場上是他在引導我嗎？**難道就因為是虎星的訓練，才使得他戰無不勝，而且一點傷痕也沒有。

虎星靠得更近一些，獅掌感覺到他的熱氣噴到他的鼻頭，「我這裡還有很多你可以學的，對吧？」

獅掌交換著他的腳步，**這黑暗戰士想要一個答覆**。

「我想，你還可以多教我一些戰技吧。」獅掌抬起他的下巴，「但是這很重要嗎？我已經證明了我可以戰無不勝。」

虎星的眼光像烈焰燃燒一般，「你以為你所向無敵！」他的喉嚨發出低吼，「鷹霜說的沒錯，你真的相信那預言。」

「對！」獅掌把爪子刺進地面，「你看到我在戰場上的表現了，你能比我打得更好嗎？能夠毫髮無傷的全身而退。」他彈一下尾巴，「你戰死了。」

他要轉身離開，不需要這隻死貓的引導。

一陣吼聲劃破天際，獅掌轉身，卻來不及反應，虎星把他撞倒在地，利爪刺傷他的肩膀。獅掌掙扎著，但是虎星壓制住他，巨大的肩膀因用力而顫動著。

「你以為你不再需要我了，是嗎？」虎星在他耳邊嘶吼著。

「你是個傻瓜！你只是比較幸運罷了，就這樣而已。火星的預言讓你看不清楚，你還像隻小貓一樣相信育兒室的天方夜譚。」他把獅掌壓得更用力，把他的臉推擠向落葉，「你是因為我才變強的，只有再繼續跟我學習，你才會變得更強。」他又搖晃了獅掌一下，才鬆手跳開。

獅掌踉蹌地爬了起來，滿腹怒火地轉向他，但虎星的身影已經變淡，在他眼前逐漸散去。

「我和你還沒完呢。」虎星一聲嘶吼，最後消失無蹤。

獅掌憤怒得發抖，為什麼虎星就是執意要不理會那預言呢？

「獅掌！」灰毛在前方的灌木叢叫他。

他趕緊跟上，肩膀被虎星的爪子刺到的地方隱隱作痛。虎星還在看他嗎？如果這個黑暗戰士連星族的力量都不要，他到底要他做什麼？

第二十二章

冬青掌暫時停下她梳理毛皮的動作，「你要去大集會嗎？」

松鴉掌聽著她的舌頭舔舐過前腿的聲音，「對。」他翻身轉向另一側，感到很飽足。

「我也是。」獅掌把吃剩的松鼠踢開，然後伸伸懶腰。

打完仗以後的這幾天，獵物堆的獵物補得很充足，他們都吃得很飽。此刻他們都聚在半邊岩旁邊，享受著夕陽餘暉。

冬青掌打了個呵欠，「你覺得其他族還會出現嗎？」戰後就再也沒見過風族的蹤跡，但是情勢還是很緊張，巡邏隊依舊持續在風族邊境巡邏。

「他們可能怕惹得星族不高興，不敢再來了。」松鴉掌說。

獅掌的爪子劃過半邊岩，「我希望風族會來。」

「不要忘記戰士守則。」冬青掌提醒他。

「我像是會忘記的樣子嗎？」獅掌嗤之以鼻地道，「我只是希望讓風族看到我們還是一樣的強，而且有必要的話，隨時準備應戰。」

雷族戰士和見習生的傷勢都在穩定的復原中，即使是蛛足也已經在空地走動了。松鼠飛仍然待在巫醫窩，雖然被困得愈來愈耐不住性子，葉池就是不讓她動，深怕傷口在快要好之前又再度裂開。

松鴉掌猜想葉池就是因為他母親的緣故，才不跟他們去大集會的。要任何一隻貓代替她來陪松鼠飛，她都信不過。甚至連到月池去和星族溝通，她都沒去。

「如果星族有什麼要告訴我，祂們會直接說的。」她告訴火星。

灰紋走出育兒室時，松鴉掌抬起頭。這灰戰士憂慮得毛髮直豎。

「葉池！」灰紋在巫醫窩的荊棘入口喊著，「她又在咳嗽了。」

「來了。」葉池匆匆地走出來，帶著一身艾菊的味道。

蜜妮得了白咳症，黛西和孩子們已經搬到見習生窩，避免被傳染。小玫瑰和小蟾蜍神氣活現的在營地到處走來走去，好像一副已經是見習生的模樣。

蜜妮的胃口還不錯，但是她不停咳嗽讓小貓咪無法安睡，而且也很難餵食，希望艾菊對她有所幫助。

松鴉掌把頭靠下來休息，閉上眼睛。他一定是睡著了，感覺才一下子冬青掌就把他搖醒。

「月亮已經出來了，」她說，「大家都準備要出發了。」

「才沒有大家呢！」狐掌粗聲粗氣的在背後說，「為什麼你們三個總是可以去，而我、冰掌和煤掌就只能留守呢？」

松鴉掌爬起來，「我敢說，你下次就可以去了。」

「或許吧。」狐掌無精打采地拖著腳步離去。

當戰士們都聚集在營地入口時，灰紋在育兒室來回踱步。松鴉掌感覺到他的情緒被拉扯撕裂著，就像剛被捕獲的獵物一樣。這灰毛戰士想和夥伴們一起去大集會，但是一想到把生病的蜜妮留在營地，就心痛不捨。松鴉掌眨眨眼，銀色母貓躺在大灰岩旁的那段悲傷舊記憶，讓灰紋的心更加的不安。

「灰紋！」火星走向他的老朋友。「留下來為我保衛營地，我們有強大的戰士陣容，不會讓風族以為，這樣子就能把我們變弱了。」

「謝謝。」灰紋的聲音聽起來如釋重負。

火星走向圍籬，罌粟霜和蜜蕨早就坐立不安了。

「很期待吧？」塵皮問他們。

「噢，對啊！」罌粟霜回答，這是他們當上戰士之後的第一次大集會。

沙暴焦躁的繞著蕨毛踱步，「我倒要看看風族要怎麼替自己辯白？」

「他們一定會編一些藉口。」蕨毛咕噥地說。

「快一點。」冬青掌推推松鴉掌，獅掌已經在灰毛身邊等待了。

火星站在營地入口，「我們一定要讓風族和河族看到，我們還是一樣的強大。」他提醒他的族貓，「今晚的月光明亮，這就表示星族已經不生氣了。」

「我敢說他們一定還在生風族的氣。」蛛足從巫醫窩外頭喊著。

「我們只是在保衛領土，星族不會因為這樣就處罰我們的。」火星回應著。

「我想應該不會的。」栗尾坐在戰士窩外面，尾巴在地面甩動著。

「太陽的消失把我們大家都嚇壞了，」火星繼續說，「但是我們要把這件事看成是一個警訊，打仗是不對的。當戰鬥停止之後，太陽又回來了。我們現在應該學到的教訓是，各族之間是彼此依存的。」

松鴉掌把頭側向一邊，雷族族長這番胸有成竹的話並非來自葉池。他們的巫醫自己都還在驚嚇中，困惑不解。而星族也都沒有半點指示，這更使得她緊張不已。然而她把她的憂慮都藏在心底，照常作息，只有松鴉掌能感受到她平靜外表下的惴惴不安。

「我們出發！」火星帶領著他的族貓走出山谷。

落葉在他們腳下發出清脆的聲響，松鴉掌顫抖著，感覺到落葉季初期的寒意。當他們走向風族領土的時候，松鴉掌貼近冬青掌前進，沿著熟悉的路徑走向湖邊。他們必須穿過風族湖邊的領土才能到達小島。如果他們與湖水保持在兩條尾巴以內的距離的話，風族是無權指控他們越界的。然而戰士們在進入他們的領土時，還是突然安靜下來，快速走過卵石岩岸。

「有風族的蹤跡嗎？」松鴉掌低聲問。

「還沒有。」冬青掌的毛髮直豎著。

湖水突然拍打到松鴉掌的腳，他踉蹌了一下，平常他們沒有沿著湖邊走得這麼近過。

「別擔心，」冬青掌安撫地說，「火星只是想謹慎一點，這樣誰也別想指控我們入侵風族領土。」

戰士們涉水渡過淺灘，松鴉掌只好咬緊牙關，他討厭被水浸溼腳掌的感覺。他聞聞空氣的味道，一股風族剛到的氣味由沼澤區傳來。

「他們來了。」冬青掌警告著。

松鴉掌全身緊繃，「朝向我們？」

「不，他們遠在山坡的那一邊，朝小島的方向走。」

到了樹橋，冬青掌先跳上倒下的樹幹，把尾巴垂下來，松鴉掌把腳掌往上伸，摸索著。當他的掌墊碰到柔軟的尾巴尖端時，立刻就知道該從哪裡跳上去了。

「謝謝。」他喘著氣，爬過樹幹上光禿禿的樹枝。

這樹幹滑溜溜的，樹皮已經被剝落了。松鴉掌走在冬青掌後面，鼻子碰著她的尾巴，亦步亦趨的小心前進。

她走到樹幹根部展開的地方停下來，縱身往下跳，卵石沿岸發出清脆的聲響。

這是最難的部分，松鴉掌吸口氣，也跟著跳下去。就像往常一樣，卵石冷不防的碰到他的腳掌，但這一次他並不需要搖搖晃晃的保持平衡。

「落地得很好。」冬青掌說。

他們的夥伴都湧進矮樹叢，快速的消失在樹林中。松鴉掌也跟著冬青掌穿過柔軟的羊齒叢。當他們在另一邊出現時，一股氣味撲鼻而來。風族和河族都已經在那裡了。他皺著鼻子，並沒有發現影族的蹤跡。

雷族的貓群走到空地的一邊，緊密地聚在一起。

「大家都互不往來。」冬青掌察覺。

松鴉掌嗅著味道，她說的沒錯，各族的氣味都沒有混在一起。河族緊密的聚集在上風處，風族不安的在他們附近踱步，但是並沒有打亂隊形。

「真意外，河族和風族竟然沒有互舔毛皮。」獅掌咕噥著，他的肌肉緊繃著，似乎在備戰狀態。

「影族在哪裡？」罌粟霜焦慮地說。

「我希望他們快點來。」蜜蕨煩躁地說。

突然獅掌的喉嚨升起一陣低吼。

「安靜！」灰毛怒斥。

獅掌安靜下來，但是松鴉掌感覺得到從哥哥身上散發出來的怒氣，向太陽一樣炙熱。

他瞇起眼睛，想要進入獅掌的心思，他感受到從哥哥身上射出一道仇恨的光芒。再更集中精神，他發現這光芒是射向那處於防衛狀態的風族貓群，終極目標是石楠掌，松鴉掌認得出她的聲音，和她那淡淡的蜂蜜味道。他驚訝地彈了一下尾巴，獅掌的仇恨這麼強烈，石楠掌竟然沒有感覺到她的毛好像快要燒起來一樣。但是風族見習生的確感覺到怪怪的，她不自在的在貓群中穿梭，每一個腳步都透露著不安。

空地遠處邊緣的灌木叢窸窣作響，一定是影族到了。松鴉掌嗅著空氣，被那氣味嚇了一跳。那並不是大集會該有的陣仗，來的竟然只有——

「只有黑星和索日！」冬青掌的聲音小得像是在耳語。

「其他的貓到哪裡去了？」一隻風族的貓在空地另一端嘶吼著。

「他又到底是誰？」河族貓群一陣低語。

所有的貓群都焦慮的看著影族族長走到空地中央，索日也跟著他，在沙地上輕聲走過。

松鴉掌很訝異地發現黑星非常的冷靜。當初在影族營地看到他的時候，他似乎既迷惘又憂慮。這中間發生了什麼事？

「我是來宣布事情的。」黑星開始說。

「希望影族沒事。」冬青掌小聲地說。

「噓！」蕨毛要她安靜聽黑星繼續講。

「影族不會再來參加大集會了。」

頓時空地一片靜默，這完全在大家意料之外。

「我們不再相信星族掌握所有問題的答案了。是活著的貓發現這座湖的，是活著的貓自己捕獲獵物維生，而且是活著的貓預測到太陽即將消失。」

他指的是索日。

一星大吃一驚，「他預測到太陽即將消失？」

一陣詫異的情緒瀰漫在貓群當中。

「我只是警告說這件事會發生，如此而已。」索日的語氣很謙虛。

「你是怎麼知道的？」豹星質問。

「你怎麼不知道？」索日回答，「你不是也能和星族溝通嗎？」吠臉向前一步，「祂們並沒有警告我們。」

「祂們也沒有警告我，」索日說，「我只是跟著直覺走，根據自己的經驗，傾聽內心的聲音。你們，當然，有權利選擇你們想相信的……」

「他在說什麼？」冬青掌倒抽一口氣，「難道他覺得信仰像是在獵物堆找食物一樣，是可以選擇的？」松鴉掌碰觸到她灼熱的身體，退縮了一下，然後陷入自己失望的情緒當中。

索日應該是要幫我們的！他現在跟影族在做什麼？

有腳步聲輕踩過地面。

「他們要走了，」獅掌嘆口氣，「我猜這意味著索日根本不是要幫我們的。」

當黑星和索日消失在窸窣作響的羊齒叢時，群貓驚愕，一陣譁然。

「他是誰？」

「他從哪來的？」

「真的是這樣嗎？」

松鴉掌感覺到族貓恐懼得毛髮直豎，他們在他身邊不安地走動著，不時還摩擦到彼此的毛髮。

火星走到空地中央，「我們要保持冷靜。」他對大家喊著。

「冷靜？」一星帶著輕蔑的語氣，「火星，即使是你也無法改變這件事。」

火星怒髮直豎，「我沒說過我可以！」

「我們不能吵架，」豹星介入，「這太重要了，我們現在只剩三族。」

「三族！」灰足倒抽一口氣，繞著族長們踱步，「可是一直以來都有四族啊。」

「如果影族拒絕星族，」霧足說，「是不是就表示他們不再是戰士了？」

「他們不再遵守戰士守則了嗎？」冬青掌呼吸急促。

他們拒絕的不只是戰士守則。松鴉掌望著天空，「月光還很亮嗎？」

「非常明亮。」獅掌向他確定。

星族在做什麼？難道祂們對發生的事都不在乎了？

「在這紛亂的時刻，」豹星說，「我們連太陽都不能相信了，黑星對星族失去信心又有什麼好驚訝的？」

她的話充滿整個空地，似乎帶來一股寒氣。沒有聲音反駁她，說她是錯的，說他們的信仰是值得捍衛的。索日警告說太陽會消失，事情就真的發生了。而星族在哪裡？大家驚惶的交頭接耳，然後一一沒入矮樹叢中。

「走吧。」獅掌推推冬青掌，雷族已經開始撤離了。

冬青掌好像忘了路怎麼走一樣，蹣跚前行。松鴉掌倚著她，引導她走向羊齒叢。

「影族他們真的再也不是戰士了嗎？」罌粟霜問。

「我覺得就看星族怎麼決定囉。」樺落告訴她。

就在松鴉掌等著輪流過樹橋時，他試著不讓夥伴們焦急的喵聲影響到他，他得好好的想想。但他們喋喋不休的吵雜聲，占據了他的心思。

「如果是星族在我們打仗的時候把太陽藏起來，」塵皮吼著，「那現在影族悖離了祂們，祂們會怎麼做呢？」

「祂們並沒有把月亮遮住啊。」蕨毛說。

刺爪跳上樹橋，「或許星族都不管我們了！」

當松鴉掌跳上倒下的樹幹時，這個戰士的話一直在他心中嗡嗡作響。星族對太陽或索日的事都沉默不語，或許祂們已經不再看顧我們了。

當他們走到風族的湖岸，松鴉掌感覺獅掌用尾巴碰他肩膀，「走慢一點。」他低聲地說。

松鴉掌放慢腳步，讓夥伴們超過他，直到聽不見他們說話為止。冬青掌也跟他們一起落在隊伍後頭，拖著腳步在卵石上走。

「我以為索日是來幫忙的，」獅掌低聲嘶吼著，「但他只是愈幫愈忙。」

冬青掌還處於驚嚇狀態，「他讓黑星不再相信戰士守則了。」她木然的咕噥著。

「或許黑星本來就會這樣做的。」松鴉掌說。

「不，是索日。」獅掌堅持地說，「是他說了一些話，讓黑星相信星族是沒有用的。」

冬青掌突然踢著卵石，「我不在乎索日說什麼，」她的喵叫聲尖銳，「他們不能不相信星族，那是族貓的本分！是戰士守則把我們帶到這裡的，是它賜給我們食物和住所，」她的恐懼轉變為憤怒，「使我們安然的生活！」

「不過是索日先知道太陽會消失的，」獅掌提醒她，「星族並不知道。」

「你的意思是你也想放棄星族嗎？」冬青掌燃起一陣怒火，松鴉掌還以為她就要衝向獅掌了。但她只是闊步向前走，情緒激昂的粗聲喘著氣。

獅掌匆匆的跟在她後面，「我不是這個意思。」

松鴉掌讓他們先走。此時岸邊的地比較柔軟，他腳掌下的砂礫凹陷了下去。一陣涼風吹過湖面，湖岸似乎傳來陣陣低語，松鴉掌轉頭，感受微風吹拂著他的頰鬚。

湖面上閃爍著破碎的月光。他看得到。

我一定是在作夢。

他身邊的卵石挪動著，有隻貓走在他身旁。

黃牙。

祂的口臭並不好聞，但他很高興看到祂來，「祢看到發生什麼事了嗎？」他說。

「當然。」

松鴉掌心跳加快，「祢們打算怎麼做？」

黃牙的腳掌在卵石地上搓揉得喀喀作響，祂嘆了口氣，然後說，「我們必須慎選戰場。」

祂的聲音聽起來蒼老又疲憊。

難道星族連試都不試，就承認失敗？松鴉掌轉向祂，心中湧現一陣陣恐慌。但是黃牙逐漸從眼前消逝，四周霧濛濛，然後世界很快又恢復一片漆黑。他又聽到前前後後夥伴們的聲音。

他的思緒像是在狂風暴雨中翻騰撞擊的落葉，黃牙終於把他想知道的事告訴了他。

星族已經退出，祂們的末日將近。

松鴉掌、獅掌和冬青掌的命運終於要實現了。

第二十三章

獅掌夢見一片血海快要淹沒他，濃稠溫暖的血液充斥他的鼻腔，洶湧翻騰把他撞擊到粗糙的石牆。

救命啊！

他翻騰著腳掌和鮮紅的波浪搏鬥，全身肌肉像是在尖叫般抵禦著洪水的重量，他的肺鼓脹著，嘴裡充滿著鮮血的鐵味。

一陣浪把他拖離粗糙的岩石，然後送到岸上，他全身溼透地不斷喘氣。睜開眼睛，他看到上方的拱型岩壁，銀色的亮光從頂端的岩縫灑下來，依稀照亮了這洞穴岩壁。獅掌掙扎著站起來，他溼透的身體顯得很沉重。他看著那布滿裂縫的岩石地面上有一攤血，然後又瞥見一個形體——是一個身體——笨拙地躺在上面，腳掌扭曲，尾巴鬆垮，頭向後轉，頰鬚還滴著血。

石楠掌！

獅掌蹣跚地走向她，一陣憤怒的情緒油然

而生。他扒著她，但是她的身體沉甸甸的一動也不動。她已經死了。

他看著她，感到心滿意足。

妳罪有應得！是她引起那場戰爭，才讓太陽消失的。現在各族分崩離析，星族不管四族，而四族也悖離星族了。

他伸出他那比黑刺李的刺還尖還長的利爪，劃過岩石地面，鑿出一道道的刻痕。血脈在他的耳膜鼓動著，他似乎仍像在戰場上般的熱血沸騰。

再開戰吧，什麼都傷不了我，我的力量比星族更強大。

「走開！」狐掌生氣地叫醒他，「你的爪子刮到我的背了。」

獅掌翻滾下床，「對不起。」他的腦袋迷迷糊糊的，夢裡的情境還縈繞在心頭。他跌跌撞撞地走出窩穴，覺得很不舒服。

我很高興她死了！

可怕，他走到空地。

我還愛過她。

早晨的陽光照在他身上，但是他卻不寒而慄。恐懼讓他毛骨悚然，他舔著前胸，還好並沒有舔到血的味道，而且他的毛也沒有沾到血。

「早安，貪睡蟲！」冬青掌正拿著青苔要到長老窩。

獅掌沒有回答，繼續梳洗，他覺得他的夢境污染了他。如果擁有比星族更強大的力量意味著要流更多的血，他真的希望如此嗎？

在擎天架下，雲尾讓煤掌按步就班的完成各種動作。「跳、蹲低、翻滾。」他下著指令。她練習著格鬥動作，然後完美的四腳落地。

「妳感覺怎麼樣？」雲尾問。

煤掌呼嚕地說，「跟沒受傷的腳一樣，」她揚起尾巴繞著她的導師，「好極了！」

蜜妮在育兒室咳嗽，她的孩子喵喵叫著，黛西幫忙哄著，「沒關係，再餵一次。」

沙暴開始搖著見習生窩的枝葉發出聲響，「起床了，狐掌，你這隻睡鼠！」

此時荊棘圍籬顫動著，灰紋走進營地。

雲尾抬起頭，「有任何風族的蹤跡嗎？」

「沒有，」灰紋回答，「記號都剛剛標過，沒有貓越過邊界。」

塵皮和白翅跟著他進來，走向獵物堆。

白翅在那裡挑著昨晚吃剩的獵物，「狩獵巡邏隊出發了嗎？」

「還沒，」沙暴喊著，「我們快出發了，」她又搖晃著見習生窩再發出一些聲響，「只要把狐掌叫起床就出發。他以為松鼠飛生病就可以偷懶。」她看著獅掌，「想一起來打獵嗎？」

獅掌停下梳洗的動作，「好啊。」或許在樹林中跑一跑，可以讓他的頭腦清醒些。至少，他可以暫時假裝自己就像其他的見習生一般。

葉池走出巫醫窩，松鴉掌跟在她後面，打了個呵欠。

「我們還需要一些金盞花，」她說，「松鼠飛的傷口復原的很好，但是我要為預防後期感染作準備，我們承擔不起任何風險。」她緊張地抬頭，看著在山谷林邊緩緩升起的太陽。

「我今天早上會帶一些回來，」松鴉掌說著，伸了伸懶腰，「在湖邊有一小片。」

「我想那是這一季僅剩的了。」葉池嘆了一口氣。

「那麼我會盡可能的多帶一些回來。」

小碎石從擎天架上灑落下來，火星正坐在洞穴外梳洗，他橘色的毛皮在早晨的陽光照射下呈現火紅的顏色。他快速的摩擦過雙耳之後，注視著下方的營地，「所有能自己狩獵的貓，都到這裡集合。」他召喚著。

沙暴驚訝地往上看。

獅掌挺直身體，那狩獵怎麼辦？

戰士窩顫動著，蕨毛和樺落走出來，罌粟霜和莓鼻也睡眼惺忪的跟著，狐掌也帶著濃濃的睡意從見習生窩裡跌跌撞撞地走出來。

「你總算出來了！」沙暴責備著，「我正想進去揪著你的尾巴，把你拉出來。」

冰掌跟著狐掌後面跑出來，「對不起，」她道歉。「是我昨晚不讓他睡，我們一直等到你們從大集會回來才睡。」

沙暴看著火星，「你們很快就會知道大集會的事了。」

獅掌走到擎天架下大家聚集的地方，塵皮努力想要甩掉一臉的睡意，而刺爪坐在他旁邊，幫他把身上的青苔屑拿掉。松鼠飛也走到空地的邊緣，但是從葉池的嚴厲表情看來，松鼠飛好像應該要待在床上才對。

冬青掌走到獅掌身邊，「你覺得他要告訴大家什麼？」她小聲地說。

獅掌猜想她說的是有關大集會的事，火星要怎麼把黑星的事揭露出來？松鴉掌穿梭在夥伴之間，走到獅掌身邊，「我希望你睡得比我好。」

獅掌盯著自己的腳掌，感覺全身發熱，石楠掌靜止不動的身軀掠過眼前。

「這次集會不如我們預期，」火星的聲音把他從那可憎的景象拉回來，「影族沒有來。」

震驚的喵聲四起。

亮心豎起耳朵，「他們怎麼了？」

「影族裡發生什麼疾病嗎？」雲尾喊著。

火星不管這些問題，繼續說，「黑星跟那個獨行貓——索日，一起來告訴我們影族已經不管星族了。」

鼠鬚困惑地問，「這是什麼意思？」

火星往下看著這個年輕的戰士，「影族不再相信星族掌握所有的答案了，他們對戰士祖靈已經失去信心，而且也不會再參加大集會了。」

他提高嗓門想要壓過貓群間迅速傳開的耳語，「那獨行貓顯然也慫恿了這樣的想法，但我希望星族終究還是對影族有更大的影響。我相信祂們會透過小雲，或是直接告訴黑星自己，星族從沒讓我們失望過。或許祂們讓黑星偏離是有原因的，但我深信祂們會把他再帶回來，一切都會沒事的。還記得太陽是怎麼消失的嗎？它不是又回來了，而且一樣溫暖。這段黑暗時期也會過去的，我確信。」

當大家都望著族長時，獅掌想起索日說的話：光明會再回來，就像太陽回來了，但那將是你們的光芒，受你們掌控。

那血淋淋的夢境縈繞在他心中，他準備好承載這樣的力量了嗎？值得嗎？

火星不相信自己說的話。松鴉掌抬起鼻尖面向火星，自己也不確定黑暗時期是否會過去。他感覺到身邊的獅掌全身緊繃，冬青掌的尾巴拍打著地面。

「我們難道不能把索日趕走？」塵皮叫著。

「黑星必須自己做選擇。」火星回答。

「即使是會影響到四族也沒關係？」沙暴質問著。

「我們照樣要過生活，」火星說，「我們要狩獵，也要照顧小貓和長老，一樣要在邊界巡邏，過去在森林的時候是這樣，現在也是這樣。不論情況有什麼改變，我們都會聽從星族並且遵守戰士守則。」

冬青掌緩緩地嘆了一口氣，「戰士守則，」她喃喃自語，「戰士守則……」她又重複一遍，似乎這是所有事情的答案。

松鴉掌妒忌他姊姊的信心和無知，她不了解，火星也和其他族貓一樣，需要從他自己的話語中得到安慰。

為了貓族，他必須相信一切都會沒事的。

火星移動著腳步，「除了壞消息以外，我還要宣布一個好消息。」

松鴉掌驚訝的往上看，**什麼好消息？**

「雷族還是很強盛。我們已經在戰場上證明了這一點，星族會繼續看顧我們的。」他的尾巴在擎天架上一甩，「現在有三位新戰士要接受命名。」

松鴉掌夾在獅掌和冬青掌中間，感受到他們的興奮之情，就像坐在兩個太陽中間一樣。

「獅掌、冬青掌和煤掌。」

隨著小石子從擎天架上灑落，火星一躍而下來到空地，大家已經為命名儀式讓出空間。

蕨毛奔向冬青掌，用尾巴輕撫著她，「做得好。」他說。

灰毛摩擦過獅掌的身側穿梭而行，「你會是個好戰士的。」

「我會讓你以我為榮的。」獅掌承諾著。

松鼠飛洋溢著快樂的神情，坐在她旁邊的葉池也震動著喉嚨，發出滿足的呼嚕聲。**她一定是在替煤掌高興**，松鴉掌想。

松鴉掌閉上眼，能成為一名戰士是他很久以前的夢想，這個夢想一直沒有離開過他，此刻他放任妒忌的情緒高漲然後退去。內心取而代之的是一分榮耀感，他的手足就要成為戰士了。

「恭喜。」他發出呼嚕聲。

冬青掌的鼻尖摩擦著他的臉頰，「謝謝你。」

獅掌用他的尾巴彈一下松鴉掌的耳朵，「我希望冰掌能信守她對鼠毛的承諾，因為我再也不去清理長老窩了。」

灰毛的尾巴抽動了一下，「如果有需要，你還是得去幫你的夥伴更換床鋪的。」

棘爪走向他們，「獅掌以為火星已經讓他晉升成為長老了嗎？」他呼嚕地說道。

「我只是開玩笑！」獅掌抗議著。

「當然，」棘爪環繞著他的孩子，然後在松鴉掌身邊停下來，「我以你們全部為榮。」

榛尾和莓鼻也蹦蹦跳跳的奔向他們。

「太棒了！」榛尾說。

「我想我們是可以在戰士窩裡挪出位子給你們。」莓鼻戲弄著。

「還好我已經不住在那裡了，」鼠毛說，「那一定比裝滿八哥的鳥窩還吵。」這位老戰士坐在育兒室外面，小蟾蜍和小玫瑰在她身邊跑來跑去。當蜜妮從育兒室裡擠出來的時候，老戰士身上散發出慈愛的溫暖，松鴉掌聞到小貓咪清新的味道盪在蜜妮的嘴邊。

她把小薔放在鼠毛的腳邊，「妳可以幫我看一下嗎？我再去把其他兩個帶出來。」蜜妮的聲音沙啞，好像喉嚨痛的樣子。松鴉掌提醒自己，在儀式過後要把僅剩的蜂蜜拿給她。「我想他們會想要看，這對他們來說是首次的命名儀式。」她補充說道。

「我會看著，不讓小玫瑰和小蟾蜍踩到他。」鼠毛粗聲粗氣地說。

「嘿！」小蟾蜍抗議，「我們才沒那麼笨手笨腳，不知道的還以為我們總是……」

他突然安靜下來，在空地中央的火星要講話了。

「我，火星，雷族族長，召喚我戰士祖先垂顧這三位見習生。」獅掌的爪子抓著地面，火星繼續，「他們歷經嚴格的訓練，已經了解祢們傳下來的神聖法則，現在我把他們以戰士的身分交給祢們看顧。」

冬青掌已經走向空地，獅掌緊跟在後，煤掌腳步平穩有力的跟著。

「冬青掌、獅掌和煤掌，你們願意悍衛戰士守則保衛貓族，犧牲生命也在所不惜嗎？」

「我願意。」冬青掌喘著氣，渾身顫抖。

獅掌意志堅定地說，「我願意。」

「我願意。」煤掌的語氣好像是小貓第一次捕捉到獵物一樣，感到既輕鬆又興奮。

松鴉掌屏住呼吸，他們又更接近他們的命運了。

「那麼，我現在以星族賦予我的權利為你們命名。」火星的毛拂掠過冬青掌的毛，「冬青掌，從現在開始妳就叫做冬青葉。」他向後退一步，「星族以妳的深思熟慮與忠誠為榮。」

獅掌走向前。

「獅掌，從現在開始你就叫做獅焰。星族以你的勇氣與戰技為榮。而煤掌，」煤掌走向他，火星停頓了一下，興奮的顫抖著，「為了紀念先前的戰士，妳就叫做煤心。」松鴉掌感受到他話語底下的憂傷，他還記得煤皮嗎？但願他知道她的靈魂就在他面前，活耀在煤心的身體裡。「星族以妳的勇氣與決心為榮，妳終於成為戰士了。」

「獅焰！冬青葉！煤心！」全族都揚聲歡迎這三位新戰士。不管那太陽消失的未明驚恐和黑星的驚人之舉，雷族都要繼續走下去。

松鴉掌跟著大家一起歡呼，以他的手足為榮，也以煤心為榮，她為了能成為戰士付出了這麼多的努力，煤皮的心願終於實現了。

然而我們的命運呢？

松鴉掌渾身顫抖著，無視著太陽消失這件事的存在，是不夠的。他比誰都清楚那意味著什麼，貓族的時代就要結束了，只有他、獅焰和冬青葉能救大家。

國家圖書館出版品預行編目(CIP)資料

貓戰士三部曲三力量之. IV, 天蝕遮月 / 艾琳．杭特（Erin Hunter）著；約翰．韋伯（Johannes Wiebel）繪；鐘岸真譯. -- 三版. -- 臺中市 : 晨星出版有限公司, 2024.04
288面；14.8x21公分. --（Warriors；16）
暢銷紀念版（附隨機戰士卡）
譯自：Warriors : Power of Three. 4, Eclipse
ISBN 978-626-320-789-9（平裝）
873.59　　113001531

貓戰士三部曲三力量之IV

天蝕遮月 Eclipse

作者	艾琳．杭特（Erin Hunter）
封面插圖	約翰．韋伯（Johannes Wiebel）
譯者	鐘岸真
責任編輯	謝宜真
責　　輯	郭玟君、陳涵紀、謝宜真
校對	曾怡菁、葉孟慈、蔡雅莉
封面設計	陳柔含
美術編輯	陳柔含、張蘊方
創辦人	陳銘民
發行所	晨星出版有限公司 407台中市西屯區工業30路1號1樓 TEL：04-23595820　FAX：04-23550581 行政院新聞局局版台業字第2500號
法律顧問	陳思成律師
初版	西元2010年01月31日
三版	西元2024年04月15日
讀者訂購專線	TEL：（02）23672044 /（04）23595819#212
讀者傳真專線	FAX：（02）23635741 /（04）23595493
讀者專用信箱	service@morningstar.com.tw
網路書店	http://www.morningstar.com.tw
郵政劃撥	15060393（知己圖書股份有限公司）
印刷	上好印刷股份有限公司

定價250元

ISBN 978-626-320-789-9